Stefanie Gregg

Bienentod

Roman

Gregg, Stefanie: Bienentod
München, November 2011

Ein Titeldatensatz für diese Publikation ist bei der
Deutschen Nationalbibliothek erhältlich

Herstellung: 1-2-buch.de
2. Auflage Februar 2012

ISBN 978-3-942594-15-8

Über die Autorin:

Stefanie Gregg, geboren 1970 in Erlangen, studierte Philosophie, Kunstgeschichte, Germanistik und Theaterwissenschaften. Sie promovierte über „Das Lachen".

Ihren beruflichen Einstieg hatte sie im Bereich Bucheinkauf bei Bertelsmann. Als Unternehmensberaterin arbeitete sie dann bei der Top-five-Unternehmensberatung A.T.Kearney mit Schwerpunkt Medien.

Neben freier journalistischer Arbeit hat sie bereits mehrere Fachbücher und diverse Publikationen veröffentlicht.

Heute ist sie freie Lehrbeauftragte und Medienberaterin. Sie wohnt mit ihrer Familie in der Nähe von München.

In den letzten Jahren widmete sie sich verstärkt dem Schreiben. Schon immer interessierte sie sich nicht nur für das Oberflächliche, sondern für das Abgründige an Menschen. Sie will wissen, was hinter dem Lachen und hinter dem Weinen der Menschen steckt.

Über das, was dahinter und darunter liegt, hat sie diesen Roman geschrieben.

Es war eine Idylle. Dachte sie, als sie ankam.

In der Dämmerung lag der Morgennebel wie ein dichter Teppich in den verschlafenen Tälern, als Esther den Berg hinauf fuhr in dem Versuch, ihrem Stadtleben räumlich und geistig zu entkommen.

In spitzen Kurven wand sich die enge Straße den Berg hinauf. Die raue Berglandschaft gefiel Esther, weil sie ihr nicht wie ein kitschig-schönes Postkartenbild erschien, sondern wie ein echter Berg mit kargem Charme. Jede Kurve nach oben, jeder Höhenmeter, gab Esther das Gefühl, tiefer einatmen zu können. Als sie die ersten Schafe sah, wusste sie, dass ihr die Flucht gelungen war, denn Schafe verkörperten für Esther das Gegenteil von Stadt. Dieses ungenierte Anstarren von Schaf zu Mensch und Mensch zu Schaf war das, was sie in der Stadt vermisste. In der Stadt sieht man weg, nicht hin, dachte sie.

Sie fuhr die gewundenen Sträßchen weiter und versuchte trotz all der auf sie eindringenden Schönheit der Bergwelt ihre Erwartungen möglichst gering zu halten. Esther war Realist genug, um zu wissen, dass Bilder im Internet mehr versprechen als sie in der Realität halten können.

Es war nicht ihr erster Fluchtversuch, der sie hinaus aus ihrem Stadtleben, aus dem einnehmenden Beruf und aus der Unpersönlichkeit ihres sozialen Umfelds holen sollte. Meist hatten die schönen Urlaubskatalogbilder sie jedoch betrogen und nur in eine weitere Form der Unpersönlichkeit und Oberflächlichkeit geführt.

Bewusst versuchte sie deswegen, ihren aufkommenden Enthusiasmus zu dämpfen und rief sich ins Bewusstsein, dass sie darauf vorbereitet war, gleich wieder nach Hause oder in ein nahe gelegenes, großes Hotel zu fahren, aber sie wollte wenigstens noch einmal versuchen, ihren Traum von einem ursprünglichen Rückzugsort in den Bergen wahr werden zu lassen.

2 Jahre später

Das Polizeigebäude in Stettingen war ein lang gestreckter, zweistöckiger Bau in Gelb.

»Immer, wenn Architekten gar nichts einfällt und sie versuchen, etwas freundlich zu gestalten, verwenden sie diesen scheußlichen gelben Putz.« Esther schüttelte den Kopf über sich selbst bei diesem Gedanken. Nicht schon wieder sarkastisch werden und dabei auch noch überheblich über die eigene Stilsicherheit. Jetzt musste sie ihr wichtiges Anliegen klar und deutlich vorbringen.

Sie strich ihren Rock glatt und betrat das Gebäude, in dessen weiß gefliestem Vorraum ein großes Schild darauf verwies, dass Besucher klingeln müssten. Ihren ganzen Mut zusammennehmend bezwang sie ihren Drang, im letzten Moment die Polizeistation wieder zu verlassen und drückte fest auf den weißen, altmodischen Klingelknopf.

Drinnen tippte eine Polizistin mit konzentriertem Blick etwas in ihren Computer. Unwirsch sah sie hoch, als es klingelte, und blickte Esther durch die Fensterscheibe prüfend an, bevor sie mit einem lauten Surren des automatischen Türöffners die Tür entriegelte. Esther drückte die Tür auf und betrat den Dienstraum, wo sie nun hinter einer alten, zerkratzten Holztheke stand. »Polizeidienststellen in Kleinstädten sehen immer noch so aus wie in meiner Kindheit«, dachte sie. Einen kurzen Augenblick erinnerte sie sich daran, dass sie einmal mit ihrem Vater einen Wilddieb zu einer Polizeistation gebracht hatte. Es war ihr genauso unwohl gewesen wie jetzt. Gerne wäre sie geflüchtet, damals wie heute.

»Ja bitte?« Ein etwa 40-jähriger Polizist mit einem gepflegten blonden Schnurrbart stand ihr gegenüber.

Das senfgelbe Polizeihemd hat tatsächlich einen noch grauenhafteren Farbton als der Verputz des Hauses, ging es Esther durch den Kopf.

»Ich möchte jemanden als vermisst melden.« Esther versuchte, ihre Stimme ruhig und sachlich zu halten, obwohl sie selbst das Zittern ihrer Lippen genau wahrnahm.

»Ach?« Der Polizist horchte sichtlich auf, anscheinend geschah so etwas doch nicht so häufig hier in der Kleinstadt.

»Kommen Sie bitte ins Nebenzimmer.«

Er ließ sie sich an einen weißen Resopaltisch setzen, auf den ihre Hände zu legen Esther sich hütete, roch doch der Tisch nach jahrelang unabgewischten Spuren schweißnasser Hände, die sich daran bereits festgehalten hatten. Bevor der Polizist eine weitere Frage stellte, suchte er aus den Ablagen einen orangefarbenen Bogen heraus, auf dem er anscheinend die vorgefertigten Fragen für eine Vermisstenanzeige ablesen konnte.

Dann nahm er zuerst im Computer ihre Personalien auf.

»Nicht zu fassen«, dachte Esther, »Formalia gehen immer vor Inhalt, auch stattdessen«, und krallte ihre Finger unter dem Tisch fest ineinander, beantwortete jedoch betont ruhig und sachlich alle Fragen zu ihrer eigenen Person.

»Esther Lazaarus. - Berger Straße 10. - München.« Sie buchstabierte ihren Nachnamen, der meist falsch geschrieben wurde.

»Aus München. Was treibt Sie denn zu uns nach Stettingen, Frau Lazaarus?« Der Polizist sah sie verwundert, aber freundlich an.

»Die Frau, die verschwunden ist, kommt von hier.«

»Aha, wer ist das denn, den Sie vermisst melden wollen?«

»Christina Schildmann.«

»Wohnhaft hier in Stettingen?«

»Nun ja, zuletzt lebte sie nicht hier, aber aufgewachsen ist sie hier in der Stadt, in Stettingen.« Esther stockte, denn sie erwartete, dass der Polizist seine Frage wiederholte, auf einer exakten Antwort bestand, aber er fuhr einfach fort mit der nächsten Frage, die er vom orangefarbenen Bogen ablas.

»Geburtsdatum?«

»Das weiß ich nicht genau, aber sie ist wohl etwa fünfunddreißig.«

Nun blickte er auf und sah ihr zum ersten Mal genauer in die Augen. »Ach, kennen Sie die Vermisste gar nicht richtig? In welchem Verhältnis stehen Sie denn zu der Person?«

»Ich bin«, Esther zögerte, ihre Finger krallten sich unter dem Tisch noch fester ineinander, »eine Bekannte.«

»So. Und seit wann vermissen Sie ihre Bekannte?«

Nun hatte der Polizist aufgehört zu schreiben. Ihre Antworten passten offensichtlich nicht zu den vorgegebenen Fragen.

»Seit Frühjahr letzten Jahres.«

Er blickte sie jetzt direkt an: »Und warum kommen Sie erst jetzt? - Nein, Sie erzählen mir erst mal alles der Reihe nach.«

Esther verwünschte in diesem Moment den Entschluss, hierher gekommen zu sein. Dieser Polizist war nicht der Richtige, der ihre Geschichte verstehen konnte. Was aber, falls doch?

Panik stieg in ihr hoch, aber sie bezwang ihre Fluchtgedanken.

Sie nahm sich vor, ihm die Geschichte in jenen Sätzen zu erzählen, die sie sich die ganze Nacht lang zurechtgelegt hatte. Sie hatte sich die möglichst knappen Worte so oft vorgesprochen, dass sie sie nun wie abgelesen abspulte.

»Ich habe Christina Schildmann im Frühjahr letzten Jahres im Urlaub in den Alpen kennengelernt. Sie betrieb dort einen Bauernhof, zusammen mit ihrem Mann, einem jungen Bauern, den sie soeben erst geheiratet hatte. Ich wohnte in einer für Touristen zu mietenden Hütte, die zu dem Bauernhof gehört. Und ich habe mich während meines Urlaubs ein wenig mit Christina angefreundet.«

Esther hatte sich überlegt, dass der Polizist diese Fakten wissen müsse, um ihre Unkenntnis über manche Dinge, aber auch ihre

Sorgen zu verstehen. Der Polizist hingegen schien sich nicht sicher, dass er diese Details wissen musste. Als Esther merkte, dass er Einwände erheben wollte, fuhr sie hastig in gestochen scharfem Ton fort: »Bei meinem nächsten Besuch auf diesem Bauernhof im Herbst erzählte mir ihr Mann, sie sei fort gegangen. Doch zu ihren Eltern hierher nach Stettingen ist sie nie zurück gekommen, wie ich jetzt erfahren habe. Auch ihre Freundinnen haben seitdem nichts von ihr gehört.« Nach einem Zögern, bei dem er sie fragend ansah, schob sie erklärend nach: »Ich habe alle, die sie gut kannten, nach Christina befragt.«

Esther fragte sich, ob diese Fakten dem Polizisten nun genügen würden.

»Sie möchten also eine Vermisstenanzeige über eine fünfunddreißigjährige, verheiratete Frau aufgeben, die weder ihr Ehemann noch ihre Eltern bisher wirklich als vermisst ansehen.«

»Ja.« Esther blickte ihn herausfordernd an.

Der Polizist betrachtete sie etwas gerührt, aber ratlos, und holte tief Luft.

»Wissen Sie, ich kann das schon aufnehmen, aber ich kann Ihnen auch gleich sagen, dass aufgrund einer solchen Anzeige nahezu keine Aktivitäten gestartet werden. Vielleicht wird man mal die Eltern oder den Ehemann anrufen und sie fragen, wo sie ihre Tochter oder Ehefrau vermuten, aber das ist auch das Höchste.«

Er schien auf eine Antwort von Esther zu warten, aber sie gab kein Wort des Verständnisses von sich. Innerlich rang sie mit sich, welche Informationen sie noch preisgeben könne, aber in ihr verschloss sich alles. Wenn er jetzt nicht das Richtige nachfragte, dann wollte er ihre Geschichte nicht hören, er hatte sie nicht verdient.

Der Polizist fuhr fort mit seinem Versuch, Esther zu überzeugen, dass eine solche Vermisstenanzeige keinen Sinn haben werde. Jegliche weitere Mühe von ihm sei zwecklos, beteuerte er, wie er aus Erfahrung wisse.

Zwar konnte man ihm ansehen, dass ihm die Frau, die da vor ihm saß und offenbar verzweifelt darüber war, ihre Freundin verloren zu haben, leid tat, aber er hatte schon öfter Vermisstenanzeigen aufgenommen und nach seiner Erfahrung waren die Suchenden meist weitaus verzweifelter als die Gesuchten.

»Sehen Sie, prinzipiell dürfen sich erwachsene Personen aufhalten, wo sie wollen, auch ohne in ihrem Bekannten- oder Verwandtenkreis darüber Auskunft zu geben. Ein dringender Verdacht, dass der Person etwas passiert ist, dass sie Opfer eines Unfalls oder einer Straftat geworden ist, ist hier nicht wirklich zu sehen.« Er seufzte.

»Sie sollten wenigstens die direkten Verwandten, die Eltern oder den Ehemann, dazu bringen, eine Vermisstenanzeige aufzugeben, dann hat das schon andere Konsequenzen, wenn auch selbst dann nicht immer sehr intensiv gefahndet wird.«

Der Polizist hatte dies Esther in einem sehr persönlichen und ehrlichen Ton erklärt.

Esther nickte. Alles Ringen in ihr schien zusammenzuschmelzen. Mit aller Kraft nahm sie sich zusammen, sagte knapp »Danke« und verließ das Polizeipräsidium mit einem nachdenklichen Polizisten am Tisch. Warum war diese Frau eigentlich zu ihm gekommen? Einfach in der verzweifelten Hoffnung, dass er ihr die Freundin zurückbringen könne? Oder drückte ihre Verzweiflung, die er sehr wohl gespürt hatte, vielleicht eine andere Angst aus? Er dachte nach. Vielleicht die Angst darüber, dass ihre Freundin sich das Leben genommen haben könnte. Gesagt hatte sie das nicht, aber oft konnten die Menschen nicht ausdrücken, dass ein ihnen nahe stehender Mensch Selbstmord begangen haben könnte. Selbstmord gehörte immer noch zu den alten Tabuthemen. Man verneinte das Leben damit.

Er schüttelte den Kopf. Vielleicht hätte er sie noch mehr befragen sollen. Zweifelnd und mit einem unguten Gefühl blickte er ihr durch das Fenster nach.

Esther bemühte sich um eine aufrechte Haltung und einen energischen Gang, als sie die Straße hinunterlief. Falls der Polizist ihr nachsah, sollte er nicht merken, wie schlecht es ihr ging.

Sobald sie um die Ecke gebogen und außer Sichtweite des Polizisten war, atmete sie erleichtert auf. Sie blieb auf einem Rasenstück neben einer hohen Birke stehen, deren Zweige sich im Wind leise bewegten. Aus dem Rascheln der Blätter heraus hörte Esther plötzlich das Summen einer Biene, die sich auf dem Stamm des Baumes niederließ. Esther starrte auf den Stamm, bis das Weiß und Schwarz der Rinde zusammen mit der Biene vor ihren Augen verschwammen. Alles schien sich um sie zu drehen, immer schneller zu wirbeln. Esther holte aus und schlug mit der geballten Faust gegen den Baumstamm, einmal, zweimal. Wieder und wieder, bis ihr das Blut über die Hand lief.

Sie wusste, dass Christina etwas Schreckliches passiert war.

Als sie ihr Blut rinnen sah, blickte sie sich entsetzt um. Sie hatte für einen Moment die Kontrolle über sich verloren. Zum Glück war kein Mensch in der Nähe, der sie gesehen hatte. Sie schlug noch einmal gegen den Stamm. Die Biene war nicht mehr zu sehen. Mit Genugtuung spürte sie ihre schmerzenden Handknöchel. Sie atmete tief aus. Allmählich konnte sie ihre Umgebung wieder klarer wahrnehmen.

Esther lief die wenigen Meter weiter bis zu ihrem BMW. Bevor sie einstieg, wischte sie sich sorgfältig mit Desinfektionstüchern, die sie immer bei sich hatte, ihre Hand sauber. Es brannte. Aber es hätte ihr gerade noch gefehlt, in ihrem peinlich sauberen Auto Blutflecken zu haben.

Sie fuhr los.

*

Wie es begann

Die Straße ging abrupt in einen schmalen Gehweg über, der sich in den Feldern verlief. Esther war unsicher, ob sie tatsächlich den richtigen Weg zu ihrem ausgewählten Feriendomizil, dieser kleinen, einsam gelegenen Hütte, genommen hatte. Mit dem Auto ging es nun nicht weiter, doch Esther stellte fest, dass sie ohnehin angekommen war, wo sie hinwollte. Sie stieg aus und ließ neugierig und aufmerksam ihren Blick über das Bauernhaus und die Hütte gegenüber schweifen, deren Bild sie aus der Internetseite bereits kannte.

Das Bauernhaus schien Esther undatierbar. Zeitlos. Es hätte vor hundert Jahren errichtet sein können, wenn auch einige Materialien wie das gläserne Vordach auf hellen, hölzernen Pfosten eher darauf hinwiesen, dass es nicht allzu viele Jahre dort stand.

Esther war überwältigt, denn bisher war die Realität berauschend schön, viel eindrücklicher als die Bilder im Internet es gewesen waren. Sie genoss die frühlingshaft kühle Luft, die sie ihre Umwelt bis weit hinauf zu den umliegenden Bergspitzen gestochen scharf wahrnehmen ließ. Fast euphorisch lauschte sie in die ungewohnte, laute Stille, die leiser als jeder Ort in der Stadt, aber dennoch erfüllt war von vielfältigem Vogelgezwitscher, vom Summen der Bienen und Mücken und dem weit entfernten, ganz leisen Knattern eines Traktors.

Auf der Terrasse der Hütte standen in schweren, großen Holztrögen frühlingshaft lila und gelbe Primeln in voller Blüte und bildeten einen prachtvoll dicken Blumenteppich.

Die Primeln jedoch genügten Esther, um sich mit etwas Ironie wieder Distanz zu verschaffen und sich nicht völlig in diesem Naturanblick zu verlieren. Primeln, möglichst noch aufgereiht in Blumenkästen, galten Esther als Symbol tiefster, dumpfer Bürgerlichkeit. Sie überlegte sich in ihrer kühlen, rationalen Art, ob diese aufwändige Blumenpflege ein Zeichen von aufgesetztem Bürgertum in dieser Landwirtschaft war oder einfach ein Versuch, trotz all der Arbeit Zeit für das Schöne zu finden.

Ein Blick über die Landschaft ließ sie aber seufzend wieder alle Distanz aufgeben. Selbst die bürgerlichen Primeln waren in diesen großen, schweren Holztrögen einfach wunderschön, musste Esther zugeben.

Als Städterin wusste sie wenig über das Landleben, aber sie freute sich darauf, dieser bäuerlichen Welt näher zu kommen, sie vielleicht irgendwann mehr verstehen zu können. Sie wollte sich diesmal wirklich darauf einlassen. Dies hier war einen letzten Versuch wert.

Ihr Blick schweifte zurück zum Bauernhaus. Für diese Bergregion typisch war es ganz aus Holz erbaut, sogar mit echten Holzschindeln auf dem Dach, wie Esther mit kunsthistorisch belesenem Kennerblick sofort feststellte.

Auf der Seite bot ein Balkon mit einem verschnörkelten schmiedeeisernen Geländer einen berauschenden Ausblick ins Tal. Den Berg hinunter lagen vereinzelt Häuser, die Esther als kleine viereckige Inseln im Meer der grünen, wilden Berglandschaft wahrnahm. Unten im Tal schmiegte sich ein Dorf um den kleinen Fluss, und weit gegenüber erhoben sich erneut die Berge in den Himmel hinauf.

Wie Farbtupfer und Striche, die sich nur scheinbar beliebig, aber auf seltsam ausgeklügelte Weise zum Ganzen eines Kunstwerks zusammenfügten, fand Esther.

Sie sog diesen Anblick in sich auf, der ihr wie ein möglicher Neuanfang, wie ein verheißungsvoller Blick auf ein gänzlich neues Lebensgefühl erschien. Wie gebannt blieb sie neben dem Auto stehen und betrachtete erwartungsvoll die kleine Hütte, die mit ihrer dunklen Holzfassade von dem grünen, mit Wiesen bewachsenen Berg abstach.

Das sollte nun ihr Feriendomizil sein. Es war wirklich so, wie sie es sich erträumt hatte. Ein ruhiger, unberührter, zeitloser Fleck Erde.

Nach einigen Minuten des Betrachtens und genüsslichen und sehr bewussten In-sich-Aufnehmens machte Esther sich auf den Weg hinüber zu dem Bauernhaus. Ob der Bauer, bei dem sie per e-mail die Hütte reserviert hatte, wohl da war?

Als sie sich dem Haus näherte, nahm sie plötzlich eine Bewegung wahr. Ein riesiger, sandfarbener Hofhund hatte sich aus seinem Schattenplatz erhoben, wo sie ihn bisher nicht bemerkt hatte. Hätte Esther ihn vorher gesehen, wäre sie wohl vor Furcht vor dem großen Wachhund gar nicht erst aus dem Auto gestiegen, denn obwohl sie in ihrer Kindheit Hunde geliebt hatte, musste es Jahre her sein, dass sie einen Hund berührt hatte. Mit seinem langen Fell und der stämmigen Statur erinnerte seine undefinierbare Rasse Esther an einen Golden Retriever, aber der runde, freundliche Kopf glich eher dem eines Berner Sennenhundes. Der Hund bellte, blieb aber auf der Terrasse des Bauernhauses stehen. Esther blieb auch stehen, denn sie hielt es nicht für klug, fortzulaufen und damit den Jagdinstinkt des Tieres herauszufordern. Hilfe suchend blickte sie zum Bauernhaus, doch dort rührte sich nichts. Sie hatte Angst vor dem großen, wachsamen Tier, aber da der Hund ihr bisher noch nichts getan hatte, wagte sie sich noch einen Schritt vorwärts. Der soll mein Zögern nicht bemerken, Hunde dürfen die Angst nicht spüren, redete sie sich ein. Tatsächlich blieb der Hund bei ihren Schritten nach vorne stehen. Esther bekam Mut und machte zwei weitere Schritte zügig voran, doch nun setzte sich der Hund auch in Bewegung und lief direkt auf sie zu. Sofort verlor Esther ihre scheinbare Forschheit und erstarrte. Nur keine Furcht ausstrahlen, versuchte sie sich selbst wieder gut zu zusprechen.

Sie wusste, dass sie Tiere mit ihrem aufgesetzten Mut nicht so täuschen konnte wie Menschen. Menschen merkten eigentlich nie, wie viele Ängste Esther in sich trug. Den Menschen genügte ihre harte Fassade.

Als der Hund auf sie zukam, war Esther klar, dass sie ihre Furcht vor ihm nicht verbergen konnte. Nun würde er sie anknurren, seine Zähne fletschen und wahrscheinlich zurück drängen, glaubte sie.

Sie wollte schon zurückweichen, als der Hund sich neben sie hinsetzte und mit vertrauensvollen, braunen Augen zu ihr aufblickte. Überrascht und zweifelnd betrachtete sie ihn und war selbst verblüfft, dass ihre Hand sich ihm zögernd näherte. Der Hund stupste vertrauensvoll seine Schnauze in ihre Handfläche und sie streichelte den weichen, dicken Nacken des großen Hundes, der sich das sofort gefallen ließ. Esther war erleichtert und verwundert über dieses Freundschaftsangebot des großen Wachhundes. So viel bedenkenlose Offenheit war ihr schon lange nicht mehr begegnet. Sie ließ ihre Hände durch das warme Fell des Hundes gleiten, genoss seine ungewohnte Wärme und erwiderte den treuen Hundeblick.

Esther wusste nicht, wie viel Zeit sie ganz selbstvergessen mit dem Hund verbracht hatte, als ein Mann aus der einige Meter tiefer gelegenen Scheune mit zackigem, flottem Schritt auf sie zu kam. Sie vermutete in dem sehnigen Mittdreißiger mit seiner blauen Latzhose und dem karierten Hemd sofort den Bauern dieses Hofes.

»Grüaß Ihna«, rief er schon von einiger Entfernung in breitem, bayerischem Dialekt. »Gell, Sie wolln zu mir. I bin der Laurin Kastner. Ah, mit der Aika ham Sie scho Freundschaft gschlossn; des is gut. Kommen S', i zeig Ihna die Hüttn.«

Esther begrüßte ihn mit Handschlag und einem für sie ungewöhnlichen »Grüß Gott«. Obwohl sie in München lebte, bevorzugte sie das hochdeutsche »Guten Tag«, das ihr hier in den Bergen aber selbst nicht mehr passend vorkam.

»Ester Lazaarus«, fügte sie hinzu, ganz bewusst auch den Vor- und den Nachnamen verwendend, wie der Bauer.

Ganz kurz fragte sie sich, als er freundlich und lange ihre Hand schüttelte, ob er mit dieser Hand wohl eben erst ausgemistet hatte, schüttelte dann aber diesen Gedanken ab. Von solch überzivilisierten Vorstellungen wollte sie sich doch lösen, wenn sie in den Bergen Urlaub machte.

Der junge Bauer schloss mit dem großen Schlüssel, der bereits in der schweren Holztür steckte, auf. »Wie beim Eintritt zu einer mittelalterlichen Burg«, dachte sich Esther, und sie fühlte sich gleichzeitig erwartungsvoll und ängstlich – »wie ein Kind in einem Abenteuerroman«.

»Der Schlüssel steckt immer, den kannst ruhig stecken lassen, da herobn passiert nichts!« Der Bauer, Laurin, war automatisch zum Berg-Du übergegangen. Und damit ließ er sie bereits allein in der Hütte.

»I muss noch amol in den Stall. Wenns d' was brauchst, dann rührst di!«

Esther blickte ihm nach. Er gefiel ihr.

Zögernd betrat sie die Hütte. Ein dicker, warmer Geruch nach Holz strömte ihr entgegen, den sie tief einatmete.

Die Hütte erschien ihr noch kleiner als auf den Bildern im Internet. Unten befand sich die ‹Wohnstube›: Küche, Tisch und ein kleiner Waschraum auf wenigen Quadratmetern. Durch die niedrige Decke wirkte alles noch gedrängter. Dieser ehemalige, umgebaute Getreidekasten, der im Internet bayerisch ‹Troadkastn› genannt worden war, war wohl zu Zeiten gebaut worden, in denen die Menschen noch nicht so groß waren wie heute, stellte Esther mit einem Grinsen fest. Mit ihren 1,70 Meter passte sie noch unter dem tragenden Querbalken in der Mitte durch. Für große Männer könnte das hier schwierig werden.

Sie öffnete eine schmale, grüne Holztür, die im oberen Teil mit Blumen im Stil typischer Bauernmalerei verziert war, und betrat den schmalen Waschraum, in dem sie sich zwischen Dusche, Toilette und einem winzigen Waschbecken kaum umdrehen konnte, wenn die Tür geschlossen war. Selbst für Esther, die sehr bewusst nach Einfachheit suchte, war dieser Waschbereich ein wenig zu eng.

Sie schloss die Tür wieder hinter sich und begutachtete den Wohnbereich der kleinen Stube. Er entsprach genau dem, was sie sich gewünscht hatte, stellte sie erleichtert und erstaunt fest. Neben der schmalen Küchenzeile mit einem alten Küchenbuffet stand ein dicker, viereckiger Holztisch, umrahmt von einer Eckbank und zwei Stühlen. Esther bewunderte auch den fast schon antiken, metallenen Kranz, der, ganz wie es in alten Bauernhäusern üblich war, über der Spüle hing und an dem ein Suppenlöffel, Korkenzieher, Schere und Rührlöffel eingehakt waren. Dann öffnete sie die Schranktür des Küchenbuffets und griff nach einem Teller. Er hatte einen abgenutzten Goldrand, der nächste war übersäht mit kleinen, bunten Blümchen. Es gab sowohl zierliche, kleine Tassen als auch grobe Kaffeebecher mit abgebrochenen Henkeln.

Esther gefiel diese unordentliche, über die Jahre zusammen gekommene Mischung, die ganz anders als in ihrem eigenen Zuhause war, in dem sie zwischen zwei perfekten Porzellan-Servicen je nach Gelegenheit auswählen konnte. Die Hütte gab ihr das Gefühl, eine andere Welt zu betreten, vielleicht die eines Almhirten vor hundert Jahren. Es roch hier förmlich nach einfachem Leben. Fast genießerisch schnupperte sie in die Luft und schloss die Augen, um diesen Augenblick ganz in sich aufzunehmen.

Als sie die Augen wieder öffnete, nahm sie sich trotz der romantisch-nostalgischen Atmosphäre vor, das Geschirr, das sie selbst benutzen werde, vor dem ersten Gebrauch noch einmal gut abzuwaschen. Das altertümliche Aussehen musste sich nun doch nicht auf die Sauberkeit von Tellern und Besteck beziehen, fand Esther.

Sie ließ warmes Wasser in die Spüle laufen und stellte zufrieden fest, dass es fast kochend heiß war, nahezu desinfizierend.

Als sie schon im Internet gelesen hatte, dass diese Hütte warmes Wasser, Strom und Heizung hatte, war sie erleichtert gewesen, denn das waren für sie doch die Mindestvoraussetzungen zum Leben.

Über eine winzige, knarrende Holztreppe, die kaum breiter war als ein Mensch, stieg Esther hinauf in die Schlafstube. Das schwere Holzbett war ganz klischeehaft mit einer rot karierten Bettdecke versehen. Wie in einem Heimatfilm, konstatierte Esther ironisch, aber auch mit dem deutlichen Gefühl, dass die rot karierte Decke hier hingehörte, ohne komisch zu wirken, ohne dass man spöttisch über sie lächeln konnte.

In der Ecke stand ein schwerer, mit Intarsien versehener Bauernschrank, den Esther sofort mit Kennerblick für antike Möbel bewunderte. Dann drehte sie sich vorsichtig in dem engen Gang um und sah durch das winzige Fenster auf das gegenüberliegende Bauernhaus des »Biobauern«, wie er sich selbst im Internet vorstellte.

Da sah sie, wie der Bauer eine Schubkarre den Weg herauf zum Haus schob. Darin glaubte Esther zuerst nur Holzscheiben zu erkennen. Mit flottem Schritt schob der kantige junge Mann die Karre bis zu seiner Haustür, wo er mit dem Rücken zu Esther gewandt etwas heraus hob. Nun erst konnte Esther sehen, dass es Bienenwaben in Holzkästen waren. Jede einzelne zog der Bauer hervor, hielt sie prüfend gegen das Licht und besah sie sich aufmerksam. Bernsteinfarben leuchtete das honigüberzogene Wachs der Waben in der Sonne. Im Gegensatz zu der zackigen Art, sich zu bewegen, die Esther vorher an ihm beobachtet hatte, schien der Bauer nun sehr ruhig und hoch konzentriert, als er über die letzte Wabe mit seinem Finger strich und dann den Honig von seinem Finger ableckte. Esther musste lächeln. Was für eine unmittelbare, süße Belohnung für die Arbeit.

Schon durch die Beobachtung dieser ruhigen Handlung fühlte sie sich zufrieden, als ob sie selbst den Lohn für ihre Arbeit erhalten hätte.

Der Bauer trug nun die Waben in sein Haus und legte sie im Flur ab, der noch aus Esthers Fensterperspektive einsichtig war. Dann zog er sich die Gummistiefel aus, stellte sie vor das Haus und schloss die Haustür hinter sich.

Schade. Esther hätte ihn gerne noch weiter mit ihren Blicken begleitet. Ihr Blick schweifte wieder über die Umgebung.

Einige Meter weiter unterhalb konnte sie die Scheune sehen, aus der der Bauer vorhin gekommen war, daneben liefen einige Hühner frei herum und pickten unablässig auf der Wiese nach Würmern. Hinter der Scheune erstreckte sich eine grüne Weide mit mehreren, braun-weiß gefleckten Kühen.

Um Esther herum lag nur Natur und Einsamkeit.

»Tatsächlich«, stellte sie erstaunt fest, »es ist der Ort, den ich mir erträumt habe.«

Schließlich inspizierte Esther noch das Dachzimmer, in dem ein Matratzenlager untergebracht war. Für Kinder war diese romantische Dachhöhle sicher ein Schlafparadies, doch Kinder hatten in Esthers Leben keinen Platz, nicht einmal in ihren Wunschvorstellungen. Nicht nur, dass ihr der Partner für eine Familiengründung fehlte, sie hatte sich noch nie vorstellen können, in ihrem Leben, mit dem sie selbst manchmal nur schwer zurechtkam, auch noch für Kinder zu sorgen.

Esther war klar, dass sie dieses Dachstübchen wohl kaum benutzen würde.

Genauso wenig wie die zweite Hälfte des Doppelbettes.

Bei einem abschließenden, aufmerksamen Rundblick bemerkte sie die Staub- und Spinnweben, die in den Ecken hingen. Hier gehörte Staub hin, fand Esther, die bei sich zuhause größten Wert auf Sauberkeit legte. Sie nahm sich vor, ihn nicht fortzuwischen, wenn sie sich auch nicht ganz sicher war, ob sie das schaffen würde.

Trotz oder wegen ihrer Unvollkommenheit schien Esther die Hütte perfekt.

Das war es. Sie hatte gefunden, was sie schon immer gesucht hatte: ihren Fluchtort.

Nein, sie würde nicht in ein nahe gelegenes, großes Hotel fahren. Sie blieb hier. Aus ihrem schwarzen Citroën C5 holte sie ihren großen Samsonite-Koffer heraus und trug ihn in die Hütte. Sie versuchte, ihn die schmale Treppe ins Schlafgeschoss hoch zu tragen, aber es gelang ihr nicht - der Koffer war zu groß für die schmale, gewendelte Treppe und die kleine Öffnung, die nach oben führte.

Esther sah sich hilflos um. So ein Koffer war nicht das Richtige für diese Hütte. Wie dumm von ihr, das hätte sie eigentlich voraussehen können. Sie entschloss sich, den Koffer einfach auf den großen Holztisch zu legen, wo sie ihn öffnete und begann, ihre Sachen auszupacken und in mehreren Gängen nach oben zu tragen.

Als sie damit fertig war, trug sie den leeren Koffer zurück zum Auto. Hoffentlich hatte der Bauer sie dabei nicht gesehen. Sonst hätte er bestimmt über sie gelacht. Ein Koffer, in einer Berghütte. Sie hatte nicht daran gedacht, wie unpassend das war.

Esther räumte ihre Sachen in den hölzernen Schrank, brühte sich in der alten Filter-Kaffeemaschine einen Kaffee, goss im Topf warm gemachte Milch dazu – welch Gegensatz zum Latte Macchiato aus der teuren italienischen Espressomaschine in ihrer Wohnung – und setzte sich auf die sonnige Terrasse. Der Hofhund mit dem Namen »Aika«, wie sie mittlerweile wusste, trottete zu ihr, legte seinen warmen, großen Kopf in ihren Schoß und kratzte, sobald sie mit dem Hinter-den-Ohren-Kraulen aufhörte, mit seinen Pfoten verlangend an ihrem Knie. In Esther breitete sich ein ungewohntes Gefühl von Ruhe und Zufriedenheit aus.

Auch von ihrer Terrasse aus überblickte Esther die Front des gegenüberliegenden Bauernhofs. Den Bauern Laurin sah sie erst gegen Abend wieder, als sie nach einem kleinen Spaziergang in der Umgebung mit einem Tee auf ihrer Terrasse saß und die letzten

Sonnenstrahlen des ausklingenden, warmen Tages genoss. Wieder fielen ihr die seltsam eckigen, zackigen Bewegungen des Bauern auf, der aus der Scheune kam. Esther erschienen seine Gebärden unelegant, aber effektiv, zielgerichtet. Er war kein Mann, der sich Gedanken um sein Aussehen oder seinen Gang machte. In ihrem Berufsleben als technische Zeichnerin war Esther im Büro eher von Männern umgeben, die sich permanent darum bemühten, die richtige Außenwirkung zu erzielen.

»‹Unangestrengt› finde ich ihn«, dachte Esther. Sie schüttelte den Kopf. Auch wenn das Wort sich ihr sofort in Bezug auf Laurin aufgedrängt hatte, und es sich richtig anfühlte, war es nicht ganz treffend. Für Esther war es wichtig, die präzisen Worte für etwas zu finden, denn nur dann empfand sie, das andere oder den anderen angemessen gewürdigt zu haben. »Zielgerichtet auf seine Arbeit, die er gerne und aus einem ganz natürlichen Impuls heraus tut. Aber unangestrengt im Hinblick darauf, was andere Menschen darüber denken könnten.« Sie dachte noch einmal nach. Ja, so war es richtig. Esther lehnte sich zufrieden zurück und betrachtete den Bauern, den sie jetzt in die richtigen Worte gefasst hatte.

*

Der Bauer beließ es bei einem kurzen Gruß in Esthers Richtung, zog sich die Gummistiefel aus und ging in sein Haus.

Er ärgerte sich über sich selbst. Schon wieder hatte er den Namen seines Hüttengasts vergessen. Er musste sich die Namen der Touristen wirklich besser merken. Dabei wusste er doch, dass die Leute das gerne hatten. Und er hätte eigentlich gar nichts dagegen gehabt, mit der attraktiven Frau ins Gespräch zu kommen. Morgen würde er ihr die kleinen Kätzchen zeigen, nahm er sich fest vor. Junge Tiere mochten die Touristen doch immer.

*

Sein Freund Dr. Georg Maderthaler rief ihn normalerweise an, um einen gemeinsamen Golftermin zu vereinbaren, so dass Professor Merkner, kaum hatte sich Georg am Telefon gemeldet, aus seinem Sessel aufstand, um in seinem Kalender nach einem freien Termin zu suchen.

Doch diesmal hatte Georg, das merkte Merkner gleich, noch seinen medizinischen Berufston an sich.

»Ich rufe dich an, weil ich dir eine Patientin von mir ans Herz legen möchte. Obwohl ich ihr heute dringend geraten habe, dich zu kontaktieren, bin ich mir nicht ganz sicher, ob sie es tut. Falls ja, solltest du ihr sofort einen Termin geben. Ich bin ja kein Psychiater wie du, aber ich vermute eine Störung, die sich meiner Meinung nach auch akut äußern könnte. Ein suizidaler Ausgang scheint mir hier möglich, eigentlich sogar wahrscheinlich.«

Professor Merkner setzte sich wieder hin und hörte seinem Freund und medizinischen Kollegen aufmerksam zu.

»Diese Frau war nun mehrfach bei mir. Eine hübsche, kluge Frau. Diverse Verletzungen. Einmal die Treppe heruntergefallen. Du weißt ja, dass man da üblicherweise an vertuschte Schläge, an einen sadistisch-brutalen Mann denkt, aber so weit ich das herausgehört habe, ist das eher nicht der Fall. Dann war es ein Fahrrad-Unfall mit einer Kopfverletzung, ein Beinbruch beim Joggen auf einem Waldweg, schließlich ein Wespenstich, der zu einer enormen Entzündung ausartete, zu einer starken Sepsis.

Mehr und mehr tendierte ich bei diesen Vorfällen zu der Ansicht, dass hier unbewusste Selbstverletzungen vorliegen, die darauf abzielen, Aufmerksamkeit zu erlangen.«

»Hast du über die Vermutung mit der Patientin gesprochen?«, fragte Merkner zwischen die Ausführungen seines Golffreundes.

»Nein«, erklärte Georg Maderthaler, »zuerst nicht. Ich hatte nur vage Vermutungen, ich bin kein Psychiater, und, ich gestehe es, so etwas geht im Krankenhausalltag doch auch wieder unter.«

»Ich verstehe«, nickte Merkner, »aber jetzt hat sich noch etwas dramatisiert?«

»Sie kam einfach immer wieder. Magenkrämpfe, migräneartige Kopfschmerzen, unkontrollierbare neuronale Augenzuckungen etc., die jeweils zu so unerträglichen Schmerzen führten, dass die Frau in der Notaufnahme des Krankenhauses landete. Als ich ihr andeutete, dass hier vielleicht psychosomatische Schmerzbilder vorliegen, lehnte sie das zuerst kategorisch ab.«

»Typisch, die Schutzmauer bricht nur langsam. Wahrscheinlich eine sehr beherrschte Frau, oder?«

»Oh ja«, bestätigte Maderthaler, »und wie! Statt psychische Ursachen auch nur in Betracht zu ziehen, betonte sie immer wieder, dass ich der richtige Arzt für ihre körperlichen Symptome sei und diese endlich behandeln solle. Ich habe ihr dann ein starkes Schmerzmittel gegeben. Und plötzlich war ich für sie ein ‹Engel›, weil ich sie von ihren Schmerzen befreit hatte.«

»Aha, und den Erlöser-Status hast du dann ausgenutzt, um sie zu mir zu schicken«, grinste der Professor, stellte das Telefon auf Lautsprecher und zündete sich beim Gespräch seine Pfeife an.

»Genau. Ganz einfach war das nicht. Aber bei dem Schmerzmittel, das ich ihr verabreicht hatte, hat sie mir immerhin ruhig zugehört. Erst nach ein paar Stunden, die ich mir für sie Zeit genommen habe, na ja, ich hatte Nachtschicht und es war nicht viel los, konnte ich sie überreden, zu dir zu gehen.«

Merkner dachte bei sich, dass sie bestimmt auch eine hübsche Frau war, wenn sein unverheirateter Kollege, der weiblichen Reizen nicht abgeneigt war, sich so lange Zeit für sie nahm. Aber er schluckte einen dementsprechenden Kommentar hinunter, hoffte, dass bis auf die optische Anziehung nichts weiter in diesen Stunden geschehen war, und hörte Maderthaler weiter zu.

»Ich habe ihr erklärt, dass du ein guter Freund von mir bist. Der beste aller Ärzte. Und sie solle unbedingt einen Termin mit dir vereinbaren. Sie hat es mir zumindest versprochen.«

Merkner paffte an der Pfeife und lehnte sich gemütlich zurück. »Du weißt, dass die Wahrscheinlichkeit nicht hoch ist, dass sie zu mir kommt. Meist geht das erst nach einem totalen Zusammenbruch, ge-

rade bei gebildeten Frauen. Aber gut. Nenn mir ihren Namen, ich verspreche dir, ihr sofort einen Termin zu geben. Aber dafür will ich jetzt erst einmal einen Golftermin.«

*

Esther las an diesem warmen Abend bei einem Glas Wein ihre Zeitung auf der Terrasse. Den Wein hatte sie von zuhause mitgenommen, denn sie legte Wert auf eine gute Qualität. Der dunkelrote Primitivo, über dessen Namen sie immer schmunzeln musste, floss, nachdem sie ihn im großen Rotweinglas, das sie ebenfalls von zuhause mitgebracht hatte, geschwenkt hatte, weiche Bögen ziehend an der Glaswand hinunter. So musste es sein. Sie lehnte sich genüsslich zurück und spürte dem aromatischen Abgang des ersten Schluckes nach. Mit diesem Bergpanorama schmeckte der gute Wein noch intensiver als sonst, fand sie.

Nur eine halbe Stunde, nachdem er im Haus verschwunden war, trat der Bauer, offensichtlich frisch geduscht und mit noch nassen Haaren, wieder heraus in Esthers Blickfeld. Die Arbeitshose war gegen eine Jeans gewechselt, das Hemd war frisch.

Eigentlich wollte er sich schon zu seinem Auto wenden, als er es sich im letzten Moment anders überlegte und die wenigen Schritte zu Esther hinüber ging.

»Hast alles, was du brauchst?«

»Ja, wunderbar. Mehr als ein Glas Wein und diese herrliche Aussicht brauche ich nicht. Es ist wirklich wunderschön hier oben.«

»Ja, scho«, zögernd schob er nach: »Des freut mi, wenn's dir gfallt.«

Esther merkte ihm an, dass er noch nie verstanden hatte, was die Touristen hier oben auf dem Berg eigentlich wollten. Er hatte den Ausblick seit seiner Kindheit an jedem Tag gehabt.

Esther hätte gerne noch etwas Freundliches, etwas Verbindliches, zu ihm gesagt, aber ihr fiel nichts ein. Eine Pause entstand, in der Esther bemüht entspannt in die Gegend sah, und der Bauer auf seine Fußspitzen blickte.

»Ja, dann, an schönen Abend no!« Erleichtert, seine Pflicht getan zu haben und zumindest ein paar freundliche Worte gefunden zu haben, wandte er sich ab.

»Danke, ebenso«, wünschte Esther ihm hinterher.

Schnellen Schrittes lief er zu seinem VW Pritschenwagen, stieg ein, knallte die schwergängige Tür mit Schwung zu und fuhr los. Esther bemerkte, dass der Bauer sich auch nach Feierabend noch rasch und zügig bewegte – das müßig-coole Schlendern der Stadtmenschen kannte er wahrscheinlich nicht.

Ihr Blick verfolgte das Auto über den Zeitungsrand hinunter ins Dorf.

*

Anfangs hatte Esther mit dem jungen Bauern wenig zu tun. Wortkarg wirkte er auf sie und manchmal war sein Alpendialekt für sie schwer zu verstehen. Obwohl er sich vor ihr immer bemühte, hochdeutsch zu sprechen, wurde daraus höchstens ein seltsames Dialekt-Hochdeutsch-Gemisch, das Esther jedoch von Anfang an mochte.

Mit kaum verhohlener Neugier betrachtete sie auch die umher liegenden Kinderspielzeuge und fragte sich, wo die Familie sei, die sie hier vermutete. Am dritten Morgen enthüllte sich für Esther auch dieses Familiengeheimnis, als sie Zeuge wurde, wie die Kinder zum Bauernhof kamen.

Esther frühstückte auf der Terrasse, als ein weißer, verrosteter Golf vor dem Bauernhaus hielt und zwei Kinder über den Beifahrersitz hinaus kletterten, um aus dem Zweitürer zu kommen. Die Frau am Steuer, wohl die Mutter der Kinder, konnte Esther nicht genau erkennen. Laurin kam aus dem Haus, als er das Auto hörte, und sprach in das heruntergekurbelte Fenster hinein zu der Frau. Aus den Wortfetzen, die zu ihr herüber drangen und nicht freundlich klangen, sondern unwirsch und fordernd, verstand Esther, dass die Frau dem Bauern zurief, wann sie die beiden wieder abholen werde. Dann brauste sie davon, ohne sich weiter von den Kindern zu verabschieden. Das Mädchen und der Junge, zwei braunhaarige, hagere Kinder, verschwanden im Haus.

Laurin hatte gesehen, dass die Touristin sie beobachtet hatte. Er lief zu ihr hinüber und versuchte, die Situation zu erklären. »Des Wochenend hob i die Kinder. Weißt, mir san geschieden. Jedes zweite Wochenend dürfen die Kinder zu mir. In den Ferien auch gleich amol a ganze Woche. Aber mei Frau, also mei Ex-Frau, wohnt drunt im Dorf und es is scho leichter, wenn's von drunt aus in die Schul gehn.«

Esther nickte. Was sollte sie dazu sagen? Statt des perfekten Familienglücks, das sie sich vor diesem Naturpanorama vorgestellt hatte, sah Esther sich mit dem typischen, modernen Scheidungsleben konfrontiert, in dem der Papa die Kinder nur an jedem zweiten Wochenende zu sehen bekam. Esther bedauerte es, dass ihr erster Eindruck bereits zu bröckeln begann. »Die Scheidungsrate steigt eben auch auf dem Land«, konstatierte sie innerlich und war doch etwas betrübt, dass die Idylle überschattet wurde.

Aber sie zuckte nur mit den Schultern, um Laurin ihre Gelassenheit darüber zu zeigen, und brachte ein aufmunterndes Lächeln zustande.

»Magst Eier zum Frühstück?«, fragte Laurin mit dem Blick auf ihr spärliches Frühstück, das nur aus Kaffee und einem Butterbrot bestand.

»Oh ja, sehr gerne.«

»I sag's den Kindern gleich, dass sie dir ein paar Eier holn!«

»Danke.«

Esther sah, wie er im Haus verschwand, und kurz darauf seine beiden Kinder nach draußen liefen. Sie rannten nach unten in die Scheune und kamen zwei Minuten später mit zwei Eiern zu ihr herauf gelaufen. Wortlos streckte der Junge ihr die Eier hin, während seine Schwester sich etwas ängstlich hinter seinem Rücken versteckte.

Kaum hatte Esther die Eier entgegen genommen und sich bedankt, rannten die zwei wieder zurück ins Bauernhaus.

Der etwa siebenjährige Junge und das fünfjährige Mädchen schienen Esther auch in den nächsten Tagen ausgesprochen scheu. Sie grüßten Esther nicht und vermieden jeden Blickkontakt. Esther kamen die beiden wie zwei wenig zutrauliche Rehkitze vor. Keine wohlerzogenen und auf Manieren gedrillten Stadtkinder, sondern von Natur aus vorsichtige und scheue junge Menschen, die nicht viel Kontakt mit Fremden hatten.

Auf ihrer Terrasse sitzend enthüllte sich Esther nun gegenüber im Bauernhof ein ungewöhnliches Familienleben, und sie durfte es betrachten wie die Schafe; sie war ja hier, um in die Sonne zu blinzeln und die Ruhe zu genießen. Fast wie eine Theateraufführung.

Esther wurde sich dabei bewusst, dass es hier Ruhe nur für den touristischen Betrachter gab, nicht für den Bauern. Als der Bauer den laut knatternden Traktor direkt vor dem Bauernhaus parkte, resümierte Esther im Stillen: »Die Zeichen moderner Technik und industrieller Arbeit schieben sich vor die Idylle.« Sie lachte laut auf. Keiner hörte es.

Mittags machte Laurin an Esthers Terrasse Halt. Er hatte aus der Ankündigungs-E-Mail ihren Namen herausgesucht. »Grüaß di, Esther. Gell, schön warm is' es scho. So kann man's aushalten auf der Terrassn.«

Esther hatte sofort bemerkt, dass er zum ersten Mal ihren Namen benutzt hatte. Ihr jüdischer Name hatte für sie selbst immer hart und ernst geklungen. Seine bayerische Aussprache ließ das erste E weicher werden, fast wie ein ‹ö›, und das harte ‹er› am Schluss wurde zu einem ‹a›: »Östa«, mit mehr Betonung auf der zweiten Silbe. Zum ersten Mal klang ihr Name weich und liebenswert.

Sie sah ihn erstaunt an. »Ja, es ist wunderschön. Ich genieße es, hier einfach zu sitzen und zu lesen.«

Keiner von beiden wusste, was er noch sagen sollte. Beide hätten gerne noch etwas gesagt.

Dann zuckte er freundlich die Schultern und ging wieder.

Ausgesprochen überrascht sah sie ihm nach.

»Östa«, wie liebenswert. Er hatte aus ihr etwas Liebenswertes gemacht.

Plötzlich wurde ihr heiß, sie merkte, wie in ihr Gesicht das Blut schoss. Woher kam dieses plötzliche Gefühl von Euphorie? Esther deutete es als Faszination an der Fremdartigkeit dieses Bauern. Verwundert strich sie sich über ihre heißen Wangen.

*

Der Bauer befand sich im Gegensatz zu ihr den ganzen Tag in hektischer Betriebsamkeit. Schon ganz früh ging er hinaus, zog die Gummistiefel an und lief mit schnellen Schritten in den Kuhstall. Um seine Kinder kümmerte er sich untertags ganz anders als die gluckenhaften Stadtmütter, die Esther oft in der U-Bahn auf dem Weg zum Kindergarten sah. Aber trotz seiner Schroffheit war für Esther erkennbar, dass er sich mit Herz um seine Kinder sorgte.

Er lief zum Stall, kam zurück, fuhr mit dem Traktor über seine Felder, reparierte dazwischen den Motor seines Autos und befestigte die Kuhzäune. Der Junge half dem Bauern bei seiner Arbeit, sogar beim Gülleausfahren. Er saß dann auf dem Traktor neben dem Bauern und freute sich daran, wenn es wild, schnell und holprig den Berg hinauf und hinunter ging. Die kleine Tochter, die sich gut mit sich alleine beschäftigen konnte, fuhr währenddessen Dreirad. Die Kinder schienen, wie Esther auch, zufrieden hier oben zu sein, wenn sie auch eher ihr Glück darin fanden, die Gülle auf dem Traktor auszufahren.

Esther beobachtete das geschäftige Treiben höchst aufmerksam über den Zeitungsrand hinweg. Ohne dass sie selbst wusste, warum. Alles schien ihr unglaublich interessant, unglaublich anziehend.

Am Abend entschuldigte sich Laurin bei ihr wegen des Güllegeruches. »Es tut mir leid, dass es a bissl stinkt. Aber weißt, der Odl muß jetzt im Frühjahr naus. Des braucht der Boden. Mei, und mein Tank is' voll zum Überlaufen.«

»Nein, ist o.k.«, winkte Esther grinsend ab, »ist ja so natürlich.« Obwohl sie sich diese beinahe überlaufenden Tanks wenig natürlich vorstellte. Noch weniger wollte sie sich vorstellen, wie die Gülle in den Traktor kam und ob Laurin da nicht ab und zu einen mit Gülle beschmutzten Schlauch anfassen musste. Nein, sie wollte lieber nicht darüber nachdenken.

Um aber zu ihm freundlich zu sein und es auch sich selbst klar zu machen, wiederholte sie: »Ist ja alles Natur.«

Das war anscheinend ein Stichwort für ihn, das Thema war das richtige für ihn. »Weißt, im Odl sind Stickstoff, Phosphat und Kali drin – und die sind wichtig für die Pflanzen. Der Kunstdünger is' so teuer worn und im Odl is eh alles Wichtige drin. Zu viel Odl is auch ned gut, i weiß scho, aber bei meine paar Küah gibt's eh ned so viel.«

Er wandte sich zum Gehen. »Morgen wird's scho besser sein.«

»Kein Problem. Ich mag die Landluft.«

Als Laurin gegangen war, ärgerte sich Esther über ihre eigenen Worte. »Ich mag die Landluft« – das konnte er doch eigentlich nur als Affront verstehen bei diesen Gülleattacken. Seine Versuche, sich freundlich mit ihr zu unterhalten, versandeten recht schnell, weil sie nicht den richtigen Ton für eine Antwort fand. Esther bedauerte das zutiefst.

Sie machte einen tiefen Atemzug und hoffte, dass der Geruch morgen tatsächlich wieder abgeklungen war.

*

In den nächsten zwei Tagen machte Esther Halbtages-Touren auf den umliegenden Bergen. Am ersten Tag erlief sie sich den gegenüberliegenden Berggipfel in drei Stunden. Da die Gegend kein allzu bekanntes und viel besuchtes Ausflugsziel bot, war sie meist alleine auf den Wanderwegen unterwegs, was sie sehr genoss.

Am zweiten Tag entschloss sie sich, eine größere Bergwanderung zu unternehmen. Sie plante ihre Ausflüge immer mit der Wanderkarte des Alpenvereins, da sie sich hier die kleinsten und damit einsamsten Wegstrecken auswählen konnte.

Diesmal suchte sie sich eine Route auf einen Berg mit 2.200 Metern Höhe aus. Auf der Karte sah sie, dass von einer Straße aus ein kleiner Weg steil hinauf führte, jedoch nicht ganz bis zum Gipfel. Der eigentliche Wanderweg zum Gipfel verlief von der anderen Seite, würde aber mindestens drei Stunden mehr Laufzeit erfordern. Esther entschied sich wagemutig, den kurzen steilen Weg zu nehmen und sich dann etwa zwei Kilometer durch wegloses Gebiet zu schlagen, um schließlich auf den Gipfelpfad zu treffen. Solche wilden Touren waren ganz nach ihrem Geschmack. Mit Kompass und Wanderkarte könnte sie dieses kleine Abenteuer leicht bewältigen.

Sie packte ihren Wanderrucksack mit einer Flasche Wasser, einem Brot und einem Apfel und stieg in ihren Citroën. Als sie bis zum Beginn des ersten steilen Weges gefahren war, musste sie feststellen, dass hier nicht einmal ein Parkplatz war. Sie parkte ihren Wagen am Wegrand, halb in der Wiese. Anscheinend war dies hier kein Wanderweg, sondern nur ein Forstweg, da ein befahrbarer Weg mit einer Schranke abgetrennt war. Aus Neugier probierte Esther die Schranke aus, die unverschlossen war. Aber sie entschied sich doch für einen Fußmarsch.

Sie freute sich, dass es ihr anscheinend gelungen war, eine wirklich unbekannte Route zu finden. Der schmale, aber durchaus für den Förster befahrbare Weg führte steil durch dicht bewaldetes Gelände. Kein Mensch begegnete Esther.

Esther sog die Ruhe und die Schönheit der Bergwälder in sich auf. Langsam kam sie aus der Waldzone heraus, die Vegetation wurde spärlicher, dafür entfaltete sich die Alpenlandschaft mit Wiesen, Bergblumen und dem typischen, grauen Kalksandstein. Ohne dass es einen klaren Endpunkt gab, verlor sich der Weg plötzlich in einer Wiese. Als Esther einen Hochsitz sah, war ihr klar, dass der Förster hier wahrscheinlich nur für die Jagd hoch kam.

Ohne nachzudenken, kletterte sie den Hochsitz hinauf, setzte sich auf die Bank und übersah die alpine Umgebung. In Esther blitzten die Erinnerungen an die wenigen glücklichen Momente ihrer Kindheit auf, wenn sie mit ihrem Vater durch den Wald gelaufen war oder stundenlang in der Morgendämmerung auf dem Hochsitz gesessen hatte. Ihr Vater, ein Jäger, hatte ihr das Schießen beigebracht. Es waren die einzigen Male gewesen, bei denen sie Anerkennung von ihrem Vater erhielt, wenn sie ein Reh oder einen Hasen oder sogar einmal ein Wildschwein erlegt hatte. Dafür allerdings hatte sie oft stundenlang ohne jede Bewegung in der eisigen Kälte des frühen Morgens auf dem Hochsitz verbringen müssen. Aber dann war sie sein würdiger Stammhalter gewesen.

Esther liebte das Schießen. Genau konnte sie sich daran erinnern, wie es war, auf dem Hochsitz zu sitzen, wenn das Wild in Sichtweite auftauchte. Man hielt den Atem an vor Spannung, legte ganz langsam und leise das Gewehr an, zielte und schoss. Das Erfolgserlebnis eines guten Schusses betäubte in seiner Euphorie sofort jedes Mitleid mit dem erlegten Wild.

Sie kletterte wieder hinunter, prüfte mit dem Kompass die richtige Richtung und lief gedankenverloren querfeldein, ohne Weg, weiter. Als sie aufsah, bemerkte sie im letzten Moment, dass sie vor einer tiefen Felsspalte stand. Ihr Herz klopfte. Zwei unbedachte Schritte weiter und sie wäre in diesen Abgrund gefallen. Vorsichtig lief sie an den Rand. Eine solch unvermittelte, tiefe Felsspalte hatte sie nur selten in den Bergen gesehen. Auf einem Wanderpfad hätte man eine solche Spalte einzäunen oder kennzeichnen müssen. Nahezu senkrecht ging es hinunter bis zu einer Tiefe von etwa acht Metern, wie Esther schätzte. Wäre sie hier hinein gefallen, hätte sie kaum überlebt. Wäre sie verletzt gewesen, hätte sie hier niemand gefunden. Es schauderte Esther bei der Vorstellung.

Vorsichtig wich sie zurück und umlief die mehr als zehn Meter lange Spalte in großem Bogen.

Nach etwa einer Stunde durch unwegsames Gebiet, das Esther teils durch das hüfthohe Gras schlammiger Wiesen, teils über steile Abhänge führte, die sie unter Zuhilfenahme ihrer Hände erkletterte, kam sie wie geplant an dem eigentlichen Gipfelweg an. Sie war außer Atem und gönnte sich ihre Brotzeit mit einem großen Schluck Wasser. Was für ein schöner, aufregender Kletterweg, Esther war begeistert.

Auf dem Gipfelweg kamen Esther nun wieder sporadisch Wanderer entgegen. Oben angekommen fand sie eine bewirtschaftete Almhütte vor, in der sie sich ein Speckbrot kaufte, das sie in der Sonne auf der Terrasse hungrig verschlang.

Für den Rückweg benötigte sie nur knappe zwei Stunden, so dass sie bereits am Nachmittag wieder zur Hütte zurückkehrte.

Nach einer langen, warmen Dusche entspannte sie sich auf der Holzterrasse ihrer kleinen Hütte. Sie las ausführlich »Die Zeit« und beobachtete dabei ungeniert von ihrer Terrasse aus das bäuerliche Leben. Als sie sich überlegte, was sie an diesem bäuerlichen Lebensrhythmus so beeindruckte, wurde ihr klar, dass es die unmittelbare Folgerichtigkeit in diesem Leben war. Früh musste man aufstehen, um die Kühe zu melken und die Hühner zu füttern. Gedüngt wurde im Frühjahr, gemäht wurde bei Sonnenschein – alles war klar vorgegeben. Dies hier war nicht die perfekte Idylle eines absolut glücklichen, sorgenfreien Lebens, sondern es war ein Leben, bei dem jeder Schritt und jede Handbewegung Ursache und Ziel hatten.

Nein, perfekt war es nicht. Esther dachte lange darüber nach. Aber wohl ein erfüllenderes Leben als das in der Stadt, vermutete sie, selbst wenn die Zeit auch hier nicht stehen geblieben war, es gab Warmwasser und Strom, moderne Technik, Ehekrisen - und Internet. Die Ironie, dass der Bauer sein vermeintlich heiles Leben erfolgreich übers Internet vertrieb, entging Esther mit ihrem feinen Gefühl für Zwischentöne nicht. Doch diese Brüche störten sie nicht wirklich, vielmehr verstärkten sie noch die bannende Faszination, die dieses fremde Leben mit jedem Urlaubstag mehr auf sie verströmte.

Die aufgeregten Stimmen der beiden Bauerkinder störten Esther bei ihren Gedanken. Sie sah auf und erblickte die beiden, wie sie ein Schaf mit lockenden Rufen an einem Hundehalsband hinter sich den Weg herauf zogen. Esther stand auf, froh über die Ablenkung.

»Führt ihr ein Schaf aus?«

Das Mädchen hatte bei Esthers Worten sofort einen Schritt zurück hinter den Rücken des großen Bruders gemacht. Der Junge sah sie mit schief gelegtem Kopf an: »Naa, des is vom Eckstoa Hof. Mir solln zwei Tag drauf aufpassn.«

Esther fand es erstaunlich, dass der Dialekt des Kindes bei weitem stärker war als der des Vaters, der sich zumindest ihr gegenüber immer bemühte, halbwegs verständlich für sie zu sprechen.

Durch das Gespräch hatte das Schaf die Gelegenheit bekommen, zwei Schritte neben den Weg zu gehen. Nun versenkte es seinen Kopf in einem dicken Kleefleck auf der Wiese und kaute zufrieden.

»Kumm weida«, rief der Junge das Schaf an und zog fest und ruppig am Halsband. Darauf ließ sich das Schaf jedoch einfach nieder und lag nun breit auf der Wiese und fraß weiter.

Der Junge schimpfte und zog gewaltig am Halsband, während das Mädchen sich hinter seinem Rücken hervor wagte und versuchte, das Schaf am Hinterteil hoch zu schieben. Das große Schaf allerdings schien das alles kaum zu stören.

Esther lachte: »Das macht es sich jetzt hier gemütlich.«

Die Kinder sahen sie verzweifelt an – an Esthers ironischem Humor konnten sie nicht teilhaben. Ganz schüchtern meldete das Mädchen: »Mir sollten's doch auf die obere Wiesn bringn.«

Esther war klar, dass die Kinder ihren Auftrag nicht erfüllen konnten, weil sie sie mit ihrem Gespräch unterbrochen hatte. Sie seufzte. Im Gegensatz zu anderen Menschen fand sie Kinder nicht schon beim ersten Anblick zu Herzen gehend. Kinder erschienen ihr meist vorlaut, unerzogen und störend. Doch ihr normales klischeehaftes Bild von Kindern, das sie bisher immer wieder bestätigt gefunden hatte, passte auf diese zwei Bauernkinder nicht ganz. Sie zuckte mit den Schultern. Eigentlich war sie schuld an der Situation, und der ängstliche Ausdruck in den braunen Augen des kleinen Mädchens berührte sie.

»Ich halte jetzt die Leine und ihr holt euren Vater.«

Wortlos übergab der Junge Esther die Leine und sie rannten hinunter zur Scheune.

Esther setzte sich neben das Schaf und ließ ihre Hand durch dessen wolliges Fell gleiten. Kleine Löckchen kringelten sich um ihre Finger. Das Schaf reagierte nicht auf sie und kaute zufrieden weiter.

Der Bauer würde seine Kinder jetzt wohl beschimpfen, weil sie ihren Auftrag nicht erfüllt hatten, glaubte Esther zu wissen, und sie spürte die Mitschuld an diesem Fehlverhalten auf sich lasten.

In diesem Moment sah sie schon den Vater mit seinen zwei Kindern den Berg hinaufstapfen. Sie wappnete sich mit einer Entschuldigung und Erklärung, als er sich vor ihr aufbaute und seine Hände in die Hüften stemmte.

Nach einer kleinen Pause, in der er Esther und das Schaf musterte, verzog sich sein Mund zu einem Lachen. »Ja, mei, dann is des halt jetzt dein Hausschaf. Beim Eckstoa Bauern is des a Streichelschaf für die Gäst'.«

Er grinste sie an, nahm ihr das Halsband aus der Hand und knotete es um den kleinen Baum, der direkt am Haus stand.

Dann drehte er sich wortlos um und lief wieder hinunter zur Scheune. Die Kinder folgten ihm.

Esther starrte ihm verblüfft nach. Diese Reaktion hatte sie nicht erwartet.

Sie blickte ihm noch hinterher, als er bereits längst in der Scheune verschwunden war. In ihr breitete sich ein Gefühl von Verwunderung und Wärme aus.

Sobald Esther sich auf der Terrasse nieder ließ, wanderte die gemütliche, große Hofhündin, Aika, von ihrem Platz vor der Haustür des Bauernhauses zu Esther.

Diesmal war Aika etwas verwundert über den neuen, tierischen Gast. Sie beschnupperte das Schaf, lief dann aber zu Esther, die Aika mit einem Stück Schinken aus ihren Wurstvorrat fütterte.

Während das Schaf wenig Notiz von Esther nahm und deren Streicheln eher unbemerkt über sich ergehen ließ, genoss Aika jedes Kraulen. Hörte Esther auf, forderte Aika mit dem Stupsen ihrer Schnauze Esther auf, weiter zu streicheln.

Für Esther war es bedeutsam, dass sie sich damit einen Teil des Bauernhoflebens, einen Teil von Laurin, ‹gezähmt› hatte.

Plötzlich fiel ihr das berühmte Kinderbuch vom Kleinen Prinzen ein, der auf der Suche nach den Menschen war. Dieser musste auch den Fuchs zähmen, ihn »sich vertraut machen«, um ihm nahe zu kommen. Esther genoss die Vorstellung, dass es ihr gelungen war, den riesigen Hofhund zu zähmen, sich vertraut gemacht zu haben. Sie hatte sich nie Menschen so vertraut machen können, dass sie bei ihr geblieben waren oder sie bei ihnen. Esther kraulte den Nacken der sanftmütigen Hündin und dachte kurz darüber nach, warum es ihr nie gelang, Freundschaften auf Dauer aufrecht zu erhalten.

Schon nach dem ersten Tag war die sanftmütige, riesige Hündin für Esther der Inbegriff dieses Landlebens gewesen.

Wenn Aika anwesend war, fühlte Esther sich gänzlich entspannt und sicher.

Seit langem war sie nicht mehr so ruhig und gelassen gewesen wie hier oben. »Nun bin ich erst wenige Tage hier und habe schon ein Schaf und einen Hund.« Verwundert über sich selbst schüttelte Esther den Kopf.

Laurin wusste, dass die Städter kleine Tiere besonders liebten. Als er Esther wie so oft auf der Terrasse sah, kam er zu ihr. Ohne ein einleitendes Geplänkel erklärte er ihr: »In der Scheune san kleine Katzen. Oben auf'm Heuboden im Stroh find'st die Katzerl. Magst sie anschaun?«

Sie mochte. Bisher hatte sie einen Bogen um die Scheune gemacht, da das Grunzen ihr verraten hatte, dass zumindest ein Schwein dort lebte, was nicht besonders anziehend auf sie wirkte. Sie verband mit Schweinen einen scheußlichen Geruch und Dreck, aber die Vorstellung von kleinen Katzen wirkte attraktiv genug. Sie folgte Laurin gerne, nicht nur wegen der Katzen.

Mit seinem Stechschritt lief er voraus. Sie hatte Mühe, mit ihm Schritt zu halten. Ob für ihn damit, dass sie sofort die kleinen Tiere sehen wollte, das Klischee der typischen Städterin erfüllt war, fragte sie sich. Aber sein Verhalten zeigte ihr, dass er sich nicht darüber lustig machte.

Am Eingang des Stalles deutete er auf ein Huhn, dem sieben kleine goldgelbe Küken folgten. »Bieberl«, sagte er nur. Esther war klar, dass das wohl die Küken bezeichnen musste. Wie kleine Wollbällchen, dachte sie sich.

»I muss bloß aufpassen, dass die Krähen sie ned derwischen, wenn's draußn san«, schimpfte Laurin mit einem düsteren Blick in den Himmel. Esther sah nichts im blauen Himmel und wunderte sich darüber, dass Krähen tatsächlich auf kleine Tiere Jagd machen sollten. Für sie waren das keine Raubvögel. Oder doch?

»Ich wusste nicht, dass Krähen Küken fressen.«

»Mei, eh, des is a so.« Er zuckte etwas hilflos über die Frage die Schultern. Für ihn war das klar.

»Des is a so. – So ist es«, übersetzte Esther die Worte wiederholend gedanklich für sich. Und in dieser gelassenen Hinnahme der Welt und des Lebens fand sie Laurin verkörpert. So ist es.

So hätte sie auch gerne leben wollen.

Dann führte Laurin sie durch den fast leeren Stall. In den Boxen, die anscheinend für Kühe gedacht waren, befanden sich nur ein paar wild umherlaufende Hühner. Lediglich das eine Schwein grunzte in einem verschlossenen Stall. Der Geruch nach Tieren war da, aber nicht so schlimm wie Esther befürchtet hatte.

»Hast du denn gar keine Kühe hier?« fragte Esther und benutzte zum ersten Mal das ‹Du›, das er so selbstverständlich fand.

»Die Rosa, die Maxi und die Flecki san gleich hinter der Scheun' auf der Weide. Des san Mutterküh, die bald kalben. Die lass i bei mir. Meine andern zehn Küh san scho drobn auf der Alm, die kumma erst im Herbst wieder zu mir in den Stall.«

Esther folgte Laurin eine enge Stiege zum oberen Heuboden der Scheune hinauf. Er deutete auf eine Ecke, in der noch ein letzter Rest Heu in der ansonsten beinahe schon leeren Scheune lag.

Während Laurin an der Treppe stehen blieb, ging Esther auf die Ecke zu. Bei ihren letzten Schritten versank sie mit ihren Turnschuhen im Heu. Die Halme piekSten ihr in die Beine oberhalb der Schuhe. Verwundert merkte sie, dass es ihr nichts ausmachte. Im Gegenteil, ihr gefiel der intensive Duft nach Heu. Ganz in der Ecke fand Esther drei winzige Wollknäuel-Katzen, ein schwarzes, ein schwarz-weiß geflecktes und ein graues Tiger-Kätzchen. Sie kniete sich zu den Kätzchen.

Esther war über sich selbst erstaunt. In den Tagen auf der Hütte gelang es ihr jeden Tag mehr, ein wenig von den zwanghaften Hygienevorstellungen, denen sie sonst mehr und mehr erlag, loszulassen. Vor einer Woche noch hätte sie sich nicht vorstellen können, sich in das Heu zu knien, über das mit Sicherheit bereits Mäuse ihren Kot verteilt hatten. Jetzt zögerte sie nur kurz, bevor sie sich neben die Kätzchen in das Stroh setzte und das Graue vorsichtig auf den Schoß nahm.

Wie sich dieses Lebewesen in ihren Händen wand. Unfassbar hilflos schien ihr das winzige Tier, das sie halb erschrocken, halb keck ansah und versuchte, dem ungewohnten Menschen wieder zu entkommen. Esther hielt es sanft fest und streichelte das kleine Kätzchen. Erst ließ es sich das gefallen, aber dann strebte es wieder fort.

*

Sie schien Laurin vergessen zu haben, der immer noch in drei Metern Entfernung stand und gesehen hatte, wie sie sich den Kätzchen näherte.

Er hatte kein Bedürfnis, die kleinen Katzen zu streicheln, aber er hatte Esther dabei beobachtet. Und er hatte ihr Zögern registriert, bevor sie das Kätzchen angefasst hatte. In diesem Moment war ihm klar geworden, dass diese Frau, wenn überhaupt, nur selten bisher Tiere berührt hatte.

Er wertete das Verhalten nicht. Viele der Vorlieben oder Wünsche seiner Gäste waren ihm fremd. Sie waren Touristen, er ein Bauer. So war das.

Wortlos drehte er sich um und ging wieder an seine Arbeit.

*

Esther sah ihm nach. Schade, dass er nicht bei ihr geblieben war und sich mit ihr zusammen an den Katzen erfreut hatte. Aber immerhin, er hatte sie ihr gezeigt.

Täglich mehrmals besuchte Esther nun die kleinen Kätzchen, die meist von der Mutter, die offensichtlich auf Futtersuche war, allein gelassen wurden.

Fast ohne Widerwillen betrat sie den dunklen, dreckigen Stall. Sogar das grunzende, schmutzige Schwein konnte sie mittlerweile mit einem kleinen Anflug von Sympathie beobachten, wenn es seine Schnauze suchend durch den dreckigen Stallboden wühlte. Der Stall war ein Ort des Schmutzes, den sie eigentlich hasste. Aber hier fand sie auch die kleinen Katzen, die mittlerweile vertrauensvoll zu ihr tapsten, sobald sie kam, sich in ihren Schoß kuschelten und mit ihren rauen Zungen ihre Hand ableckten. Und es war kein anderer Mensch da, der sich daran stören könnte, dass sie selbst wahrscheinlich auch schon den Geruch der Tiere angenommen hatte. Das war erleichternd für Esther. Laurin würde es jedenfalls nicht bemerken, da war sie sich sicher.

Esther fühlte sich wie befreit von allen Erwartungen und Anforderungen, die ansonsten permanent auf sie von allen Seiten eindrangen. Hier musste sie nicht ordentlich und sauber sein, nicht perfekt sein, nicht funktionieren. Die Kätzchen mochten sie so, wie sie war, weil ihre warme Hand sie streichelte.

Sie konnte auch einfach nur hier sitzen. Manchmal liefen die Katzen um sie herum, manchmal legten sie ihre Köpfchen auffordernd in Esthers Hände. Sie kamen und gingen. Und Esther ließ es geschehen, so wie es passierte, ohne einzugreifen.

Esther nahm das Graue auf den Schoß, das ihr so gut gefiel, dass sie es am liebsten mit nach Hause genommen hätte. Sie rang schwer mit diesem Gedanken, aber es wäre wohl kein gutes Leben für das Kätzchen einsam in einer Stadtwohnung gewesen.

Esther blickte auf und sah, dass die Mutterkatze gekommen war. Die Katze stellte sich in einiger Entfernung vor Esther auf und gab einen warnenden Maunz-Ton von sich.

»Schon gut, du Mutter, ich geh ja schon.« Sie setzte sanft das Graue ab, streichelte ihm noch einmal über den Rücken und ging in einem großen Bogen um die Katze herum, die sofort zu ihren Jungen lief.

Esther versuchte, die raren, für sie kostbaren Gespräche, die sie mit Laurin führen konnte, am Laufen zu halten, doch meist lächelten beide am Ende jeweils über das vermeintliche Unwissen des anderen.

Einmal fragte Esther Laurin, ob die kleinen Katzen denn schon Namen hätten.

»Naa, aber wenns'd magst, kannst ihnen gern einen geben.« Er sah sie fast herausfordernd an. »Die Mutter hat auch keinen Namen.«

Später kam Esther die Frage, die sie daraufhin stellte, selbst dumm vor: »Warum haben denn bei dir die Kühe Namen, die Katzen aber nicht?«

»Weil man die Küah rufen muss«, antwortete Laurin mit grinsender Selbstverständlichkeit.

Die Welten der beiden prallten aufeinander.

Esther wurde klar, dass für den Bauern die Kühe Nutztiere waren, die man den Berg hinauf und hinunter treiben musste, während die Katzen die Mäuse von alleine fingen. Oft liefen die Gespräche der beiden an Punkten aus, bei denen für Laurin etwas ganz selbstverständlich war, das für Esther eine völlig neue Erkenntnis beinhaltete. Sie sah mit seinen Augen die Dinge aus einem neuen Blickwinkel.

Esther suchte immer wieder Anknüpfungspunkte für kurze Unterhaltungen mit Laurin, die er ihr gewährte, wenn sie auch selten über ein paar Sätze hinausgingen.

Laurins Verhältnis zu Tieren erschloss sich Esther erst langsam. Sie beobachte Laurins nutzenorientiertes Verhalten den Tieren gegenüber mit Interesse und Befremden. Nach und nach aber erschien es ihr völlig folgerichtig, auf einem Bauernhof die Tiere nur nach ihrer Nützlichkeit einzuordnen und dementsprechend zu behandeln.

Sie konnte keine kleine Katze sehen, ohne sie niedlich zu finden und den Wunsch zu haben, sie zu streicheln. Laurin streichelte die Katzen nie.

Sie konnte Aika nicht sehen, ohne eine Gefühl von tiefer Zuneigung zu haben. Aika wurde zwar auch von Laurin durchaus geliebt und bekam sogar im Gegensatz zu allen anderen Tieren ab und an mal eine Streicheleinheit. Aber verhätschelt oder vermenschlicht wie Stadthunde wurde Aika nicht.

Tiere hatten bei Laurin im Haus nichts zu suchen. Esther fiel es schwer zu verstehen, dass dies auch für Aika galt. Bei jedem Wetter schlief Aika auf ihrer Decke auf der überdachten Terrasse vor der Haustür.

Nicht nur die Katzen, auch die sieben kleinen, goldgelben Küken, die Laurin ihr gezeigt hatte, beobachtete Esther gerne. Sie tapsten brav hinter ihrer Mutter her und eroberten sich jeden Tag ein wenig mehr Spielraum. Während Esther an den ersten zwei Tagen die Küken meist nur im Stall sah, liefen sie bald schon ein wenig vor die Tür. Sobald Esther ankam, flüchteten die scheuen Küken zusammen mit der sie beschützenden Mutter gleich wieder in den Stall.

Als Esther ihren Morgenrundgang machte, kam Laurin aus dem Stall. Er fluchte. »Die Krähen ham mir zwei Bieberl geholt. Jetzt langt's!« Er lief zum Bauernhaus, und Esther konnte durch die geöffnete Tür sehen, wie er aus dem Flurschrank ein offensichtlich geladenes Gewehr nahm. Er lief in Richtung Stall, legte an und zielte in die Luft, wo zwei große Krähen kreisten.

Esther zuckte zusammen, als sie den Knall hörte.

»Des is bloß a Luftgwehr«, Laurin drehte sich zu Esther um und lehnte das Gewehr an die Stallwand.

Esther stellte sich neben den Bauern mit seinem Gewehr.

Einerseits erschreckte sie das Bild von Laurin mit dem Gewehr in der Hand, andererseits bewunderte sie an ihm, dass er einfach das tat, was er als Bauer tun musste. Es erinnerte sie an die

Bewunderung, die sie für ihren Vater gehabt hatte, wenn sie mit ihm auf der Jagd war. Bewunderung, gemischt mit Furcht.

»Du schießt auf die Krähen, damit die Küken überleben können.«

»Genau.« Er nickte grinsend.

Sie lächelte und schwieg in dem Bewusstsein, dass sie jetzt zum ersten Mal das Schweigen nicht trennte.

Esther mochte die Vorstellung, dass es hier ein Leben gab, das einforderte, dass bestimmte Dinge getan werden mussten, ohne sie zu hinterfragen. »Städtische Selbstzweifel und moralische Diskussionen sind im bäuerlichen Leben überflüssig«, stellte sie zufrieden fest.

Da sie sich mit Luftschussgewehren nicht auskannte, wollte sie Laurin fragen, ob er damit den Krähen nur einen Schreck einjagen wolle oder ob er sie damit abschießen könne, als Laurin sich schon wieder mit einer eckigen Bewegung abwandte, das Gewehr nahm und es zurück zum Bauernhof brachte.

Esther sah ihm nach und hatte wieder das Gefühl, eine Gelegenheit verpasst zu haben, mit ihm über sein Leben ins Gespräch zu kommen.

Oft blieb es Esther unklar, warum Laurin manche Dinge tat oder was genau das bäuerliche Leben forderte. Sie fragte sich, ob Laurin die Raubvögel erschoss und ob man die Eier von freilaufenden Hühnern an bestimmten Plätzen im Stall suchen musste. Vieles blieb ihr unverständlich. Und der scheue Laurin gab ihr höchstens einen kurzen Hinweis, erklärte die Dinge jedoch nie so lange und ausführlich, wie Esther es sich gewünscht hätte.

Sie beschloss, sich die Zeit zu nehmen und nach und nach mehr von diesem Leben zu verstehen.

Nach fünf Tagen war ihr erster Urlaub auf der Hütte schon zu Ende. Aber sie wusste, dass sie bald wieder kommen werde.

*

Seine Vorzimmerdame winkte Professor Merkner aus einem Termin heraus. Das war ihr nur in Ausnahmefällen erlaubt. Und Merkner dachte sofort, dass der Grund die Patientin seines Golffreundes Maderthaler sein musste.

»Den Namen, den Sie mir aufgeschrieben haben, - die Frau ruft gerade zur Vereinbarung eines Termines an. Was soll ich sagen?«

Professor Merkner entschuldigte sich mit einer galanten Verbeugung bei seiner Patientin, die sowieso gerade fünf Minuten geschwiegen hatte, auch das musste manchmal sein, und trat hinaus ins Vorzimmer seiner Praxis.

Er blickte auf die hinter dunklem Eichenholz tickende Standuhr: »Fragen Sie, ob sie in einer Stunde da sein kann. Betonen Sie, dass ich gerade etwas Zeit habe und dass ich diese extra meinem Freund Maderthaler zuliebe für sie nutzen würde.«

Seine Vorzimmerdame richtete das am Telefon aus, verabschiedete die Frau dann freundlich und legte auf. »Ich glaube, die Dame war überrascht. Ein Termin, der noch unabsehbar weit fort gewesen wäre und damit verschiebbar, wäre ihr lieber gewesen.« Sie lachte ihren Chef mit über Jahrzehnte in gemeinsamer Arbeit erworbenem Wissen an. Psychisch Kranke in eine Praxis zu bringen, war meist der schwerste Schritt der Behandlung. Merkner nickte: »Sehr gut.«

Als die Dame eintraf, führte Merkners Vorzimmerdame sie sofort zum Professor. Während sie über den Seidenghom zu ihm lief, der ihre Schritte dämpfte, sah Merkner, wie sie aus den Augenwinkeln die gediegene, teure Umgebung musterte und positiv bewertete. Merkners Auge war geschult, die ersten Sekunden verrieten ihm viel. Eine kluge Frau, hochgradig beherrscht, ein sicheres, klares Auftreten war ihr wichtig, mit Sicherheit seit der Kindheit geübt. Die kleinen Zuckungen der Augen verrieten aber ihre Angst und ihre Unsicherheit.

Oh ja, auch eine hübsche Person. Die hatte Maderthaler mit Sicherheit gefallen.

Er begrüßte sie freundlich und bat sie gegenüber seinem Mahagonitisch Platz zu nehmen. Wie jahrelang geübt, schwieg er dann und sah sie nur auffordernd an.

»Danke, dass Sie sich so spontan für mich Zeit genommen haben. Dr. Maderthaler hat mir empfohlen, mich an Sie zu wenden. Ich bin mir ja gar nicht sicher, ob ich bei Ihnen richtig bin.«

Professor Merkner nickte.

*

Esthers Arbeitstag begann um 8.30.

Heute trug sie wieder eine Bundfaltenhose und eine steif gebügelte Bluse. Auf den letzten Metern vor ihrem Büro kontrollierte sie ihr Aussehen in einem spiegelnden Schaufenster. Sie war absolut korrekt angezogen, unauffällig, sachlich-elegant.

Obwohl alles in Ordnung sein sollte, hatte sie dennoch plötzlich das Gefühl, in einem ihr fremden Leben zu sein. Als ob es nicht wirklich mit ihr zu tun hätte, als ob ihr tatsächliches Leben jenes in der Hütte war und nicht das graue, taube und saubere in der Stadt.

Sie versuchte, die seltsamen Gedanken mit einem tiefen Atemzug abzuschütteln, und betrat das moderne, großzügige Ingenieurbüro mit seinen großflächigen Fenstern. Eigentlich liebte sie hohe, helle Glasfronten, aber heute kamen sie ihr kalt und steril vor. Sie gaben den Blick in einen grauen, wolkenverhangenen Himmel frei. Eine Fensterputzerkolonne reinigte soeben von außen die Fensterflächen, und der beißende Geruch des scharfen Reinigungsmittels drang herein und hing in der Luft.

Esther hatte schmerzliche Sehnsucht nach frischer Luft und dem Geruch von Holz.

Nur eine andere technische Zeichnerin und die Sekretärin waren bereits vor ihr da. Es fiel Esther immer wieder auf, dass in diesem von Männern dominierten Arbeitsumfeld die wenigen Frauen früher kamen und später gingen als die meisten Männer. Und sie selbst war oft die erste im Büro und sehr oft diejenige, die als letzte spät abends das Büro verließ. Dafür war sie eben auch eine der wenigen Frauen, die Karriere gemacht hatte und ein fünfköpfiges Team von technischen Zeichnern leitete.

Bisher hatte es Esther nie gestört, dass man dafür von ihr nahezu grenzenlosen Einsatz forderte. War ein großes Projekt in Verzug, musste sie auch am Wochenende arbeiten oder Nachtschichten einlegen. Im Gegensatz zu Frauen, die eine Familie hatten, war dies für Esther nie ein Problem gewesen. Sie ging ganz in ihren Beruf auf. Esther empfand eine persönliche Freude an der Ästhetik der klaren, genauen Konstruktionszeichnungen, die sie vor allem für Hoch- und Tiefbauprojekte anfertigte. Weit mehr als die Graphiken mit den CAD-Programmen am Computer liebte sie, wenn ihre exakten Zeichnungen noch am Zeichenbrett per Hand entstanden. Esther stand gerne am Zeichenbrett und konstruierte ihre Pläne mit exakter Linienführung. In den begrenzten DIN A0-Plänen fand Esther die absolute Perfektion, die sie ansonsten in ihrem Leben zu erlangen suchte, aber nie vollständig erreichen konnte.

Heute aber, nach den Tagen auf der Hütte, fragte Esther sich selbst, warum sie als Erste um kurz nach acht in der Früh begann. Sie könnte auch eine Stunde später kommen. Eigentlich könnte sie sogar den größten Teil ihrer Arbeit nachts erledigen. Es lag an ihrem fordernden, nie nachlassenden Pflichtgefühl, dass sie es nicht tat.

Esther besah sich die Zeichnungen, die man ihr während ihrer Urlaubstage auf den Schreibtisch gelegt hatte.

Die Zeichner aus Esthers Team arbeiteten sehr exakt, denn sie wussten, dass sie jeden Fehler und jede Schlampigkeit bemerkte und nie bereit war, darüber hinwegzusehen.

Diesmal entdeckte Esther jedoch so viele Ungenauigkeiten wie selten zuvor und sie ärgerte sich darüber heute noch mehr als sonst. Warum konnten diese jungen Nichtstuer nicht einfach ihre Arbeit erledigen. Würden sie in existentiellen Situationen, bei denen sie die Auswirkungen ihres Handelns selbst tragen müssten, so arbeiten, müssten sie ihre Nachlässigkeit bitter bezahlen. Ein Bauer hätte es sich nicht leisten können, sich so nachlässig um seine Tiere zu kümmern.

Esther beschriftete die Unterlagen mit bissigen Kommentaren und verteilte sie auf den Tischen ihrer Mitarbeiter.

Oliver, ihr jüngstes Teammitglied, kam zur Tür herein, sah Esther und fragte in dem ihm eigenen lässigen Ton: »Morgen. Wie war dein Urlaub?«

»Danke, sehr schön.« Das hatte bereits einen scharfen Unterton.

»Hat schon jemand einen Kaffee aufgesetzt?«, Oliver schien ihre Missstimmung einfach zu ignorieren.

»Nein, ich habe zuerst einmal eure Unterlagen durchgesehen.«

Diesmal erkannte Oliver den spitzen Ton sofort als Angriff und drehte ihr schnell den Rücken zu. Esther konnte trotzdem seine rollenden Augen noch sehen. Es ärgerte sie, dass Oliver in aller Seelenruhe die Kaffeemaschine in Gang setzte, obwohl er verstanden hatte, dass Esther nicht zufrieden mit seiner Arbeit war.

Dann erst setzte er sich an seinen Schreibtisch und nahm sich die mit zahlreichen roten Strichen und Anmerkungen versehene Zeichnung vor.

Zwei weitere Zeichner betraten das Büro.

Esther fand nicht, dass Oliver bereits genügend Einsicht aufgrund seiner Fehler gezeigt hatte. »Wenn wir das bauen, darf die Brücke wohl nur von Ameisen betreten werden.« Ihr höhnischer Blick traf Oliver. Der sah gar nicht auf und schien sich in die Unterlagen zu vertiefen.

Esther wusste, dass sie sich mit ihren spitzen Kommentaren nicht zur beliebtesten Frau im Büro machte, aber diesmal hatte sie sich mit ihrem markanten Spruch wieder ein Grinsen der Hereinkommenden gesichert. Genugtuung breitete sich in ihr aus. Es war nötig gewesen, den nachlässigen jungen Kollegen zurechtzuweisen, und das Lachen der anderen hatte ihr Recht gegeben, fand sie.

Esther sah nicht, wie ein Teamleiter in ihrem Rücken sich kopfschüttelnd von ihr weg drehte und murmelte: »Die Furie ist wieder da.«

Zeitgleich mit ein paar anderen betrat Esthers Chef das Büro. Während die meisten im Büro sich duzten und beim Vornamen nannten, war er mit Esther beim ‹Sie› geblieben, nannte sie aber dazu ganz nach amerikanischem Stil beim Vornamen. Esther war ganz froh darüber, dass so noch ein wenig Distanz gewahrt blieb.

»Die Esther ist wieder da. Na, da weht endlich wieder ein anderer Wind. Schluss mit der Unpünktlichkeit, Kollegen, jetzt wird wieder ordentlich gearbeitet und zeitgerecht abgegeben.« Esther war sich nicht sicher, ob das Kompliment ganz ernst gemeint war. Sie war sich durchaus bewusst, dass manche Kollegen sie aufgrund ihrer geistreichen und witzigen Art für eine gute Unterhaltung schätzten, andere sie jedoch auch klar ablehnten und sich lieber von ihr fern hielten. Esther führte das darauf zurück, dass sie eben auch manchmal ohne Umschweife die Wahrheit aussprach.

»Wie haben Sie denn eine ihrer seltenen Urlaubswochen verbracht?« Mit einer jovial-väterlichen Geste legte der Chef ihr die Hand auf die Schulter. Esther musste sich zusammennehmen, um sie nicht abzuschütteln.

»Großartig! Ich war auf den Bergen in einer fast einsamen Hütte gegenüber einem Bauernhof.«

Die anderen im Büro, die Esther fast ausschließlich aus dem beruflichen Umfeld kannten, blickten erstaunt auf. Sie hätten der übergenauen Esther eher einen ihrer Aktiv-Urlaube zugetraut. Wenn Esther von Urlaub oder Wochenenden erzählte, hörte man sonst von Rafting, einem Tandem-Drachenflug oder anderen Extrem-Sportarten.

Esther nahm die verwunderten Blicke wahr und holte fast schauspielerisch mit einer Arbeitsgeste aus, als ob sie eine Heugabel führte. Ganz nebenbei strich sie mit dieser Bewegung auch den Arm ihres Chefs von sich. »Stellen Sie sich vor, Esther Lazaarus zwischen Schafen, Hühnern und Kühen. Es fehlte nur noch, dass ich den Stall ausgemistet habe. Nein, ganz im Ernst, ich habe mich prächtig erholt. Es war eine wunderbare Landschaft in herrlicher Stille.«

»Na, das Stall-Ausmisten hätte ich mir auch nicht vorstellen können, aber Sie haben tatsächlich etwas Farbe im Gesicht bekommen«, schmunzelte ihr Chef.

Die Sekretärin sah sie verwundert an: »Also, ich finde Hühner ja eklig. Dieses ewige Picken.«

Esther lachte und erhob sich gespielt dramatisch: »Ihr müsst euch das so vorstellen: Es ist eher ein Tanzen als ein gerades Bewegen.« Alle, die mittlerweile im Büro waren, wendeten sich zu Esther, denn sie wussten, dass nun wieder eine bühnenreife Esther-Aufführung kam. »Direkt vor meiner Hütte hatte der Bauer ein Schaf angebunden, das schon nach wenigen Stunden Unmengen Schafsköttel produziert hatte. Gehe ich aus der Haustür, muss ich also auf meine Schritte achten, damit ich nicht hineintrete.« Sie wankte gespielt, um den vorgestellten Schafsköttеln auszuweichen. »Dann kommen diese tatsächlich ständig pickenden Hühner an – ich finde die auch eklig, ganz ehrlich – also, wieder ist ein Ausweichparcours angesagt.« Sie schlängelte sich nun um Phantasiehühner herum bis zum anderen Ende des Büroraumes. Alle Augen waren mittlerweile auf Esther gerichtet. »Und nun – habe ich nicht aufgepasst und stehe direkt vor einer riesigen Kuh!« In gespieltem Entsetzen rannte sie wieder zurück zu ihrem Schreibtisch und ließ sich erschöpft auf ihren Drehstuhl sinken.

Das Lachen der Kollegen beflügelte Esther, sie lief zu Hochtouren auf.

»Also – hier bei uns hält unser lieber Chef«, sie warf einen charmant schmachtenden Blick zu ihm, »das tägliche Morgen-Briefing ab. Auf der Alm, wie ihr euch vielleicht vorstellen könnt, sieht das ein wenig anders aus.« Sie erhob sich von ihrem Stuhl, während die Blicke aller sie erwartungsvoll begleiteten. »Früh um 6.00 – der Nebel hängt noch in der Wiese«, eine ausladenden Geste untermalte ihre Beschreibung, »marschiert der Bauer – zick zack - hinaus aus seinem Haus, hinaus in die Welt der Arbeit. Hier sieht das Morgenbriefing so aus:« – sie nahm die Sekretärin Kathi und einen Kollegen und stellte sie in den Raum – »ihr seid Kuh und Huhn und müsst beim morgendlichen Appell stramm stehen!« Die zwei positionierten sich bereitwillig grinsend an die von Esther vorgegebene Stelle. »Nun kommt der Hund«, Esther drapierte einen weiteren Kollegen in die Reihe , »- und zum Schluss das Schwein«, grinsend nahm sie Oliver, der sich widerstrebend auch in die Reihe stellen ließ. »Das Morgenbriefing auf der Alm geht nun so: -«, und Esther stellte sich breitbeinig vor die tierische Reihe und begann in gekonnt nachgeahmtem übertrieben breitem bayerischem Dialekt mit tiefer lauter Stimme zu intonieren.

»Küah, losst die Milch laffa. Mehr! Mehr, sog i, himmidonnersakra. Mehr!« Die Sekretärin Kathi zuckte zusammen bei Esthers schimpfenden Aufforderungen.

Esther wandte sich dem ‹Huhn› zu: »Hiahner – drei Oa om Doag oder iahr kriagts koa Körnerl mehr. Is des kloar?« Der Kollege nickte grinsend. »Ob's kloar is, hob i gfroagt?« »Ja«, antwortete er lachend, »Kloar.«

»Hund, du pass auff, beist am jeden eini ins Waderl. Host mi?«

»Wau, wau«, antwortete scherzend der Angesprochene.

Zuletzt drehte sie sich zu Oliver: »Schwein, mit dir is aus, des woar dei letzter Doag heut. Jo mei, so isses hoilt, heut obend gibt's a Schnitzel.«

Und damit drehte sich Esther um und versperrte die imaginäre Haustür hinter sich.

Alle lachten. Esther konnte sie immer wieder alle entzücken und unterhalten.

Ihr Chef wischte sich die Lachtränen aus den Augen, klopfte Esther auf die Schultern und stieß ein miserabel gejodeltes, aber lautes »Hollerödihö« aus.

Erst langsam ebbte das Gelächter ab und alle fanden sich wieder in die Arbeit ein.

Esther war stolz auf ihr Ergebnis, sie hatte sie alle zum Lachen gebracht.

Aber sie hatte auch das Gefühl, etwas ihr Wichtiges soeben verraten zu haben.

*

Nach einem sehr anstrengenden Tag verließ Esther bereits um 20.00 Uhr das Büro. Mit Befriedigung konstatierte sie, dass alle Mitarbeiter ihres Teams mit langen Gesichtern noch an der Überarbeitung ihrer Zeichnungen saßen.

Esther bestellte nur einen Weißwein und ein Wasser. Während sie auf Susanne wartete, ging sie noch schnell hinaus, um eine Zigarette zu rauchen. Früher hatte sie mehr geraucht. Mittlerweile eigentlich nur noch in den seltenen Fällen, wenn sie ausging. Essen würde sie heute nichts können, denn sie hatte wieder einmal Beschwerden mit ihrem Magen. Tief zog sie den Rauch der Zigarette ein und überlegte sich, ob sie dieses intime Problem wohl mit ihrer Bekannten teilen könnte.

Als Susanne kam, bestellte diese sich einen Flammkuchen mit Speck, Zwiebeln und einer Extraportion Schmand, und dazu einen Rotwein, von dem sie genüsslich einen Schluck nahm. Offensichtlich hatte sie keine Magenprobleme, stellte Esther innerlich fest.

Susanne begann aus ihrer Arbeit zu erzählen: »Manchmal machen meine Kunden mich wahnsinnig. Heute war ich bei so einem Superreichen. Ich habe ihm eine Tapete für 10.000 € besorgt, dazu den farblich perfekt harmonierenden Flokati. Und weißt du, was er jetzt von mir verlangt hat? Wenn ich ihm nicht eine passende Couchlandschaft dazu empfehlen kann, gibt er mir alles wieder zurück. Frechheit. Ich bin Innenarchitektin und kein Möbelhaus.«

Esther atmete tief ein, denn schon zum zweiten Mal an diesem Tag stieg der Ärger in ihr hoch. Sie hatte Susanne im Kulturkreis kennen gelernt und eigentlich hatte die nette und intelligente Frau ihr sofort gefallen. Susanne war schon optisch eine hinreißende Person. Esther sah sie gerne einfach nur an. Ihre knapp schulterlangen blonden Haare mit den kleinen niedlichen Locken legte sie meist mit etwas Gel an den Seiten an, so dass ihr schmales Gesicht noch eleganter wirkte. Die frechen Locken kringelten sich dennoch wagemutig am Nacken wieder heraus und gaben ihr diesen frischen und witzigen Eindruck. Dazu fand sie auch immer eine gelungene Mischung aus klassischer Kleidung mit einem Schuss Übermut. Heute hatte sie eine taillierte weiße Bluse und einen schlichten engen beigen Rock an, dazu aber trug sie einen indianisch anmutenden breiten Gürtel aus bunten Mosaiksteinen. Wie geschmackvoll Susanne sich anziehen konnte und dabei immer noch das eine i-Tüpfelchen Überschwang bewahrte, das Esther immer fehlte. Esther konnte sich bereits an diesem wunderbaren Anblick erfreuen.

Aber Susannes Arbeitseinstellung konnte sie nicht nachvollziehen, ebensowenig wie heute früh Olivers.

»Wenn du jemandem für soviel Geld etwas verkaufst, hat er dann nicht den Anspruch auf ein perfektes Gesamtbild? Wenn er nicht die passende Couch findet, sieht doch tatsächlich sein ganzes Wohnzimmer idiotisch aus; da mögen die Tapete und der Teppich so perfekt sein, wie sie nur wollen. Das ist so, als ob ich ein Parkhaus konstruiere ohne die Statik dabei zu berücksichtigen.«

Susanne seufzte nur. Sie wusste ja eigentlich, dass man Esther mit ihrem unglaublichen Anspruch an Perfektion solche Dinge nicht erzählen konnte. Susanne fand Esther klug, interessant und spritzig, aber dieser Hang zum Überperfekten nervte sie.

Gleich, als sie sich kennen gelernt hatten, hatte Esther ihr erzählt, dass sie eigentlich nie dauerhafte Freundschaften habe. Damals hatte Susanne das gar nicht verstehen können, es aber auch nicht weiter wichtig genommen. Langsam fragte sie sich aber, ob sie diese ständigen besserwisserischen Kommentare auf Dauer aushalten wollte. Permanent hatte sie den Eindruck, sich vor Esther erklären und entschuldigen zu müssen.

Sie wollte auf ein anderes Thema umlenken, als Esther weiter nachhakte. »Wer seinen Beruf nicht mit dem Anspruch ausübt, ihn besser als alle anderen zu machen, der hat doch sein Leben verfehlt. Muss man sich nicht hohe Ziele setzen, damit man auch etwas leisten kann und dann darauf stolz sein darf? Wer Mittelmaß anstrebt, wird nicht einmal etwas Kleines erreichen.«

Esther lehnte sich zufrieden zurück, denn sie dachte, sie hätte Susanne zum Nachdenken gebracht.

Sie merkte nicht, dass Susanne sich soeben innerlich entschlossen hatte, sich nicht mehr mit Esther zu treffen.

Als die beiden noch relativ früh am Abend das Lokal verließen, entschied Esther sich, die etwa zwei Kilometer nach Hause zu laufen, statt die U-Bahn zu nehmen. Es war immer noch ein milder Sommerabend und beim Laufen wurden ihre Gedanken immer klarer.

Esther wusste, dass sie jetzt langsam mit Susanne Klartext sprechen musste, selbst wenn sie ihr damit wehtat. Wenn Susanne so weiter machte, würde sie bald alle ihre Kunden verlieren. Beim nächsten Treffen müsste sie Susanne verständlich machen, dass sie ihre Arbeitseinstellung ändern müsse. Eine echte Freundin musste zum Besten der anderen auch mal Kritik formulieren. Harte Schnitte setzen.

Davon war Esther überzeugt.

Wenn die Freundschaften dies nicht aushielten, dann war den Freundinnen eben auch nicht zu helfen.

Ehrlich, offen und schonungslos zu sein, ohne Rücksicht auf die Befindlichkeiten des anderen, schien Esther nötig, um dem anderen weiter zu helfen. Sie selbst war auch ohne Schonung erzogen worden, und sie war davon überzeugt, dass sie dies auf den richtigen Weg geführt hatte.

Wenn Esther sich falsch verhalten hatte, dann hatte ihr Vater sie in langen Reden davon überzeugt, warum ihr Fehler so schadhaft gewesen war. Und er war ein großer Rhetoriker gewesen, der eine lange Argumentationskette mit der richtigen Lebensweisheit krönte. Am Ende hatte Esther es einsehen müssen. Und das war gut so.

Esther wusste, dass, wenn sie sich von einer Freundin besonders viel versprach und sich besonders gut mit ihr verstand, meist etwas geschah, das die Freundschaft zerbrechen ließ. Erklären konnte sie dies immer nur aus dem jeweiligen Grund heraus: Die eine Freundin war zu schwach, als sie ihr helfen wollte, den Mann zu verlassen, dem ab und zu die Hand gegenüber seiner Frau ausrutschte. Die andere Freundin wollte nicht auf ihre Ratschläge zur Kindererziehung hören und die dritte Freundin konnte Esthers treffende Analyse ihrer Kindheit nicht wegstecken.

Die Freundschaften waren es dann wohl nicht wert gewesen, obwohl Esther selbst sie doch mit so viel Mühe und Energie betrieben hatte. Dankbar zeigten sich die anderen ihr gegenüber nie, selbst wenn Esther sich für sie viel Zeit und Kraft nahm. Esther fand die anderen undankbar, und manchmal ärgerte sie sich darüber so sehr, dass sie es den anderen dann auch klar machte.

Esther lief weiter die ruhigen Straßen entlang. Die großen Häuser zu beiden Seiten wirkten in der Nacht auf sie wie düstere Riesen, die sie belauerten. Eine Straßenlaterne flammte auf. Es wurde kühler, und Esther begann, in ihrer dünnen Bluse zu frösteln.

Plötzlich war sie einen Moment lang ganz ehrlich zu sich selbst. Es tat unendlich weh, wenn eine Freundin sich von ihr abwandte. Es hinterließ ein schwarzes, tiefes Loch in ihr. Jedes Mal behaupteten die anderen, sie sei der Auslöser gewesen, dabei war sie nur ehrlich. Als Freundin musste man bereit sein, den anderen mit der Wahrheit über selbstverschuldete, ungeliebte Realitäten zu konfrontieren. Um den anderen darüber reflektieren zu lassen. Nur das war doch echte Freundschaft. Gerade weil sie bereit war, die Freundschaft zu riskieren, für die Freundin, um sie weiterzubringen. Wenn die anderen sich daran störten, konnte sie es nicht ändern.

Aber ja, sie gab es zu, es tat unendlich weh.

In diesem Moment gestand sie sich sogar ein, dass ihr der Lebenspartner fehlte. Es wäre schön gewesen, nach Hause zu kommen und mit einem Partner zu besprechen, was man der Freundin hatte sagen müssen.

Esther dachte an Matthias, mit dem sie zwei Jahre zusammen gewesen war und von dem sie lange geglaubt hatte, er sei der Mann ihres Lebens, der Gefährte, mit dem sie ihr Leben teilen konnte. Mit mehreren Männern hatte sie versucht, eine längerfristige Beziehung einzugehen, aber irgendwann scheiterten die Beziehungen. Meist gingen die Männer. Matthias war ein erfolgreicher, selbständiger Unternehmer und in ihm konnte sie den wirklich ebenbürtigen Partner sehen. Besser noch, zu ihm konnte sie aufsehen. Sie hielt damals ihre Beziehung für nahezu perfekt und war umso entsetzter, als Matthias ihr vorgeworfen hatte, neben ihr zu Eis zu erstarren. Nur mit Mühe hatte sie ihre Erschütterung verbergen können, als er, den sie erleichtert für ebenso ordnungsliebend wie sich selbst gehalten hatte, ein banales Einzelbeispiel für die Erklärung der endgültigen Trennung heranzog. »Wenn ich bei dir bin, frage ich mich immerzu nur, ob ich auch tatsächlich den Klodeckel herunter geklappt habe. Ich habe genug von diesen vorwurfsvollen Blicken!«

Dieser Satz von Matthias klang noch immer in Esthers Ohren nach.

Esther hatte die Vorwürfe scheinbar gelassen hingenommen und dennoch mit großem Schmerz reagiert, als Matthias mit einer 25-jährigen Friseuse an seiner Seite aufgetaucht war. Ob die ihm wohl dauerhaft mehr ‹Wärme› geben könne, fragte sie sich zynisch. Wer sich lieber dummes Frischfleisch nahm, der hatte sie nie verdient.

Das war drei Jahre her.

Jetzt wurde es kalt. Noch zwei Straßenzüge, dann war sie zuhause. Das Bild von Matthias schmerzte in ihrem Kopf.

Esther wusste, dass sie mit ihren 39 Jahren immer eigenbrötlerischer wurde. Sie konnte sich selbst nicht mehr vorstellen, die nötigen Kompromisse für eine neue Partnerschaft einzugehen.

»Mr. Perfect ist ja nun auch nicht in Sicht.« Sie lachte laut auf. Ein entgegenkommender Jugendlicher schaute sie befremdet an.

Als Mutter hatte sie sich sowieso noch nie gesehen, so dass ihr zumindest das Fehlen von Kindern keine Sorgen bereitete.

Esther war nun an ihrem Haus angekommen. Sie wohnte in Bogenhausen, dem Villenviertel Münchens mit seiner noblen Bebauung am Isarhochufer. Das charmante Gemisch aus malerischen, alten Villen und großzügigen Bungalows im Bauhausstil zog sich entlang der Grünanlagen und Alleen. In einem modernen, mehrstöckigen Bau lag Esthers großzügige Penthouse-Wohnung, die sie über die Dächer der Stadt blicken ließ.

Als Esther die Tür ihrer Wohnung aufschloss, kam ihr die warme Luft wohltuend entgegen. Im Flur fiel ihr Blick sofort auf ihr Spiegelbild in einem übergroßen Spiegel mit goldenem Rahmen – eines der wenigen verspielten Accessoires in ihrem sachlich, modern und kühl gehaltenen Interieur.

Sie betrachtete sich selbst im Goldrahmen wie eine fremde Frau. Esther sah im Spiegel eine attraktive, schlanke Frau. »- Noch -« kam ihr in den Sinn, als sie die kleinen, sich abzeichnenden Falten an den Augenwinkeln feststellte. Ihre glatten, dunklen Haare trug sie zu einem Pferdeschwanz im Nacken zusammen gebunden, was ihr dezent geschminktes, schmales Gesicht betonte. Ihre Kleidung war sportlich-elegant. »Immer adrett und korrekt zurechtgemacht«, das hatte einmal ihr Chef in einem Personalgespräch zu ihr gesagt. Wie sehr oft trug sie eine elegant-sportliche Hose mit einer weißen Bluse. So fühlte sie sich gut angezogen ohne aufzufallen, passend für die meisten Situationen.

Sie drehte sich einmal um sich selbst und begutachtete sich von allen Seiten. »Ich kann sehr wohl noch mit meinem Aussehen Männer anziehen.« Es klang weniger wie eine Feststellung als vielmehr wie ein Versuch, sich Mut zuzusprechen. Diese Selbsttäuschung bemerkte Esther auch sofort und lachte bitter.

Sie durchquerte ihre elegant eingerichtete Wohnung und betrat das großzügige Bad. Dort ließ sie warmes Wasser in die Badewanne aus edlem Kalkstein laufen, die wie ein Oval in der Mitte des Raumes stand. Esthers Glieder waren steif vor Kälte. Ihre Finger erwärmten sich langsam im Strahl des Badewassers, das sie auf die Wärme hin überprüfte.

Sie goss Lavendelöl in das Wasser, zog sich aus und legte ihre Kleider fein säuberlich gefaltet auf eine Ablage im Bad. Plötzlich war der Gedanke da, dass Laurin mit Sicherheit seine Kleider höchstens in eine Ecke schmeißen würde. Sie versuchte sich darin, Slip und BH einfach fallen zu lassen. Nein, es ging nicht, nicht hier in ihrer perfekten Wohnung. Sie nahm die Unterwäsche und legte sie in den Wäschesack. Hier konnte sie sich der von ihr selbst aufgestellten Ordnung nicht entziehen.

Dann glitt sie in das warme Wasser, das sie langsam von außen nach innen aufwärmte. »Manchmal bin ich einsam. Aber so kann ich mein Leben ganz nach meinen Vorstellungen leben. Ohne Rücksicht. Ohne mich rechtfertigen zu müssen.« Esther sagte dies laut, als ob sie sich selbst davon überzeugen müsse.

Ihre Stimme hallte fremd von den edlen, beigefarbenen Fliesen wider.

Den Luxus, der sie umgab, nahm sie sehr bewusst wahr. Esther erinnerte sich an die ersten drei Jahre nach der Erbschaft.

Von ihren wohlhabenden Eltern hatte sie mehrere Mietshäuser geerbt, die ihr schon ein sorgenfreies Leben ermöglicht hätten. Dennoch wäre es für Esther nie in Frage gekommen, ihre Arbeit aufzugeben. Für ihre Mietshäuser beschäftigte sie einen teuren Verwalter, so dass sie sich um nichts kümmern musste, und die Einnahmen auf ihr Sparkonto flossen.

Anfangs hatte sie geglaubt, sie müsse ein schlechtes Gewissen gegenüber den anderen haben, ‹unverdient› so viel Geld bekommen zu haben. Als erstes hatte sie sich damals diese wirklich luxuriöse Penthouse-Wohnung gekauft, dann mit dem Geld große Reisen unternommen, war mit Kreuzfahrtschiffen gefahren, hatte Safari-Touren in den schönsten Loggien Kenias unternommen und Urlaube in Luxushotels in Dubai gemacht.

Aber ziemlich schnell war ihr klar geworden, dass sie dort weder

Erfahrungen machte, die das Geld wert waren, noch Menschen traf, die sie mochte.

Mittlerweile hatte sich das Geld auf dem Konto gesammelt und vermittelte ihr das Gefühl einer beruhigenden Sicherheit. »Das einzig Gute, das meine Eltern mir hinterlassen haben, ist das Geld«, dachte Esther bitter.

Ihre Bekannten wussten nicht, wie gut es ihr finanziell ging und wunderten sich höchstens, wenn sie einmal in die schicke und offensichtlich teure Wohnung von Esther eingeladen wurden. Was selten genug vorkam.

Esther versuchte, sich im warmen Wasser der Badewanne zu entspannen. Tief sog sie den beruhigenden Duft des Lavendelöls ein. Als sie aufblickte, glaubte sie plötzlich, im beschlagenen Spiegel die Umrisse eines großen Hundes erkennen zu können. Sofort dachte sie an Aika und meinte bei geschlossenen Augen den warmen Hundegeruch wahrzunehmen. Sie sah die Berghänge vor sich, sie konnte das Holz riechen, das warme Fell Aikas zwischen ihren Fingern spüren.

Wie gut, dass sie wirklich zu dieser Hütte gefahren war.

Ihre Gedanken schweiften in die Zeit zurück, als sie begonnen hatte, eine Berghütte zu suchen.

Esther war an den Wochenenden immer schon gerne und oft in die nahe gelegenen Berge gefahren, wo sie Tagestouren auf die Gipfel unternahm. Meist alleine, aber manchmal auch mit Bekannten, die jedoch nur selten mit ihrem geübten Bergschritt mithalten konnten. Eine Zeitlang machte sie Zwei- und Drei-Tages-Touren und übernachtete in Berghütten. Das Leben in den Bergen fand Esther herrlich, die anderen Bergwanderer allerdings waren für sie nur schwer erträglich mit ihrer schnapstriefenden Berglaune auf Knopfdruck. Eine Übernachtung in einem Mehrbettlager war für Esther kaum zu ertragen, auch wenn sie das Aufwachen auf über 2.000 Meter Höhe berauschend schön fand.

Dies war der Grund, warum Esther nach einer Hütte in den Bergen für sich ganz alleine gesucht hatte und nun fündig geworden war. Sie hatte diese Idylle über das Internet gefunden – wie sollte man auch sonst auf so etwas kommen? Durch alle gegoogelten ‹Berghütten› hatte sie sich durchgeklickt, bis sie endlich *ihre Hütte* entdeckt hatte.

Als sie schließlich aus der Badewanne stieg, war das Wasser nur noch lauwarm und ihre Haut schon ganz verschrumpelt. Sie hatte das Gefühl, weit weg gewesen und nur ungern zurückgekehrt zu sein.

Sie spürte wieder ihr Bedürfnis im Magen, diesmal drängend, aber befreiend. Endlich konnte sie auf die Toilette gehen. Orkanhaft entleerte sich ihr Darm. Weitere fünf Minuten saß sie auf der Toilette, nur um dieser Erlösung nachzuspüren, bevor sie sich sorgsam mit Feuchttüchern säuberte.

Sie zog sich ein seidenes, weißes Nachthemd an, legte sich in ihr Bett und schlief ein mit den Gedanken an die Hütte. Bald, möglichst bald, wollte sie wieder dort hin.

*

Es war 5.30. Laurin stand auf. Er brauchte keinen Wecker. Sein ganzes Leben lang war er jeden Tag um 5.30 aufgestanden, seit er sich erinnern konnte. Kaum, dass er laufen konnte, war er mit seiner Mutter früh noch vor dem Frühstück in den Kuhstall gegangen. Früher hatte die Mutter noch mehr Kühe zum Melken gehabt, heute hatte er im Sommer nur wenige Mutterkühe bei sich am Hof, die anderen waren oben auf der Alm in Obhut.

Schon als kleiner Bub konnte er gut mit der Mistgabel umgehen. Erst nach der Stallarbeit gab es damals Frühstück. Während der Schulzeit musste er dann eine Stunde lang den Berg hinunter laufen; unten holte ihn der Schulbus ab. Verwunderlicherweise für Eltern und Lehrer war der Bauernbub ein guter Schüler gewesen. Und so ließen ihn seine Eltern sogar noch die Realschule abschließen. Später hatte sein Vater oft genug gesagt, da habe er sich all die albernen modernen Ideen geholt. Denn als Laurin mit 21 Jahren den Hof übernahm, gestaltete er einen Biobauernhof aus der alten Landwirtschaft und machte die wenigen modernen Errungenschaften rückgängig, auf die der Vater so stolz gewesen war, wie die Stallhaltung der Hühner oder das Düngen mit Pestiziden. Laurin fuhr wieder Dung aus. Wenig Dung, viel Brachfläche, wenige Tiere. Laurin war überzeugt von der Idee einer nachhaltigen Landwirtschaft.

Sein Vater hatte es ihm nie verziehen, dass er den Hof so gänzlich anders bewirtschaftete; die beiden sprachen kein Wort mehr miteinander.

Die Eltern hatten sich aufs Altenteil im alten Hof zurückgezogen und Laurin hatte sich ein großes schönes Bauernhaus oberhalb des alten gebaut.

Laurin lief zum Stall. Heute musste er sich mit der Stallarbeit beeilen. Die Touristin, die an diesem Tag für seine Hütte ankommen sollte, hatte sich schon für den frühen Morgen angekündigt. Laurin hatte die Hütte bereits gestern für den Besuch vorbereitet.

Wenn er die E-Mail noch richtig im Kopf hatte, kam die Frau allein. Eigentlich teuer, für eine Einzelperson, ging es ihm durch den Kopf. Die Hütte kostete immer 50 €, egal für wie viele Personen.

War es nicht die Frau, die schon einmal da gewesen war? Er war sich nicht sicher, er hatte kaum mit ihr geredet. Dunkel konnte er sich erinnern, dass sie einen ungewöhnlichen Namen hatte. Laurin seufzte. Ihm war klar, dass er das mit den Touristen irgendwie persönlicher gestalten sollte.

Meistens waren es Familien, die hier hoch kamen, oft aber auch ältere Ehepaare, die viel wanderten. Ihm konnte es egal sein. Eigentlich mochte er die Familien mit kleinen Kindern am liebsten, wenn sie auch meist mehr Arbeit für ihn bedeuteten.

Laurin konnte sich über die Einkünfte aus seiner Landwirtschaft nicht beklagen, aber die Vermietung der Hütte bedeutete für ihn die Einnahmequelle, die ihm so manchen Luxus ermöglichte. Seine Hütte, die er mit viel Liebe eingerichtet hatte, war begehrt bei den Touristen. Sie galt als besonders ursprünglich.

Laurin mistete aus. Dann suchte er die Eier seiner wild umherlaufenden Hühnerschar und fütterte die drei Kühe, die Hühner und das eine Schwein, die er derzeit nur auf dem Hof hatte.

Laurin sah seinen Vater am Stall vorbeilaufen, auch er war immer noch in aller Herrgottsfrühe wach. Die beiden grüßten sich nicht, obwohl sie sich genau gesehen hatten.

*

Esther hatte die grußlose Begegnung zwischen Vater und Sohn von ihrem Fenster aus beobachtet.

Unbemerkt von Laurin hatte sie vor etwa einer halben Stunde bei den ersten Sonnenstrahlen einfach die Hütte betreten. Die Tür war offen gewesen, wie beim letzten Mal. Esther kannte sich von ihrem letzten Besuch bereits aus. Laurin hatte offensichtlich bisher weder ihr Auto gesehen, das sie hinter der Hütte geparkt hatte, noch sie selbst am Fenster. Sie beließ es dabei.

Esther versuchte, sich das Gesicht ihres eigenen Vaters in Erinnerung zu rufen, aber es gelang ihr nicht. In Gedanken sah sie immer nur eine lange, große Nase und schmale Lippen. Mehr konnte sie sich einfach nicht bildhaft vorstellen; so als ob die Einzelteile auseinander fielen und kein Bild ergaben.

Seine Hände kannte sie jedoch ganz genau. Die blauen Adern traten auf seinem Handrücken hervor, wenn er sie packte und in den Keller trug. Ihre Mutter stand immer schweigend in einiger Entfernung mit einem vorwurfsvollen Blick, der auf Esther gerichtet war. Sie sagte nie etwas dazu, sie sagte überhaupt selten etwas. Esther hatte nicht den Eindruck, dass sie jemals eine eigene Meinung gehabt hatte.

Nie hatte ihr Vater Esther geschlagen, dafür war er viel zu vornehm. Aber der Weg hinunter in den Keller unter dem eisigen Griff seiner Hände war manchmal schlimmer als das Warten im Keller gewesen, bis nach Stunden jemand wieder die Tür aufschloss.

Später wurde dann das Lesen ihr Rettungsanker. Esther hatte immer heimlich ein Taschenbuch im Keller versteckt für den Fall, dass sie wieder hinunter musste. Meist genügte das Licht, das aus dem engen Fensterschlitz eindrang, zum Lesen. Die Bücher wurden ihre Freunde, jene Freunde, die ihr immer blieben.

Esther trank ihren Kaffee und beschloss, nun zu Laurin hinüber zu gehen und ihn zu begrüßen. Als sie in die noch kühle Morgenluft hinaustrat, konnte sie jedoch gerade noch sehen, dass er in seinem Wagen wegfuhr. Er hatte sie wohl immer noch nicht bemerkt.

Esther zog sich eine Jacke an. Am Morgen war es selbst im Sommer auf dem Berg noch frisch. Sie atmete tief die Bergluft ein und entschied sich, die Umgebung zu erkunden. Zuerst lief sie nach unten zum alten Bauernhaus. Der Vater von Laurin war jetzt nicht mehr zu sehen. Auf der Wiese unterhalb des alten Bauernhauses grasten ein paar Schafe, denen Esther den Kopf kraulte.

Sie merkte, dass sie doch keine große Lust auf einen Spaziergang hatte und drehte wieder um. Am Stall, am Bauernhaus und an der Hütte vorbei lief Esther wieder hinauf. Oberhalb der Hütte, einige Meter neben dem Bauernhaus befand sich eine große, offene Scheune, die sie bei ihrem letzten Besuch nicht betreten hatte. Sie fragte sich, ob Laurin wohl etwas dagegen haben könnte, dass sie sich hier umsah, aber eigentlich konnte sie sich das nicht vorstellen. Die Neugier trieb sie hinein.

Als sich ihre Augen an das Halbdunkel gewöhnt hatten, konnte sie den großen Innenraum der Scheune übersehen. Sie wurde offensichtlich als Abstellschuppen für allerlei Gerümpel genutzt. Im Eingangsbereich waren unzählige alte Türen aneinander gelehnt und übereinander gestapelt. Esther bewunderte sie, es waren teils ganz einfache Holztüren, teils große Haustüren mit wunderbarer Bauernmalerei oder beeindruckenden Intarsien. Über den Türen lag eine dicke Schicht Dreck und Staub. Dahinter waren einige Quadratmeter mit unterschiedlichsten Möbeln verstellt: Sofas, Stühle, Tische, wild durcheinander und übereinander gestellt. Auch hier herrschte eine seltsame Mischung aus Möbeln, die in Esthers Augen ‹Sperrmüll› waren, mit ein paar schönen Dingen darunter, zum Beispiel einem wundervollen handgeschnitzten Eichenstuhl mit gedrechselten Beinen und Schnitzereien auf den Lehnen. Auch diese Stücke waren unter einer dicken Staubschicht verborgen. Esther kam sich vor wie in Aladins Schatzhöhle.

Ganz hinten in der Scheune fand sie alte Holz-Skier, einen kaputten Sattel mit abgerissenen Steigbügeln, Geschirr und Lampen und sogar eine geschwungene Biedermeier-Kommode. Esther konnte sich nicht vorstellen, woher und wofür Laurin dies alles hatte. Vor der Kommode kniete sie nieder, denn sie hatte in einer halb offenen Schublade eine alte Spieldose entdeckt.

Zaghaft ergriff sie das Spielzeug, das unter einer dicken Staubschicht einen dunkelblauen Lack erahnen ließ. Als ob das sonst für sie nicht undenkbar gewesen wäre, wischte sie mit ihrem Ärmel die Spieldose sauber. Der staubige Schmutz hinterließ schwarze Streifen auf ihrem Pullover, die sie kritisch besah. Immerhin hatte sie sich diesmal nur ganz einfache, gut zu waschende Kleidung mitgenommen. Trotzdem quittierte sie stolz, dass sie besser mit dem Schmutz zurechtkam.

Ein brauner Teddybär und eine winzige rosa Ballerina hatten sich auf der Spieldose wohl einmal zu einer Musik gedreht. Esther drehte an der Kurbel, doch das Spielzeug gab nur einen knarrenden Laut von sich und verstummte dann. Dennoch war sie hingerissen von dieser alten Spieldose. Sie behielt die Dose in der Hand und sah sich weiter in der Scheune um.

In einer anderen Ecke entdeckte Esther Teile eines alten, hölzernen Kirchengestühls mit wunderschönen Schnitzereien.

War Laurin jemand, der Gerümpel sammelte? Hatte sich das hier in vielen Jahren angesammelt? Aber dafür waren es zu viele Türen. Irgendetwas machte er wohl damit. Esther bewegte sich vorsichtig weiter durch die weitläufige Scheune. Vielleicht war es doch eher Aladins ‹Räuberhöhle› als seine ‹Schatzhöhle›. Esther lachte. Sie fühlte sich wie die Heldin in einem Abenteuerroman, die sich auf einer spannenden Entdeckungssuche befand, wie ein glückliches Kind, das das perfekte Spielzeug findet. Ein Kind, das einem Geheimnis auf der Spur war. Sie spürte richtiggehend den Adrenalinstoß.

Plötzlich hörte sie Schritte direkt hinter sich und drehte sich zu Tode erschrocken um. Ihr Herz klopfte.

»Ned erschrecken, i bin's bloß. Grüaß di.«

Laurin stand im Eingang. Die Lichtstrahlen, die vom Eingang her ins Dunkle strahlten, umrahmten ihn so, dass er eine einzige schwarze Silhouette innerhalb eines hellen Lichtes bildete. Ein Schattenriss, der Esther trotz ihres Schreckens gefiel.

Laurin erkannte die Frau wieder, die schon einmal da gewesen war, wie er vermutet hatte.

»Oh Gott.« Esther rang noch mit der Fassung. Sie fühlte sich ertappt. »Ich bin schon so früh angekommen. Und jetzt habe ich mich einfach hier umgesehen. Hallo.«

Er schien auch verlegen. »Ja, des is eigentlich mei' Werkstatt.«

»Deine Werkstatt.« Das Unverständnis war ihr ins Gesicht geschrieben.

»Ja, komm.«

Sie folgte ihm in den Teil der Scheune, den sie noch nicht betreten hatte. Dort stand eine große Sägeanlage. An der Wand hingen, diesmal sehr ordentlich und sauber, diverse Sägen, Feilen, Hobel und andere Werkzeuge. Der Boden war übersät mit frischen, hellen Spänen. Hinter der Säge waren Kiefernbretter säuberlich aufgestapelt.

»I hab Tischler g'lernt, des mach i gern. Wenn's regnet, hab i Zeit genug zum Tischlern.«

Esthers Blick folgte Laurins Arm, der auf einen großen Stuhl wies. »Den hab i aus einem ganzen Baumstamm 'nausgeschnitten«, erklärte Laurin stolz, aber mit einem bescheidenen Lächeln.

»Der ist wunderschön.« Ihre Hand fuhr liebevoll an dem glatt geschnitzten Holz entlang. Es könnte ein dekorativer und origineller Gartenstuhl sein, wenn er auch leider in ihre Wohnung nicht gepasst hätte.

»Ja, scho.« Er lächelte verlegen. »Des is' aber mehr mein Zeitvertreib. Für mi selber mach i halt viel. Aber Aufträg' hab i auch.«

Sie wusste nicht, was sie sagen sollte. Dabei hatte sie zum ersten Mal das Gefühl, bisher nichts Falsches gesagt zu haben. Wahrscheinlich hätte er gerne noch mehr über seine Holzarbeiten erzählt, aber ihr fehlte die richtige Frage.

»Sonst hast scho alles?« Es sollte eine freundliche Frage sein, zu der er hinzufügte: »Warst eh schon in der Hütt'n, oder?«

»Ja, ich habe alles. Danke.«

»Ja dann.« Er drehte sich schon zum Gehen um.

»Darf ich mich hier noch ein wenig umsehen?«

»Ja, freilich.« Er zuckte mit den Schultern und ging hinaus.

Esther blickte ihm nach und bemerkte, dass sie die Spieldose immer noch in der Hand hatte.

Ihr wurde plötzlich bewusst, dass diese Unordnung sie zuhause um den Verstand bringen würde. Hier aber begeisterte sie das alte, gewachsene Chaos unzähliger Dinge mit persönlichen Geschichten.

Vorsichtig stellte sie die Spieldose wieder auf der alten Kommode ab an derselben Stelle, wo sie vorher eine staubfreie Stelle hinterlassen hatte.

*

Nach ihrem ersten Besuch in seiner Praxis wartete in Professor Merkners edlem Vorzimmer auf einem gedrechselten antiken Stuhl unruhig hin und her rutschend schon die nächste Patientin ungeduldig auf ihn.

Er aber begleitete seine neue Patientin zur Tür und bat die andere Dame, die sich bereits erhoben hatte und auf dem Weg in sein Zimmer war, um einen Moment Geduld, den sie ihm eigentlich widerwillig (– was er mit geschultem Auge sofort sah -), aber mit den vorgeschoben freundlichen Worten »natürlich doch, Herr Professor« zugestand.

Er schloss seine Praxistür und setzte sich an seinen großen Mahagonitisch. Ein Gefühl des Triumphes breitete sich in ihm aus.

Ja, sie war eine - prototypisch. Selten war er sich bereits nach der ersten Sitzung so sicher. Seit zehn Jahren erforschte er das Borderline-Syndrom, aber immer wieder lag die Problematik in der Abgrenzung zu anderen psychopathologischen Krankheitsbildern wie Schizophrenie, Dostojeswki-Syndrom, manisch-depressiver oder dissoziativer Störung.

Sein größter Widersacher, ein Psychiater aus Wien, hatte erst in der letzten Ausgabe von »Der Nervenarzt«, der bekanntesten deutschen Zeitschrift für Psychiatrie und Neurologie, behauptet, ihm wäre die Abgrenzung nie sauber gelungen. Alle seine Fälle wiesen jeweils zu viele Symptome anderer Krankheitsbilder auf, um sie eindeutig der neu definierten ‹Borderline-Krankheit› zuzuordnen.

‹Eine Verlegenheitsdiagnose› hatte der Wiener seine Erklärung geschmäht. Der Hohn auf dem nächsten großen Psychiater-Kongress in London war ihm damit sicher.

Eine Verlegenheitsdiagnose – das hatte ihn verletzt, gedemütigt und auch seine Wut herausgefordert!

Und nun dies. Bei dieser Frau passte alles. Prototypisch.

Es gab nur eine Gefahr – sie könnte nie wieder kommen.

Schon die telefonisch geschilderte Symptomatik interessierte den Professor sehr.

Aber nachdem er sie heute gesehen hatte, war ihm klar – sie würde sein Fall werden. Mit ihr konnte er alles beweisen. Nach diesem Fall würde er von der Fachwelt endgültig anerkannt werden als jener Wissenschaftler, der das Borderline-Syndrom beschrieben und endgültig definiert hatte.

Wenn sie nur wieder kam.

*

Von nun an verbrachte Esther viel Zeit in den Bergen in ihrer kleinen Hütte. Im ersten Jahr nach der Entdeckung ihrer Hütte war sie in ihren Urlaubswochen oder auch einfach nur über das Wochenende bei Laurin gewesen.

Im Frühjahr und Herbst war die Hütte oft an den Wochenenden frei, nur im Sommer gab es kaum noch unbelegte Tage bei all den Touristen, die zu Laurin kamen.

Für Esther war die Vorstellung, dass auch andere Menschen hier eindrangen, unangenehm. Sie stellte sich die Hütte lieber als ihre Hütte vor.

»Meine Hütte, mein Fluchtort, - mein Zielort«, dachte sie und freute sich auf die Hütte, auf Aika, auf Laurin und die Ruhe, die sie dort oben fand.

Esther genoss die Abgeschiedenheit in den Bergen. Höchstens bei der Fahrt unten durch das Dorf verfolgten sie manchmal ein paar aufmerksame Blicke. Sobald jedoch der schmale Weg nach oben begann, gab es kaum noch Häuser, nur wenige Bauernhöfe, die aber jeweils etwas abgelegen von dem Sträßchen lagen. Esther fühlte sich hier zwar nicht absolut einsam, aber nicht so beobachtet wie in dichter besiedelten Gebieten. Sie empfand das als befreiend.

Störend war für sie nur jede Veränderung an diesem Ort, wo es ihr am liebsten gewesen wäre, dass sich zwischen ihren Besuchen überhaupt nichts veränderte, dass die Zeit stehen bliebe.

An einem warmen Herbstabend stand Esther wieder einmal auf der Terrasse ihrer geliebten Hütte. Nur ein verlängertes Wochenende hatte sie sich gegönnt und war Donnerstagabend losgefahren. Nun war es Freitag und schon fühlte sie sich weit weg von all ihrem Alltagsdruck und stellte zufrieden fest, dass sie noch einen ganzen Abend und den Sonntag vor sich hatte. Sie hatte sich einen Kaffee gemacht, den sie im Stehen trank. Bei längerem Sitzen wurde es bereits kalt. Aika lag schläfrig bei Esther auf der Ecke der Terrasse, an der sich die letzten Sonnenstrahlen sammelten.

Esther gestand sich ein, dass ihr die frische Kuhmilch, die Laurin ihr hingestellt hatte, nicht wirklich schmeckte. Die Milch schmeckte zu intensiv, zu sehr nach Kuh. Obwohl es Esther selbst störte, dass sie damit an der Bauernhof-Idylle rüttelte, wollte sie morgen doch lieber im Supermarkt eine Milch kaufen.

Esther wurde in diesen Überlegungen durch ein lautes Motorengeräusch gestört. Der Motor schnurrte satt und tief – es war keiner der üblichen Dieselmotoren hier. Als Esther aufblickte, sah sie einen dunklen Sportwagen mit ungewöhnlich hohem Tempo den Berg heraufrasen. Es war ein schwarzes BMW Cabrio, das direkt vor dem Bauernhaus hielt. Esther registrierte sofort das Düsseldorfer Kennzeichen.

Eine dunkelhaarige, geschminkte und gestylte junge Frau stieg aus. Das grell rote, enge Oberteil betonte ihre hübsche Figur und ein kurzer, schwarzer Jeansrock gab den Blick frei auf die dünnen Beine, die in Nylonstrümpfen und schwarzen Riemensandalen steckten.

Esther betrachtete die für die Bergregion gänzlich unpassend angezogene Frau genauer.

Die Frau schien Esther gar nicht zu beachten, obwohl sie unübersehbar auf der Terrasse stand. Jeder Einheimische hätte selbstverständlich gegrüßt, dachte Esther verächtlich.

Die Frau fuhr mit der Hand durch ihre kurzen Haare, die in Zacken ins Gesicht gezogen waren und klingelte an Laurins Tür, betrat dann aber ohne abzuwarten das Haus.

Aika hatte sich bei der Ankunft der Frau nicht gerührt.

Es wurde langsam zu kühl draußen, obwohl Esther sich durchaus eingestand, dass sie in ihrer Neugier gerne gewusst hätte, was das »Düsseldorfer Modepüppchen«, wie sie sie innerlich nannte, bei Laurin wollte. Urlaub auf dem Bauernhof passte nun wirklich nicht zu ihr, fand Esther. Da Laurins Haustür geschlossen blieb, ging Esther schließlich auch in ihre Hütte, Aika folgte ihr. Es war mittlerweile selbstverständlich für Esther geworden, dass Aika nicht nur draußen bei ihr auf der Terrasse lag, sondern ihr auch in die Hütte folgte, wo sie sich meist unter den Tisch verzog.

Esther freute sich bereits auf das gute Buch, das sie mitgenommen hatte. Sie liebte die psychologisch abgründigen Geschichten von Anita Shreve. Und der Klappentext des Romans ‹Olympia›, das sie noch nicht kannte, versprach die Geschichte einer tiefen, aber ungehörigen Liebe eines verheirateten Mannes zu einer blutjungen Frau im 19. Jahrhundert. Bei einem anderen Autor wäre das Thema zum bloßen Kitsch geworden, bei Shreve hoffte Esther auf das Portrait einer Zeit, gespiegelt in den Gefühlen einer Frau. Es war bestimmt ein Buch, in das sie halbe Nächte versinken konnte.

Als Esther aufstand, um sich ihr Abendessen herzurichten, fiel ihr Blick durch das Fenster. Laurin und die Frau verließen soeben das Bauernhaus und gingen Arm in Arm über den Feldweg spazieren. Esther beobachtete das Paar und fand die Situation sofort komisch, denn der Bauer war zuvor noch nie *‹spazieren›* gegangen - wozu auch.

Für Esther war die andere eindeutig eine Stadtfrau, die ihre Flucht auf die Spitze getrieben hatte. Unfassbar schien ihr diese unpassende Verbindung zwischen Düsseldorfer Schickeria und Biobauer, und sie bedachte die beiden Spaziergänger mit spöttischen Blicken.

»Es fällt ihm schwer, langsam zu laufen«, stellte Esther immerhin mit wissender Genugtuung fest. Sie fand diesen gemächlichen Gang einfach unpassend für Laurin. Es war ihr klar, dass er versuchte, sich dem lässigen Schlendern des Düsseldorfer Modepüppchens anzupassen, was ihm jedoch nur schlecht gelang. Und Esther war sich plötzlich auch ganz sicher, dass er diese Versuche, seine ihm eigene Gangart zu ändern, nicht durchhalten könnte.

Keine zwanzig Minuten später kamen die beiden zurück. Esther hatte sich mit ihrem Buch so positioniert, dass sie die beiden sofort sehen konnte. Ihre Füße hatte sie auf der warmen Aika abgelegt, die sich das gerne gefallen ließ.

Esther hatte ihr baldiges Zurückkommen erwartet, denn der

Feldweg war kein Wanderweg, und Esther wusste durch ihre Erkundungstouren, dass er bald in matschige Felder überging, die wohl mit den feinen, schwarzen Riemensandalen der Lady nicht ohne größere Schäden zu bewältigen waren. Zufrieden ob ihrer richtigen Einschätzung der Lage stellte Esther grinsend fest, wie schnell die beiden ihren Abendspaziergang wieder abbrachen.

Das ungleiche Paar verschwand im Bauernhaus.

Esther widmete sich die halbe Nacht, anfangs etwas unkonzentriert, dem ungleichen, schwer verliebten Paar in ihrem Roman. Erst um drei Uhr löschte sie das Licht. Deswegen wurde sie auch geweckt, als der Motor des BMWs am nächsten Morgen gestartet wurde und das Motorengeräusch verriet, dass die Schwarzhaarige wieder davonbrauste. Esther blickte verschlafen auf den Wecker, auf dem die Digitallettern 9.00 anzeigten.

Müde fragte sie sich, ob diese Nacht im Bauernhaus Teil einer dauerhaften Partnerschaft sein konnte und ob es eine Bedeutung hatte, dass das Modepüppchen Sonntag früh Laurin bereits wieder verließ. Sie gestand sich in ihrem einsamen Doppelbett ein, dass sie nicht wollte, dass Laurin sich mit einer Frau abgab, die ihr so sehr als das Gegenteil von ihm erschien.

Esther sollte sie nie wieder sehen.

*

Für Laurin war Esther eine Stammkundin geworden.

Mittlerweile kannte er sie auch beim Namen.

Als Esther im Herbst einmal wieder für eine Urlaubswoche bei Laurin anfragte, kam eine E-Mail zurück, die sie wirklich überraschte.

Hallo Esther,

die Hütte ist in dieser Woche frei. Du kannst gerne kommen. Aber ich bin nicht da. Ich mache mit meiner Freundin Urlaub. Wenn du kommst, könntest du dann in der Woche auf Aika aufpassen?

Grüße, Laurin

Esther las die Zeilen wieder und wieder.

Sie fand die Vorstellung ungewöhnlich, ganz alleine oben in den Bergen zu sein. Die Idee, auf Aika aufzupassen, gefiel ihr sofort, wenn sie dies auch als große Verantwortung empfand.

An den Gedanken, dass Laurin nun eine Freundin hätte, mit der er auch noch Urlaub machen wollte, konnte Esther sich nur schwer gewöhnen. »Hat die schwarze Düsseldorfer Sandale ihn wirklich bezwungen? - Modepüppchen gewinnt Biobauern.« Esther versuchte, sich mit Ironie die nötige Distanz zu erhalten, um verkraften zu können, dass Laurin nun offensichtlich eine feste Freundin hatte. Nein, diese Vorstellung gefiel ihr nicht, das musste sie sich ehrlicherweise eingestehen. Gleichzeitig redete sie sich selbst zu, dass es ihr nun wirklich vollständig egal sein konnte, ob Laurin in einer festen Partnerschaft lebte und mit wem er befreundet war. Aber ihre Gedanken drehten sich trotz aller Vorsätze immer wieder um Laurin und seine Freundin.

Können Bauern sich heutzutage finanziell und zeitlich Urlaub erlauben, fragte Esther sich und errechnete erst einmal, dass die Vermietung der Hütte zwar noch kein durchschnittliches Einkommen, aber durchaus einen lukrativen Zusatzerwerb ergab, wenn man sich mit dem Bauernhof über Wasser halten konnte. Davon konnte man sich schon einmal einen Urlaub leisten. Sie versuchte mit ihren sie ablenkenden Rechnereien die Gedanken an das einen Urlaub vorbereitende Paar zu verdrängen.

Als Esther Laurin per Mail zusagte, dass sie kommen werde und gerne auf Aika aufpasse, fragte sie ihn, was der Hund denn zu fressen brauche.

Er antwortete knapp: »Nur nicht zuviel«.

Beschämt quittierte Esther, dass sie wieder einmal die falsche Frage gestellt hatte. Eigentlich wusste sie doch mittlerweile, dass der Bauer seinem Hofhund kein Dosenfutter in bestimmten Mengen gab. Aika musste sich ihr Futter aus den Essensresten vom Misthaufen zusammensuchen, ab und zu tat es wohl auch eine Feldmaus, und ihr Trinken holte sie sich aus dem immer fließenden Brunnen. Esther hatte doch oft genug erlebt, dass Aika mittrottete, sobald sie ihren Bio-Eimer zum Misthaufen brachte, um Eierschalen auszuschlecken oder Brot, Wurst, Käse und fast alle anderen Essensreste zu fressen.

Ob Laurins Freundin ihm wohl keine falschen Fragen stellte, oder ob er dies einfach mit der ihm eigenen Gelassenheit bei ihr gerne hinnahm?

Esther wusste es nicht.

Sie las seine Mail weiter, in der er sie auch darauf vorbereitete, dass Aika nicht mehr ganz die Alte sei, da sie sich bei einem Zusammenstoß mit einem Traktor die Hüfte zerstört habe. Ansonsten erklärte er ihr nur lapidar, dass Esther den Hund im Stall finden werde und ihn am letzten Tag auch wieder dort einsperren solle.

So viele Fragen gingen Esther durch den Kopf. Wo würde er Aika einsperren? Wie lange war sie dann bereits dort? Wird Aika sich ihr anschließen? Oder Laurin vermissen? Konnte sie überhaupt eine Woche lang auf einen Hund aufpassen?

Aber sie wollte keine weiteren falschen Fragen mehr stellen. Sie wollte es einfach tun: auf Aika aufpassen.

*

Als Esther diesmal in die Berge fuhr, trug sie schwer an der Sorge aufgrund der Verantwortung, die sie übernommen hatte.

Der Weg in die Berge führte sie langsam und gemächlich fort von der Stadtwelt, die sie sonst immer so fest im Griff hatte. Esther brauchte diese langen Minuten des Sich-entfernens, so dass sie nicht wie sonst zügig und schnell, sondern sehr langsam fuhr. Die Autobahn war für sie noch Sinnbild der Nähe zur großen Stadt. Sie fuhr die breiten Straßen entlang und beobachtete dabei genau den Wechsel in der Landschaft zu immer geringerer Bebauung.

Es gab einen Berg, der ihr, wie sie wusste, oben einen Blick in die weite Voralpenlandschaft ermöglichte. Dieser Ausblick erschien ihr immer als erster Vorbote für die kommende Freiheit. Hier öffnete sich der Wald und unvermutet plötzlich lagen die weiten, grünen, hügeligen Wiesen vor ihr, in der ab und an wie hingestreut ein Bauernhof oder vereinzelte Häuser lagen. Von diesem Punkt an hatte man bei gutem Wetter das Panorama der Alpen vor sich.

Heute herrschte Föhn und bescherte Esther neben noch zaghaft auftretenden Kopfschmerzen, von denen sie hoffte, dass sie sich nicht zu einer ihrer gewaltigen Migräneattacken ausweiten sollten, einen klaren Blick auf die Berge. Sie schienen zum Greifen nahe und scharf gezeichnet, wie es nur Föhnwetter ermöglicht.

Während Esther sonst jeden Moment dieses Weges genoss und dabei immer ruhiger wurde, fuhr sie diesmal immer noch schnell. In Gedanken war sie bei Aika und fragte sich, wie lange der ihr so ans Herz gewachsene Hund wohl bereits wie von Laurin angekündigt eingesperrt sei. Zwar beobachtete sie wie immer genau die Landschaft mit den immer steiler aufstrebenden Bergen um sie herum, doch diesmal konnte sie sich nicht ganz darauf einlassen.

Bisher war sie gekommen, um jegliche Verpflichtung loszulassen, diesmal kam sie mit der Aufgabe, die Sorge um ein Lebewesen zu tragen. Zwar hatte sie Tiere immer gemocht, doch war sie ohne jedes Haustier aufgewachsen. Sie hatte eigentlich gar keine Ahnung von Tieren.

Esther musste an ihren Vater denken. Er war Jäger gewesen und er hatte auch immer mehrere, wechselnde Jagdhunde besessen, immer nur von der Magyar-Vizsla Rasse. Große, drahtig-dünne Vorstehhunde mit glattem, kurzem Fell. Die Hunde waren außerhalb in einem Zwinger bei einem Jäger untergebracht gewesen, so dass Esther und ihre Eltern nicht mit ihnen in einem Haus lebten. Der Jäger richtete sie so ab, dass sie ihrem Vater aufs Wort gehorchten. Er holte die Hunde nur für die Jagd ab. Esther liebte es, wenn sie auf der Jagd diese Hunde neben sich wusste. Sie genoss es, ihre seidig schimmernden, kurzen Haare unter ihren Fingern zu spüren. Aber sie durfte sie nie zu viel streicheln. »Verwöhn mir meine Jagdhunde nicht«, wies ihr Vater sie dann zurecht. Seine Hunde behandelte er selbst immer gut, wenn auch nicht übertrieben liebevoll. Nie hätte er sie länger als nötig gestreichelt, aber er widmete sich ihnen aufmerksam und mit Wohlwollen. Mehr als man vom Umgang mit seiner Tochter hätte sagen können.

Esther bog nun von der Autobahn ab und gelangte auf die Landstraße, wo die Berge näher zusammenzurücken schienen und ihr von beiden Seiten Geborgenheit boten. Ohne dass sie dies gemerkt hatte, war sie nun so langsam geworden, dass ein junger einheimischer Fahrer sie in einem gewagten Überholmanöver und mit eindeutigen Gesten wegen ihres Touristentempos überholte.

Sie musste grinsen. »‹Der Weg ist das Ziel›, junger Mann«, murmelte sie besserwisserisch zu dieser jugendlichen Eile halblaut vor sich hin und musste zugleich über sich selbst und ihre buddhaähnliche Ruhe grinsen. Aufkommende Selbstüberheblichkeit bekämpfte sie immer gnadenlos mit Ironie. Auch dies hatte sie ihrem Vater zu verdanken, der sie bei jedem Erfolg auch auf den Boden der Tatsachen zurückholte. Als sie ihm einmal ihr Zeugnis zeigte, das fast ausnahmslos gute Noten vorweisen konnte, hatte er seinen Finger bohrend auf das Fach Zeichnen gelegt, auf dem eine »Vier« prangte, und festgestellt: »Wer nicht zeichnen kann, dem mangelt es an exakter Beobachtungsgabe sowie an Wiedergabemöglichkeiten. An diesem Vermögen musst du arbeiten, Kind!«

Sie schüttelte sich. Sie war technische Zeichnerin geworden, sie konnte beobachten und wiedergeben. Aber auch hier war es wichtig, immer auf der Hut vor Selbstüberheblichkeit zu sein und die eigenen Schwächen wahrzunehmen. Dies war eine Kunst, die nach ihrer Einschätzung nur die wenigsten anderen Menschen vermochten.

Esther wurde in ihren Erinnerungen unterbrochen, als sie die Hütte erblickte. Fast ohne es zu bemerken, war sie die bekannte Strecke und den letzten geliebten Bergweg hinauf gefahren.

Sie parkte ihren Citroën C5 neben dem Bauernhaus und stellte nur ganz schnell ihre Tasche in die Hütte, bevor sie zum Stall lief. Der Stall war leer, alle Kühe anscheinend auf der Alm, nur die Hühner liefen umher.

Im einzig durch ein Gitter abschließbaren Stall, in dem früher das Schwein gestanden hatte, fand sie Aika, die wie wild jaulte, bellte und winselte, als sie Esther sah. Der treue Hund hatte sie schon bei ihren letzten Besuchen immer erkannt und nie verbellt, wenn sie auf den Hof fuhr, aber diesmal wirkte Aika unbändig glücklich, Esther zu sehen. In Aikas Box stand Wasser, aber kein Fressen mehr. Als Esther die Tür öffnete, leckte Aika ihr kurz die Hand und raste dann nach draußen. Esther folgte ihr und sah, dass Aika sich auf der Wiese erleichterte. Dann sprang Aika zu ihr zurück. Dabei sah Esther zum ersten Mal, dass der Hund sich wirklich schwer verletzt haben musste, er humpelte stark. Aika ließ sie kaum mehr einen Schritt gehen. Sie lief um Esther herum, sprang an ihren Beinen hoch, sie bellte jaulend und winselnd. Esther stiegen die Tränen in die Augen. So begeistert war sie noch nie von einem Menschen begrüßt worden. Seit wann war das arme Tier wohl bereits in dem Stall – hoffentlich nicht mehr als 24 Stunden.

Aika konnte sich offensichtlich gar nicht beruhigen vor lauter Freude, endlich aus ihrem Gefängnis freigelassen worden zu sein. Bis auf einen kurzen Abstecher zum Brunnen, um etwas zu trinken, wich sie Esther den ganzen Tag nicht mehr von der Seite. Esther gab ihr fünf Würstchen zu fressen, die eigentlich als ihr eigenes Abendessen gedacht gewesen waren, aber sie freute sich an Aikas Begeisterung über dieses Festmahl.

In den nächsten Tagen verließ Esther kaum den Bereich des Bauernhofes. Statt wie sonst größere Bergtouren zu möglichst abgelegenen und einsamen Orten zu unternehmen, spazierte sie lieber mit dem Hund über die angrenzenden Felder und bestieg die kleinen Berge ringsherum, die über Feldwege noch zu erreichen waren. Aika blieb stets nah bei ihr. Oft saßen sie zusammen auf der Terrasse, wo Esther Kaffee trank und las, mit Aika zu ihren Füßen, die sie ab und zu mit einem Nasenstupser aufforderte, nur nicht das Streicheln einzustellen.

Für Esther waren es ruhige und zufriedene Tage.

Abends und nachts schlief Aika unter dem Tisch in der Stube. Esther sah bei ihren schläfrigen Atemzügen zu und wunderte sich über ihr eigenes Glück dabei.

Manchmal beobachtete Esther Aika jedoch auch mit einer tiefen Traurigkeit. Bei ihren bisherigen Besuchen war die Hündin ihr riesig, treu und kraftstrotzend erschienen. Sie konnte wie ein Derwisch über die Felder rasen, begeistert nach Mäusen buddeln und lange Spaziergänge unternehmen, bei denen sie Esther immer voraus rannte und sie umkreiste, weil Esthers Schritte ihr viel zu langsam waren.

Jetzt jedoch humpelte sie bedächtig neben Esther her. Wenn der Spaziergang über eine Stunde dauerte, musste sie sich zwischendurch hinlegen und eine Pause machen. Sogar ihr früher unendlicher Hunger war nun begrenzt. Aus einem jungen Derwisch war eine ältere Hundedame geworden. Esther zollte dieser Entwicklung Respekt und merkte, dass ihr Aika, auch mit ihren Schwächen, ans Herz gewachsen war.

Am vierten Tag gingen Esther die Vorräte aus. Sie versuchte, Aika zu erklären, dass sie einkaufen gehen müsse. Als sie ihr Auto bestieg, stand Aika daneben und sah mit schief gelegtem Kopf zu Esther auf.

Schweren Herzens fuhr Esther los, jedoch in dem Bewusstsein, dass Laurin Aika doch oft den ganzen Tag allein gelassen hatte. Aika blieb dann auf ihrer Decke vor der Haustür.

Esther kaufte im einzigen größeren Supermarkt des nächsten kleinen Städtchens ein. Danach schlenderte sie noch durch die Straßen. Wo sie schon hier war, konnte sie sich eigentlich auch ein wenig Zeit zum Bummeln nehmen. Ohne Erfolg suchte sie nach etwas Hübschem zum Anziehen in einer kleinen Boutique. Mit einem Eis in der Hand setzte sie sich auf eine Bank und beobachtete die Menschen, die an ihr vorbeiliefen. Frauen, die wahrscheinlich nur selten aus diesem Ort fort kamen, ein paar Jugendliche, gekleidet wie in jeder Großstadt auch, eine Familie mit zwei sich streitenden Kindern, einige wenige Touristen.

In einem Zeitschriftenladen kaufte sie sich eine Tageszeitung, den ‹Spiegel› und ‹die Zeit› – sie hatte ja noch mehr Zeit als sonst zum Lesen, da sie diesmal doch keine größeren Ausflüge unternehmen wollte.

Als sie sich schon auf den Rückweg machen wollte, kam sie an einem kleinen Friseursalon vorbei. Ein altmodisches, verschnörkeltes Messingschild versprach »Modische Frisuren für Sie und Ihn im Friseursalon Wandner. Ohne Termine.« Ihr Pony brauchte eigentlich dringend einen Nachschnitt, überlegte Esther. Sie mochte es nicht, wenn ihr die Haare bereits in die Augen fielen. Idealerweise war der Pony exakt über den Augenbrauen geschnitten.

Auch wenn sie sich ihre Haare nur bei ihrem eigenen Friseur schneiden und färben ließ, konnte sie dennoch sich hier ganz leicht den Pony nachschneiden lassen, entschloss sie sich. Sie betrat den menschenleeren Salon. Beim Klingeln der Tür trat ein Friseur mit schwarzem Kittel an den Kassentresen und begrüßte Esther. Im hinteren Bereich sah Esther ein gelangweilt blickendes Mädchen mit knallroten Haaren Shampoos in ein Regal einordnen. Anhand der Haarfrisuren der Friseusen konnte man sich immer sofort ein Bild über die Qualität des Friseursalons machen, wusste Esther aus

Erfahrung. Mehr als den Pony würde sie hier nicht schneiden lassen.

»Ich bräuchte nur leicht den Pony geschnitten. Wenn Sie Zeit haben, auch die Haare gewaschen und geföhnt. Ginge das?«

»Kein Problem. Setzen Sie sich da rüber ans Fenster.« Der Friseur war ein kleiner, quirliger Mann mittleren Alters. Seine in einem weiblichen Gestus angewinkelten Arme ließen für Esther keinen Zweifel daran, dass er so schwul war, wie man sich das eben bei Friseuren klischeehaft vorstellte.

Esther setzte sich und bekam einen schwarzen Mantel umgehängt.

»Bitte nur den Pony ganz leicht, etwa einen Zentimeter, genau so nachschneiden, wie er jetzt ist.«

Der Friseur forderte sein Lehrmädchen auf, Esther die Haare zu waschen, was diese gelangweilt und wortlos tat, und begann dann mit dem Schnitt.

»Sind Sie auf Besuch hier?«

»Ja, ich komme oft hierher. Ich gehe gerne in den Bergen wandern.«

»Wo wohnen S' denn?«

»Beim Laurin Kastner, auf dem Zweiger Hof.«

»Ach, beim Laurin.« Der Friseur setzte die Schere ab. »Da hab ich mir erst letzte Woche die Türen für mein Haus g'holt. Wissen S', ich renovier grad mei' Haus, und der Laurin ist der einzige, der noch alte Türen in allen Formaten hat. Eine Haustür hab ich bei dem gefundn – ein Traum! Alte Bauernmalerei – mein Haus schaut jetzt schon von weitem so schön aus, dass alle hinschaun müssen! – Aber ein Hund is er scho, der Laurin. Der hat sofort gsehn, dass ich mich in die Tür verliebt hab. Beim Preis hat er dann ganz schön hinglangt. Derweil kriegt der die Türen ja alle fast umsonst, die holt er raus, wenn die alten Häuser abgrissen wern. Aber eingebaut hat er sie mir auch alle ganz akkurat. Scho gut. Ja, ein Hund is' er scho, der Laurin.«

Esther war überrascht über diese Flut von Informationen, die sie hier erhielt. »Ich weiß, dass er Tischler ist – und ich habe mich immer gefragt, was er mit all den Türen in seiner Scheune macht.«

»Ja, dafür is' er bekannt. Alle aus der Umgebung gehen zum Laurin, wenn sie neue Türen in ihre alten Häuser brauchen, also neue alte Türen, mein I, verstehen'S.« Esther nickte.

Er setzte kurz zu einem Schnitt an, aber dann ließ er seine Hände wieder in den Schoß gleiten. Offensichtlich war ihm bei dem leeren Friseurladen ein Schwatz lieber als ein schneller Haarschnitt. Neugierig war er auch.

»Und, wie gefallt's Ihnen denn dort drobn, beim Laurin?«

»Sehr schön. Ich wohne im Troadkasten und fühle mich dort sehr wohl.«

»Ja, des hat er schön gemacht. Zuerst ham ihn die Leut' ausgelacht, ob er die Hundshüttn an Touristen vermieten möcht'. – Aber jetzt is' sie meistens voll. Des hat er gut gemacht.« Er grinste und fuhr sich affektiert über die Stirn. »Wissen S', mir leben da am Dorf. Die Leut' tratschen. Ja, und über'n Laurin gibt's einen ganzen Haufen zum Verzählen. Reden tut er zwar fast nichts, aber Weiberleut', also Freundinnen, hat er immer gehabt. Wie die erste schwanger war, hat er sie geheiratet, aber das hat nicht lang gehalten. Des war ein Flitscherl. Außerdem sagen die Leut', dass ab und zu scho' Weiber bei ihm drobn warn. Nix Gwiß's woaß ma' ned, er lebt da drobn ja ganz einsam.« Esther bemühte sich, den beim Dorfklatsch immer bayerischer werdenden Friseur noch zu verstehen und hörte aufmerksam zu. »Aber man siagt's scho, wenn da wer nauf fahrt. Und d'Muadda hat's gewiß auch verzählt, dera passt des überhaupts ned.« Der Friseur schüttelte grinsend den Kopf, halb empört, halb amüsiert.

Esther hätte gerne noch mehr erfahren, aber es schien ihr zu indiskret, weiter zu fragen.

»Mei, wenn's Ihnen gfallt, dort drobn, dann passt's ja.« Endlich setzte er doch seine Schere an und zog den Schnitt nach.

Das Lehrmädchen fönte Esther die Haare. Die Haare fielen wie von Esther erwartet nicht so, wie sie es eigentlich wollte. »Aika wird es wohl kaum etwas ausmachen«, tröstete sie sich und ärgerte sich ausnahmsweise nicht darüber, dass sie aus dem Friseurladen heraus kam und unmöglich aussah. Morgen würde sie sich die Haare selbst waschen und fönen, nahm sie sich vor. Dafür hatte sie aber wieder etwas mehr über Laurins Leben erfahren.

Beim Bezahlen war wieder der Friseur da. »Sagen S' dem Laurin einen schönen Gruß von mir. Vom Wandner Karl.«

»Der Laurin ist nicht da, der macht Urlaub.«

»Naa!« Der Friseur sah sie ungläubig an, dann fasste er sich mit einer schwulen Bewegung in gespieltem Entsetzen an die Stirn. »Der Laurin macht Urlaub? Wahrscheinlich von dem Geld, des er für meine Türen kriagt hat! Ich plag mich da herin als Friseur und die Bauern gehen in Urlaub. So is des heutzutag. –Wo is' er denn hin?«

»Das weiß ich nicht.«

»I pack's ja ned. Der macht Urlaub und die Touristen sind ganz allein auf seiner Hüttn drobn. Mei, is des ein Hund, der Laurin.«

Esther dachte, wenn sie jetzt auch noch zugäbe, dass sie, während Laurin Urlaub machte, auf seinen Hofhund aufpasste, wäre Laurin das Tratschthema des ganzen Dorfes.

Sie verabschiedete sich schnell.

*

Auf dem Rückweg freute sie sich bereits auf ihren wunderschönen Rückzugsort, vielmehr jedoch auf Aika.

Als sie aber beim Bauernhof vorfuhr, sah sie schon auf den ersten Blick aus dem Auto heraus, dass Aika nicht auf ihrem Stammplatz vor Laurins Tür lag, auch nicht auf der Terrasse der Hütte. Esther parkte, stieg aus und rief laut nach Aika. Keine Antwort. Sie suchte im Stall und in der Scheune, sie rief lauter, fast panisch. Nichts. Sie lief in alle Richtungen mehrere hundert Meter und rief immer wieder. Keine Antwort.

Esther kämpfte mit den Tränen. Sie versuchte sich klar zu machen, dass ihre Sorgen um den Hund völlig unbegründet waren. Aika war hier immer auf sich selbst gestellt gewesen und natürlich konnte es auch sein, dass sie nur einen Streifzug über die angrenzenden Felder und Wälder machte.

Aber eigentlich konnte Esther sich nicht erinnern, dass Aika ohne Laurin je ihr Territorium im Umkreis von etwa 200 Metern um den Bauernhof herum verlassen hatte.

Esther setzte sich auf ihre Terrasse und versuchte, sich mit dem Lesen der Zeitung die Zeit zu vertreiben, doch ihre Gedanken konnten sich kaum auf die Worte konzentrieren. Was sollte sie eigentlich tun, wenn Aika nicht mehr auftauchte? Sie hatte nicht einmal eine Handynummer oder eine Urlaubsadresse von Laurin. Wem sollte sie Bescheid geben, wenn ein Hofhund verschwand? Die Polizei wird das wohl nicht interessieren, einen Suchtrupp wird hier keiner hinter einem Hund herschicken. Was wird Laurin sagen?

Esthers Verzweiflung steigerte sich, sie fühlte sich hilflos. Fortwährend sah sie von ihrer Zeitung auf und blickte umher, ob sie nicht irgendwo den schönen, sandfarbenen Hund sehen könnte.

Als es dämmerte, war Esther fast panisch vor Angst. Unruhig lief sie vor der Hütte auf und ab, als ein roter Wagen den Berg herauf fuhr und vor Laurins Hof parkte. Eine Frau stieg aus und öffnete die Ladeklappe des Kombis. Aika saß darin. Esther sprang auf und lief zu ihr hin. Aika humpelte vorsichtig aus dem Auto und kam winselnd auf Esther zu.

»Is der Laurin ned da?«, fragte die Frau unwirsch, »Der Hund hat bei uns umanand gestreunt – des is doch sei' Hund, oder?«

Esther nickte und versuchte zu erklären, dass Laurin im Urlaub sei und sie auf Aika aufpassen sollte. Die Frau schüttelte verständnislos den Kopf. Ob es war, weil Laurin glaubte, Urlaub machen zu müssen oder weil er eine Touristin auf den Hund aufpassen ließ, blieb für Esther unklar.

»Daschiassn lassen hätt' er'n solln glei nach dem Unfall. A solchaner Hund is' doch kein Wachhund mehr. Aber der Laurin is halt...«, sie zuckte die Achseln.

Die Frau sah, dass Aika zumindest offensichtlich gerne bei Esther blieb. Esther kniete sich neben Aika und streichelte sie. Aika jaulte sie begeistert an.

Mit einem knappen Gruß bestieg die Frau wieder ihr Auto und fuhr mit quietschenden Reifen davon. Esther hatte ihr noch »Danke, Danke!« hinterher rufen können.

Als das Auto verschwunden war, grub Esther ihr Gesicht in Aikas warmes Fell. Ihre Tränen liefen ins weiche Fell der Hündin, und Aika winselte leise.

Die restlichen Tage ließ sie Aika nicht mehr allein.

Als Esther einmal noch wegfahren musste, um zu tanken und etwas zu trinken einzukaufen, sperrte sie Aika für die halbe Stunde in der Hütte ein.

Eigentlich hatte Esther am letzten Tag bereits vormittags wegfahren wollen, doch sie brachte es kaum übers Herz, Aika allein zu lassen. Als Laurin bis zum späten Nachmittag noch nicht zurückgekehrt war, musste sie jedoch aufbrechen. Sie füllte eine Schüssel mit Wasser, stellte diese in die Box, fütterte Aika noch einmal und führte sie dann schweren Herzens in den Stall. Der Abschied war herzzerreißend. Aika jaulte und wusste offensichtlich, dass sie jetzt wieder länger in diesem Gefängnis bleiben musste.

Schweren Herzens fuhr Esther los.

Noch in der Nacht schickte Esther Laurin eine Mail, in der sie fragte, ob er Aika wieder habe und alles in Ordnung sei. Sie schilderte ihm auch kurz Aikas kleinen Ausflug – die Frau mit dem roten Kombi würde Laurin sicher bei nächster Gelegenheit darauf ansprechen.

Erst am nächsten Abend kam die für Esther erlösende Mail von Laurin mit einem knappen Dankeswort für die Hundebetreuung.

*

Die nächsten Wochenenden verbrachte Esther mit Freunden und Bekannten, sie ging ins Kino, ins Theater, in Museen.

Esther versuchte, sich in diesen Wochen zu beschäftigen, aber ihre Gedanken wanderten immer wieder zu ihrer Hütte, zu ihrer Aika und zu Laurin, und, selbst wenn sie versuchte dies zu verhindern, stellten ihre Gedanken sich manchmal vor, wie Laurin wohl mit seiner Freundin zusammen lebte. Gemeinsam den Kuhstall ausmisten, das Feld bestellen, abends auf dem Balkon sitzen und ins Tal hinunterschauen. Aber die Gestalt der Freundin blieb verschwommen vor ihren Augen, sie wollte und konnte sich die chicke Düsseldorferin nicht neben Laurin vorstellen.

Der Winter war eigentlich keine Zeit für die Hütte, und so gelang es ihr eine Zeit lang ganz gut, nicht allzu oft an ihren Ort in den Bergen zu denken. Esther bewegte sich wieder in ihrem höchst aufgeräumten, nahezu perfekten Zuhause und ordnete ihre Bücher der Größe nach und ihre T-Shirts der Farbe nach.

Die Blusen in ihrem Schrank lagen millimetergenau aufeinander. Die Slips wurden gebügelt und zu kleinen, exakt gleichen Vierecken gefaltet und aufeinander gestapelt.

Sie wusste, dass sie damit übertrieb. Trotzdem: die Ordnung beruhigte sie unendlich.

Obwohl es ihr noch schwerer fiel als sonst, merkten Esthers Bekannte nicht, dass jeder Sozialkontakt sie Kraft und Anstrengung kostete.

Niemals hätte sie wie andere Menschen mit ungewaschenen Haaren auf die Straße gehen können. Wenn sie vor die Tür ging und zwei Nachbarinnen sich unterhaltend auf dem Gehsteig standen, liefen die Gedanken wie ein Film in ihrem Kopf ab: Was werden die zwei wohl über mich denken? Sitzt meine Jacke richtig? Bin ich auch vollständig angezogen?

Esther grüßte mit einem Kopfnicken und huschte schnell vorüber.

Ob die beiden dies wohl für unhöflich hielten?

Beim Vorübergehen konzentrierte sie sich auf ihren geraden Gang, auf einen freundlichen Blick nach vorne, auf locker herunterhängende Arme. Bloß nicht schlurfen oder missmutig dreinschauen.

Esther war sich ganz sicher, dass die beiden bereits begannen über sie zu tuscheln, sobald sie ein paar Schritte weiter gegangen war.

Smalltalk gelang Esther, wenn er überhaupt zustande kam, immer nur schlecht. Oft dachte sie Stunden darüber nach, ob sie etwas Falsches gesagt hatte und wie sie es treffender hätte formulieren können.

Selbst in der U-Bahn war es für Esther wichtig, eine gute Figur zu machen. Dabei wollte sie aber vor allem nicht auffallen. Alles sollte unauffällig korrekt sein. Es kostete sie viel Anstrengung, dies jeden Tag aufs Neue zu schaffen. Die Wochen schleppten sich dahin.

Esther war froh, als eine Bekannte, die sie aus dem Fitness-Studio kannte, sie spontan auf ein Wochenende in ihre Ferienwohnung am Ammersee einlud. Auf Esthers Frage, ob sie etwas mitnehmen solle, meinte die Freundin beiläufig: »Ach, wenn überhaupt, dann nimm halt etwas zu essen mit.«

Esther plante die ganze Woche lang. Sie kaufte Delikatess-Häppchen, legte Kaviar in kleine Blätterteig-Täschchen ein und rollte Tramezzini mit Lachs-Avocado-Frischkäse-Füllung. In einem exquisiten italienischen Feinkostgeschäft kaufte sie zwei Flaschen Prosecco und kleine Aranciatas und drapierte dies alles mit hübschen Servietten in einem Geschenkkorb.

So ausgerüstet fuhr sie an den Ammersee. Die Ferienwohnung, die Esther sich großzügig und edel als Sommerresidenz vorgestellt hatte, war ein kleines Appartement im zweiten Stock. Ikea-Einrichtung: Billy-Regale und ein Etagenbett, damit genug Freunde hier Platz fanden. Es war nicht ganz das, was Esther sich bei der Einladung vorgestellt hatte. Die Wohnung hatte auch keinen Blick auf den See, der allerdings in Laufnähe war. Immerhin.

Natürlich war die Begeisterung groß, als ihre Freundin den Geschenkkorb auspackte. Allerdings nahm er sich doch etwas unpassend neben dem Tiroler Räucherspeck und dem Bier aus, das ihre Freundin auf den Tisch gestellt hatte.

Das Wochenende verlief lau. Esther hatte nicht den Eindruck, dass eine zweite Einladung folgen werde, und sie empfand auch nicht das Bedürfnis, sich anzustrengen, um diese Freundschaft aufrecht zu erhalten. Sie war müde, und sie hatte wieder einmal das Gefühl, zu wenig zurückzubekommen für ihr Engagement und Entgegenkommen.

Der schwarze Schleier, der sich manchmal über sie legte, war wieder da. Sie war zu erschöpft, um ihn ganz abzuschütteln.

Nach diesem Wochenende nahm Esther noch mehr Arbeit im Büro auf sich als sonst. Nur nicht zur Ruhe kommen.

Eigentlich wartete sie nur auf das Frühjahr, um wieder in die Hütte fahren zu können.

*

Sie kam nicht wieder. Professor Merkner wartete, eine Woche, zwei Wochen, drei Wochen, was sollte er nur tun. Er wollte diese Frau als Patientin, als Fallobjekt, haben. Er brauchte sie – sein wissenschaftliches Renommee stand auf dem Spiel.

Er rief sie an – eine Todsünde für Psychiater.

Es war ihr unendlich peinlich und unangenehm. Nein, sie wäre sich doch völlig fehl am Platz vorgekommen in seiner Praxis – wenn es auch ausgesprochen angenehm gewesen sei, sich mit einem so kultivierten und intelligenten Mann wie er es sei zu unterhalten (Demutsgesten gegenüber scheinbar höher gestellten Männern, notierte Merkner).

Nein, sie brauche zwar Hilfe von Ärzten aufgrund ihrer körperlichen Beschwerden, aber keine psychiatrische, das sei ihr in der Sitzung doch ganz klar geworden, zumal es ja auch frech sei, seine kostbare Zeit in Anspruch zu nehmen, wo er doch seine wertvolle Unterstützung jenen geben sollte, die es weitaus mehr nötig hätten als sie (geschickte, über Jahre geübte Vermeidungsstrategien, notierte Merkner).

Merkner hatte sich vorbereitet auf jene Muster. Seine Strategie war perfide, nicht korrekt für einen Psychiater. Er bestätigte ihr, vollständig seelisch gesund zu sein. Allerdings – die Geschichte ihres so erfolgreichen Vaters habe ihn so besonders gefesselt, da er soeben an einem Werk über starke Väter und deren Auswirkungen auf ebenso starke Kinder schriebe und sie doch so hervorragend in dieses Muster passe. Ob sie bereit sei für zwei, drei kleine Interviews, gerne auch anonym.

Das funktionierte, sofort, darauf konnte sie sich einlassen, starke Tochter eines starken Vaters, die über die Erfolgsstrategien ihres Vaters sprach. So ging es.

Noch eine – clevere – Nachfrage – ob das denn als Sitzung kostenpflichtig sei. Nein, bestätigte der Professor, da es ja rein um sein Buchprojekt über große Väter gehe. Ja, da wolle sie gerne zur Verfügung stehen und mithelfen. Selbstverständlich.

Als er den Hörer aufgelegt hatte, war seine Erleichterung immens; und sein schlechtes Gewissen über das psychiater-ethisch völlig unkorrekte Vorgehen nur marginal.

*

Bei ihrem nächsten Besuch im Frühling war Esther auf die unliebsame Neuerung, dass Laurin eine Freundin hatte, vorbereitet.

Auf ihre E-Mail hatte diesmal sogar eine Frau geantwortet – mit dem Nachnamen des Bauern: »Christina Kastner«. Sehr beredt, gewandt und geschäftstüchtig wirkten ihre dezidiert hochdeutschen Worte in der Mail, ganz anders als zuvor Laurins ungelenke Antworten.

Esther hatte diesen Namen oft vor sich hin gesprochen: Christina Kastner. Christina, der Name passte nicht zu der Düsseldorferin, die für Esther eher eine Jaqueline oder Nicole gewesen war. Dazu sein Nachname, Kastner. Christina Kastner, das schmerzte.

Offen und freundlich wurde Esther in der Mail von der Frau zum angefragten Termin willkommen geheißen mitsamt möglicher Gefolgschaft, egal, ob in Form von Menschen oder Haustieren, sei es Hund oder Hängebauchschwein.

Esther musste sofort lachen. Die Vorstellung, dass sie ein Hängebauchschwein haben könnte, war komisch.

Insgesamt war ihr der Text sympathisch, wenn sie auch sofort einen Widerwillen verspürte, weil nicht mehr Laurin selbst ihr antwortete.

Eine witzige Frau, offen und redegewandt, für Laurin. Ob das wohl auf die Dauer zu Laurin passte, fragte sich Esther.

Für sie war es damit klar, dass bei diesem Besuch das Cabrio vor dem Bauernhaus parken und die flotte Schwarzhaarige sie begrüßen würde.

Doch als Esther ankam, war zunächst alles wie immer.

Aika lief schwanzwedelnd zur Begrüßung herbei, als Esther aus dem Auto stieg, und Esther war dankbar, dass Aika sie zur Hütte begleitete.

Der Schlüssel steckte wie immer in der alten, schweren Holztür ihrer geliebten Hütte. Die Hütte allerdings war diesmal ein wenig

sauberer als sonst, adretter hergerichtet: Die Tassen standen ordentlich mit dem Henkel in die gleiche Richtung auf dem Küchenbord, die Staubweben waren verschwunden, und das Porzellan mit den größten Macken war aussortiert. Die ordnende Frauenhand war für Esther spürbar.
Trotz ihrer Neugier genoss Esther den Tag und fuhr auf die gegenüberliegenden Berge. In aller Pracht ragten die Gipfel um sie herum auf. Sie spazierte die Bergwege entlang, rastete an einem Bach und begegnete glücklicherweise wie meist in dieser Region nur wenigen anderen Bergtouristen. Die Bergluft schien ihre Lungen zu reinigen und ihre Gedanken ruhiger werden zu lassen. Hier wurde ihr immer wieder klar, wie unwichtig ihre sonst für sie so bedeutsame Arbeit tatsächlich war und wie sehr sie davon verschlungen wurde. Nicht zum ersten Mal nahm sie sich vor, diese Erkenntnis auch wirklich mit in ihren Alltag zu nehmen.

Als Esther zurückkam, war die Frau da.

Nicht die Schwarzhaarige.

Eine Blonde, Bodenständige mit netten Grübchen und einem offenen Lächeln. Wahrscheinlich nur wenig jünger als Esther selbst.

Ganz unbefangen stellte sie sich als die neue Bäuerin vor und fragte, ob Esther noch irgendwelche Wünsche habe: »Ich bin Christina Kastner, Laurins Frau. Herzlich willkommen! Ich habe vom Laurin gehört, dass Sie schon oft da waren. Brauchen Sie noch irgendetwas? Lassen Sie es mich jederzeit wissen.«

Für Esther war dies eine unangenehme Frage, wo sie doch hier nicht nach ihren Wünschen gefragt werden wollte. Sie wollte nicht wie eine Touristin umgarnt werden, sondern einfach mit hier oben leben. Dass die neue Frau sie siezte, war passend für diese typische Touristenansprache, und schmerzte Esther.

Aber Esther musste trotzdem zugeben, dass die neue Bäuerin eine angenehme, auf den ersten Blick sofort sympathische Frau war. Was ihren nur mühsam unterdrückten Widerwillen gegen diese Beziehung Laurins aber nicht besserte.

Von ihrem Fensterchen aus beobachtete Esther kritisch, dass die junge, so gar nicht wortkarge Frau sich nicht scheute, auch die Gummistiefel anzuziehen und im Kuhstall zu verschwinden.

Die neue Frau passte auch nicht hierher, aber sie passte sich an.

Esther schüttelte den Kopf. So weit hätte sie selbst als Stadtfrau nicht gehen können, jeden Abend für Laurin den Stall auszumisten. Oder vielleicht doch?

*

Schon am Abend kamen Esther und die Frau zwischen Bauernhaus und Hütte ins Gespräch.

Nach wenigen einführenden Worten erklärte Christina: »Ich lebe noch nicht so lange hier oben mit Laurin. Aber wissen Sie, es macht mich sehr glücklich.«

Im Gespräch mit Christina stellte Esther die richtigen Fragen: »Macht Ihnen denn die schwere Arbeit auf dem Bauernhof gar nichts aus?«

»Oh nein, im Gegenteil, ich liebe das alles sehr.« Sie sah Esther offen ins Gesicht: »Wenn es Sie interessiert, erzähle ich es Ihnen gerne.«

»Ja, es interessiert mich sehr. Haben Sie vielleicht Zeit für ein Glas Wein bei mir in der kleinen Hütte?«

Die neue Bäuerin nickte: »Warum nicht!«, und folgte Esther in die Hütte. Esther öffnete eine Flasche Rotwein und goss zwei Gläser ein.

Die Frauen prosteten sich zu und tranken einen Schluck.

Dann verkündete Christina fast triumphierend: »Ja, ich habe hier mein Glück gefunden!« – und ihre Grübchen prägten sich beim glücklichen Lächeln tief ein.

Schon bald löste der Wein die Zunge, und Esther wagte ganz ungeniert, Christina zu fragen, wie sie, die offensichtlich nicht von hier stammte, denn nur zu dem Mann aus den Bergen gekommen sei.

»Übers Internet«, antwortete Christina mit einem etwas verlegenen Grinsen.

Eigentlich hätte Esther diese Antwort voraussehen können.

Christina berichtete, wie sie »- einfach so, eher zum Spaß -« Single - Internet-Seiten zur Partnersuche durchgeblättert hatte.

»Einfach so, eher zum Spaß - sagen das nicht alle bei solchen Gelegenheiten?«, fragte sich Esther innerlich. War es nicht vielmehr tiefste Verzweiflung, Kontaktanzeigen zu lesen, ob in Zeitungen oder im Internet? Auch Esther hatte ab und an Kontaktanzeigen gelesen, aber mit ihrem scharfen Blick konnte sie aus dem Nicht-Gesagten der Anzeigen meist schon die Schwächen der Kandidaten heraus lesen. Sie hatte sich bisher gehütet zu antworten oder gar eine zu verfassen.

Der Laurin sei ihr bei den Anzeigen gleich ins Auge gesprungen, erklärte Christina weiter, ohne zu bemerken, dass Esthers Gedanken abgeschweift waren.

»Er hat so ein nettes Foto von sich und Aika vor dem Hof mit eingestellt. In seiner Beschreibung nannte er sich einen Bauern aus ganzem Herzen, der dennoch so offen für alle neuen Ideen sei, dass er Schwierigkeiten habe, im Dorf Anschluss zu finden. Seine Wendung vom traditionellen zum Bio-Bauernhof fänden die meisten anderen Bauern wirtschaftlich unsinnig. Er schwanke zwischen der Tradition, die er liebe, und den Neuerungen, die er nicht missen wolle.« Christina kannte die Beschreibung offenbar immer noch fast auswendig und genoss es sichtlich, sie vor Esther zu wiederholen.

»Diese Beschreibung hat mir sofort gefallen!«, Christina blickte Esther in die Augen, »Laurin hat mir sofort gefallen.«

Esther gefiel die Beschreibung auch.

Christina erzählte weiter, dass sie sich eine ganze Zeit lang gemailt und sich in den Mails ihr Leben erzählt hatten. »Wir haben ja beide schon einiges hinter uns!«, betonte sie und blickte Esther dabei plötzlich ernst und eindringlich an.

Esther spürte, dass in Christinas Vergangenheit etwas Dunkles lauerte. Im Gegensatz zu Christina, die munter los plapperte, war sie jetzt extrem aufmerksam. Esther glaubte plötzlich zu sehen, dass Christina ein Geheimnis in ihrer Vergangenheit gut unter Kontrolle hielt. Diese Frau faszinierte sie immer mehr.

Sie versuchte nachzuhaken: »Was meinen Sie denn damit, dass Sie beide schon etwas hinter sich haben?«

Christina aber schien die Frage nur noch auf Laurin beziehen zu wollen: »Dem Laurin ist die Frau mit zwei Kindern weggelaufen. Die hat mittlerweile den dritten Mann, und von jedem zwei, drei Gören. Anna und Hans aber kommen regelmäßig zum Laurin. Der liebt seine Kinder sehr. Aber die Mutter kümmert sich kaum um sie. Sogar Hunger haben die zwei immer, wenn sie hoch zu uns kommen.«

Esther hatte bemerkt, dass Christina noch nicht bereit war, über sich selbst zu sprechen. Sie ließ ihr Zeit und schenkte das Weinglas wieder voll.

Esthers Gedanken folgten Christinas Bericht über die Bauernkinder. Dass die zwei scheuen Bauernkinder dünn waren, gab Esther zu, aber verhungert hatten sie wirklich nicht ausgesehen. Das war eine Übertreibung der neuen Ehefrau, fand sie. Genauso wie die übertriebene Betonung des Wortes »uns«, die Esther störte.

Als Esther noch ihren Überlegungen über die Bauernkinder nachhing, fuhr Christina schon fort: »Und ich, ich habe auch schon einiges hinter mir in meinem Leben.«

Esther hoffte, dass Christina jetzt etwas erzählen wollte, aber dann schwenkte Christina wieder zu den Anfängen ihrer Liebesgeschichte mit Laurin. »Ich habe mich dann einfach in den Zug gesetzt und bin hierher gefahren.« Man merkte ihr an, dass sie ganz in Erinnerungen gefangen war. »Und als ich Laurin zum ersten Mal gesehen habe, war es um mich geschehen.« Sie nahm einen tiefen Schluck aus dem Rotweinglas und sah Esther ganz offen in die Augen: »Ich war noch nie in meinem Leben so verliebt. Mir kribbelt es immer noch im Bauch, wenn ich ihn sehe.«

Etwas nachdenklich fügte sie dann hinzu: »Ein bisschen sensibel ist er manchmal, eben sehr einfühlsam. Und so ein Kuscheltiger! – Genauso wie ich.« Und ihre Augen strahlten.

Nun war Christina beim dritten Glas und ganz selbstverständlich beim ‹Du› angekommen. Esther spürte auch schon den Wein und hielt sich nun bewusst zurück. Etwas an Christina ging Esther ungewöhnlich nahe, ohne dass sie hätte erklären können, was es war. Eigentlich hätte sie sie gerne so spöttisch betrachten wollen wie damals die Düsseldorfer Freundin, aber Christinas unvoreingenommene, offene Herzlichkeit ließ Esther nicht unberührt.

»Aber«, fragte Esther zögernd, »hattest du denn vorher Erfahrungen mit dem Leben auf einem Bauernhof gemacht?«

»Das ist meine eigentliche alte Liebe.« Auch hier erzählte Christina gerne von ihren bisherigen Erfahrungen.

Christinas Tante hatte einen Bauernhof mit vielen Kühen bewirtschaftet, und bereits als kleines Kind war Christina viel lieber hinüber in den Stall geschlichen als Hausaufgaben zu machen. Besonders die Tiere hatten es Christina angetan, sie war gerne bei ihnen gewesen. »Tiere sind oft das gewesen, was mich am Leben gehalten hat.«

Esther wollte bei dieser düsteren Bemerkung nachhaken, als Christina mit einem Augenzwinkern das Thema ins Lachhafte zog: »Aber bei jedem Schwein denke ich schon an das leckere Kotelett!«

»Nein, Namen vergibt auch sie keine an die Schweine«, dachte Esther. Und dann wurde ihr mit einer Mischung aus Bewunderung und Überraschung klar: »Sie passt zu Laurin«.

»Nur mit den Katzen bin ich anders als Laurin«, erklärte Christina, als ob sie Esthers Gedankengängen hätte folgen können. »Die werden bei mir gehegt und gepflegt. Die Schwarze ist trächtig und bekommt Trockenfutter und Wasser hingestellt. Laurin lacht darüber, aber er lässt mich gerne gewähren.«

Es war deutlich zu erkennen, dass Christina stolz war, die neue Bäuerin zu sein.

Esther gestand sich plötzlich ein, dass sie sie darum beneidete. Gerne wäre sie die Frau gewesen, die den Bauern Laurin dazu gebracht hätte, die kleinen Kätzchen nicht nur aus dem Blickwinkel der Nützlichkeit zu sehen.

Esther war selbst höchst erstaunt über diese Erkenntnis, die ihr erst in dem Moment klar geworden war, als Christina ihre Liebe zu Laurin so offen beschrieb. Müsste sie dann nicht dieser Frau neidisch, wütend, missgünstig entgegentreten? Stattdessen war Christina ihr sympathisch. Sympathie mit einem Hauch von Eifersucht spürte sie.

Ihren eigenen Gedanken folgend hörte Esther nicht, worüber Christina soeben sprach. Vor sich sah sie die beiden ungleichen Partner, die Schritt für Schritt aufeinander zugingen. Was für eine beneidenswerte Vorstellung!

Esther besah sich die Frau näher, die dies wirklich geschafft zu haben schien. Christina war äußerlich recht durchschnittlich mit ihrer etwas kräftigen, aber sehr weiblichen Statur. Das Besondere an ihr waren diese reizenden Grübchen, die wach blitzenden Augen und ihr unerschütterlicher Optimismus, gepaart mit ein wenig Überheblichkeit. Oder verbarg sie unter dieser Fassade nicht doch auch eine Unsicherheit?

Esther betrachtete Christina kritisch, die aber, ohne dies zu bemerken, fortfuhr: »Froh ist er, dass er endlich wieder eine Frau hat. Nötig hat er es gehabt: das Haus war dreckig. In manchen Schubladen war offensichtlich noch nie gewischt worden, bestimmt auch nicht zur Zeit der alten Bäuerin«, erläuterte sie etwas gehässig gegenüber ihrer Vorgängerin, an der sie offensichtlich kein gutes Haar lassen wollte.

»Was machst du denn eigentlich?« fragte Christina mit einem fast schuldbewussten Augenaufschlag, da sie in der letzten Stunde nur über sich selbst gesprochen hatte.

Die Frage holte Esther wieder zurück.

»Mein Leben ist nicht so aufregend wie deines.« Esther zuckte mit den Schultern und ließ ihre Hände mit einer gespielt verzweifelten Geste nach oben deuten. »Ich bin Angestellte in einem Büro, technische Zeichnerin. Nun ja, und ich fliehe von meiner Arbeit und aus der Stadt nur wochenweise hierher.« Obwohl dies spaßhaft hatte klingen sollen, entging Christina nicht der bittere Unterton in Esthers Worten.

Ihre Schultern berührten sich wie zufällig.

»Wir sind wie Schwestern, oder?« Christina lachte sie offen an. Und Esther wusste plötzlich, dass dies die Freundin war, die sie immer schon hatte haben wollen. Christina war die Seelenverwandte, die sie endlich verstehen könnte, die Schwester.

»Und du?«, fragte Esther weiter und schenkte Christinas leeres Rotweinglas wieder voll.

»Ich habe wirklich schon ein Leben hinter mir«, sagte Christina ernst. Esther spürte, dass es nicht immer ein gutes Leben gewesen war.

Christina nickte eindringlich: »Deswegen tut es mir gut, jetzt mit Laurin hier oben zur Ruhe zu kommen.«

Es war schon späte Nacht, doch den beiden Frauen machte es nichts aus. Die eine erzählte gerne, die andere hörte gerne zu. Und Esther merkte, dass hinter der Fassade der glücklichen Bäuerin noch etwas anderes wartete, das vielleicht jetzt mit Unterstützung des Weines hervorkommen könnte.

»Weißt du, ich bin ein Adoptivkind. Mit fünf Jahren kam ich zu meinen Adoptiveltern, die keine Kinder bekommen konnten. Eigentlich waren es die besten Eltern, die man sich vorstellen kann. Mein Vater war Lehrer an der Schule unserer Stadt, in

Stettingen. Meine Mutter hat sofort aufgehört, ihren Beruf als Krankenschwester auszuüben, um sich nur noch um mich, das ersehnte Adoptivkind, zu kümmern.« Christina trank einen weiteren Schluck. Esther wusste nicht mehr, das wievielte Glas sie nachschenkte.

»Eigentlich bekam ich die perfekten Eltern«, Christina zögerte, »aber es ist nicht gut gegangen zwischen uns. Über meine früheren Eltern wurde nie bei uns gesprochen. Nicht einmal zu meiner Hochzeit sind meine Adoptiveltern jetzt gekommen. Sie trauen mir wohl nicht mehr zu, dass ich etwas gut zu Ende bringe.« Christina schluckte.

Esther fühlte, dass hier große gegenseitige Enttäuschungen eine Rolle spielten. »Warum glaubten deine Eltern nicht, dass deine Ehe gut endet?«, fragte sie leise.

»Eine Wilde war ich«, der Unterton in Christinas Stimme verriet, dass sie immer noch stolz darauf war, dann aber stockte sie, »und, na ja, zu viel Nähe halte ich einfach nicht aus. Dann muss ich flüchten.«

Esther horchte verwundert auf, denn sie kannte dieses Gefühl gut aus ihrem eigenen Leben. Ihre Beziehung damals mit Matthias war so innig, so perfekt, und dennoch war es manchmal nicht zu ertragen gewesen für sie. Schließlich hatte sie die Bindung nicht halten können. Aber bei ihr war doch Matthias derjenige gewesen, der gegangen war. Zweifelnd dachte sie nach, ob sie nicht doch eine Mitschuld trug, dass er schließlich den endgültigen Schritt zur Trennung gemacht hatte.

Christina erzählte weiter. »Als ich mein Abitur nach einer Ehrenrunde und einem Schulwechsel doch noch geschafft hatte, wollte ich nur weg, so schnell – und so weit wie möglich. Es lag für mich nahe, auf Reisen zu gehen. Damals vermittelten mir meine Eltern noch eine Stelle auf einem Kreuzfahrtschiff«, Christina zögerte und schob dann erklärend nach, »- damit zumindest eine Arbeit mit den Reisesehnsüchten ihres Kindes zu vereinbaren war. Sie wollten doch eigentlich, dass etwas aus mir wird.« Es war Christina anzumerken, dass sie darunter litt, den Anforderungen ihrer Eltern nicht gerecht geworden zu sein.

Esther öffnete eine weitere Flasche und zwang sich selbst zu kleinen Schlucken, damit sie Christina, die immer schneller und immer mehr erzählte, noch folgen konnte. Es schien Esther, als habe sie etwas Wesentliches in Christinas Erzählung bereits verpasst. Ob es wesentlich für Christina oder sie war, konnte sie leicht angetrunken nicht mehr erfassen.

Christina erzählte, dass sie Fernweh gehabt hatte und wie sie diese Sehnsucht gestillt hatte. Mit zwanzig Jahren hatte sie alles hinter sich gelassen. Als Reiseleiterin war sie zuerst nach Portugal und Griechenland gefahren, dann war sie Animateurin auf Kreuzfahrt-Schiffen gewesen. Sie erklärte Esther das Gefühl, überall gewesen zu sein, doch dabei für nichts richtig Zeit gehabt zu haben. Drei Stunden Schlaf hatten ihr manchmal genügen müssen, denn oft galt es, achtzehn Stunden Arbeit durchzustehen. »Dagegen ist die bäuerliche Arbeit gar nicht schlimm!«, erklärte Christina. »Hier kann man die Arbeit auch mal verschieben, wenn auch nicht endlos«, lächelte sie, »Und Regentage sind Mußetage! – Das ist doch ein Luxus!«

Jedenfalls sei sie eine gute Touristikerin gewesen, betonte Christina selbstbewusst.

Das glaubte Esther ihr sofort. Sie dachte an Christinas Einladungs-E-Mail auf ihre Anfrage, in der sie zusammen mit Hund oder Hängebauchschweinen eingeladen worden war. Das war witzig und freundlich gewesen. Auch wenn die Mail Esther damals für ihre Vorstellungen von einem Hüttenbesuch zu perfekt erschienen war, so war sie eben doch richtig gut.

»Deswegen habe ich auch gleich die Hüttenvermietung von Laurin übernommen. Mit den Gästen kann ich schon besser reden als der Laurin«, zwinkerte Christina Esther zu.

Auch daran zweifelte Esther nicht, wenn es sie auch schmerzte, dass die Vermietung ihrer geliebten Hütte auf das Geschäftliche reduziert wurde. Sie fürchtete, nun auch hier oben auf die Rolle der lukrativen Geldquelle reduziert zu werden – was Christina so natürlich nicht gemeint hatte. Esther fühlte sich seltsam angezogen von Christina und zugleich neidete sie ihr doch ein wenig das plötzliche Glück.

Christina erzählte von ihren neuen Aufgaben als Bäuerin, vom Stallausmisten über das Versorgen von Kühen, Hühnern, Hasen und des Hundes, bis hin zum Verkauf des hofeigenen Honigs.

Esther ließ ihre Gedanken schweifen. Sie fragte sich, was sie selbst wohl vor Christina für Laurin bedeutet hatte – und was sie jetzt für ihn war. Natürlich war sie vorher auch für ihn ein zahlender Gast gewesen - die Kühe und Touristen zum Melken...

Andererseits hatte sich doch allmählich ein fast freundschaftliches Verhältnis zwischen ihnen entwickelt, wo sie doch schon so viele Male hier oben gewesen war.

Und war sie nicht Christina in irgendeiner Weise ähnlich? Sie wusste selbst nicht, in welcher.

Mit einem Kopfschütteln versuchte sie, sich von diesen Gedanken zu lösen. »Ich geh' jetzt eine rauchen. Du vielleicht auch?«

Christina nickte.

Das Rauchen vor der Hütte rief bei den beiden Frauen ähnliche Erinnerungen an Erlebnisse in der Jugend hervor. Sie hatten beide viel geraucht, stellten sie fest.

»Na ja, nicht nur Tabak«, grinste Christina, die offensichtlich durch den Wein gesprächig und lustig war. »Als zukünftige Bäuerin greift man auch mal zu Gras, wenn nichts anderes da ist.« Die groß gewordenen Mädchen kicherten über diesen seichten Witz. Sie erzählten sich von ihrer ersten Zigarette, und Christina schilderte, was außer Tabak sonst noch in den Zigaretten gewesen war, die sie später geraucht hatte.

Esther spürte, dass sie mittlerweile auch deutlich angetrunken war. Leicht schwankend suchte sie Halt am Türrahmen, als sie wieder in die Hütte zurückgingen. Ihre trunkenen Gedanken führten sie in ihre Kindheit und plötzlich begann sie selbst zu erzählen. »Meine erste Zigarette habe ich am gleichen Tag geraucht, an dem ich meinen ersten Kuss bekam. Beides in aller Heimlichkeit. Meine Eltern hätten mich für jede Tat einzeln umgebracht.« Esther war selbst etwas überrascht, dass sie daran denken musste und dies auch noch jemandem eigentlich Fremden erzählte. Fast ohne es zu wollen, redete sie weiter: »Obwohl mein Vater auch geraucht hat, nun ja, Zigarre. Trotzdem, wahrscheinlich hätte ich wochenlang Hausarrest bekommen. Mein Vater war ein reicher Industrieller, und sein einziges Ziel war es, dass ich mich standesgemäß benehmen sollte.«

»Und, hast du es geschafft – dich so zu benehmen, wie die anderen es wollten?«, Christina sah Esther ernst an. Die Leichtigkeit der anderen Jugenderinnerungen war verschwunden.

»Ja«, Esther sagte das Folgende leise und dennoch jedes Wort betonend, »aber ich habe dafür auch einen hohen Preis bezahlt.«

Plötzlich stand Laurin in der Tür. »Hier seid's ihr!«, stellte er verwundert fest. Er wollte wohl sehen, wo Christina so lange blieb. Christina stand sofort wie ertappt auf, »Ich komm' schon, es ist aber auch wirklich spät geworden.«

Beim Abschied flüsterte sie Esther noch schnell zu: »Er mag es nicht so, wenn zuviel Alkohol getrunken wird.« Sie folgte Laurin ins Bauernhaus.

Esther kuschelte sich in die rot karierte, dicke Daunendecke und bedauerte, was für ein schnelles Ende, der lange intensive Abend genommen hatte.

Sie hatte das Gefühl, als ob zarte Freundschaftsbande geknüpft seien; und mit einem weinseligen, guten Gefühl schlief sie ein.

*

Am nächsten Morgen wachte Esther auf und fühlte sofort das dumpfe Brummen in ihrem Schädel. Aus ihrem kleinen Medikamententäschchen kramte sie zuerst eine Aspirin-Tablette, goss sich ein Glas Wasser ein und ließ die Tablette hineinfallen. Noch ganz benommen sah sie zu, wie die Tablette sich langsam auflöste und die Luftperlen von der Tablette an die Oberfläche strömten. Schluck für Schluck trank sie das Gemisch und hoffte, dass es ihr bald Erleichterung verschaffen werde.

Christina war anscheinend längst aus den Federn, denn sie kam bereits aus dem Kuhstall hoch, während Esther noch auf der Terrasse ihren Filterkaffee mit warmer Milch trank.

Aika lag bei Esther, die sich darüber freute, dass der Hund es trotz der Anwesenheit der neuen Bäuerin vorzog, bei ihr zu sein. Dafür fütterte sie Aika auch mit ihrem teuren Schinken und verteilte großzügig Streicheleinheiten.

Christina rief Esther zu: »Komm, ich geh zu den Bienen. Willst du mitkommen?«

Esther nickte, berichtete der neuen Freundin aber zuerst noch lachend von ihrem schweren Kopf - eines der Gläser Wein sei doch zuviel gewesen.

Aber sie war gespannt auf die Bienenstöcke und folgte Christina, die ihr die Utensilien eines Imkers zeigte, die sie bereits vor der Tür des Bauernhauses bereit gelegt hatte. Es waren Dinge, die Esther bisher höchstens aus Filmen und Büchern kannte: weiße Schutzanzüge, Helme und ein seltsames Metallgefäß.

»Zieh zuerst Laurins Gummistiefel an«, wies Christina sie an. Wider Erwarten fiel es Esther nicht schwer, in die fremden Schuhe zu schlüpfen. Dabei staunte sie wieder einmal über das fremde Ich, das hier draußen zum Vorschein kam. Kurz fragte sie sich, ob es daran lag, dass es Laurins Stiefel waren.

Nun reichte Christina ihr den weißen Anzug aus schwerem Stoff, den sie ebenfalls überzog. Dann erklärte sie Esther die Funktion des Metallgefäßes, in das man eine Art Tabak legte und anzündete. »Damit kann man Rauch machen – und der beruhigt die Bienen.« Mit einem Blasebalg pumpte Christina den Rauch, der sich entwickelte, über eine spitze Tülle stoßweise nach außen. »So ein Gerät heißt Smoker«, fügte Christina hinzu. Die beiden lachten über den Namen des Rauchapparates. »Smoker – wie wir!«, kommentierte Christina grinsend.

»Wenn man den Rauch in den Bienenstock bläst, werden die Bienen ruhig und stechen weniger«, erklärte Christina dann wieder ernst. Sie schien erfahren in der Imkerei und zeigte dies auch stolz.

Zuletzt reichte sie Esther noch einen schützenden Imkerhelm mit einem Gitter über dem Gesicht. Esther konnte sich nicht entscheiden, ob sie sich mehr wie ein Raumfahrer oder wie ein Degenfechter fühlte.

»Und du, was ziehst du an?«, fragte Esther, als ihr klar wurde, dass Christina ihr ihren eigenen Anzug und Helm gegeben hatte.

»Ich brauche den Schutz nicht unbedingt«, erklärte Christina, »auch wenn ich ihn normalerweise zur Sicherheit trage. Aber ich bin täglich bei den Bienen. Die meisten Imker tragen keine Schutzkleidung. Ich kenne mich gut mit den Bienen aus und ich bleibe immer ruhig.« Offensichtlich hatte sie dabei eine Erinnerung, »Na ja, bei meinem ersten Mal bei Bienen, da ist es mir, Zappelliese, die ich bin, passiert, dass ich mich zu schnell bewegt habe. Und sofort flogen Hunderte von Bienen auf mich zu, die dann, einmal angriffslustig gemacht, sogar versuchten, durch meinen Anzug durchzustechen. Fast eine Stunde musste ich ruhig dastehen, bis die Bienen weggeflogen sind.«

Christina verdrehte die Augen in Erinnerung daran.

»Das war eine gute Lektion für mich, das passiert mir heute nicht mehr!«, grinste sie dann.

Eine Biene sei ihr damals unter die Hose gekrabbelt und habe sie gestochen. Was ihr ohne Anzug hätte passieren können, deutete Christina nur an. »Ich reagiere nämlich allergisch auf

Bienenstiche«, erklärte sie nur knapp. »Bei mir könnten schon ein paar Bienenstiche reichen und...« - sie beendete den Satz mit einer entsprechenden Handbewegung.

»Eigentlich sollte ich gar nicht in die Nähe von Bienen kommen. Aber mittlerweile habe ich ja gelernt, ruhig zu bleiben. Und die Imkerarbeit gibt mir die Ruhe, die ich für mein ganzes Leben brauche.« Christina blickte Esther nun sehr ernsthaft an. »Mein Bienenvater hat mich damals gewarnt, dass ich entweder lernen müsse, Ruhe zu bewahren, oder niemals Bienen züchten dürfe.«

Esther spürte, dass dieser ‹Bienenvater› - für Esther klang das wie eine anmaßende Anspielung auf einen Doktorvater – eine große Bedeutung für Christina hatte. Sie sprach mit Achtung und Liebe über ihn.

»Heute kann mir so etwas wie damals nicht mehr passieren. Ich habe gelernt, ganz ruhig zu bleiben bei den Bienen.« Christina zögerte, dann fügte sie grinsend hinzu, » – im Leben nicht immer.«

»Ruhig bleiben musst du auch unbedingt können«, darauf bestand Christina nun sehr ernsthaft. Wenn Esther sich nicht absolut sicher sei, dass sie sich in keinem Fall heftig bewege, könne sie nicht mitkommen.

Esther antwortete, dass sie sich sicher sei.

Wie ein Marsbesucher kam sich Esther vor, als sie, eingepackt in ihren weißen Overall, durch die Kleewiese stapfte, an den gelangweilt blickenden Kühen - Bertha und Emma - vorbei bis zu den Bienenstöcken. Christina hob vorsichtig den Deckel des Bienenstocks hoch und blies mit dem Smoker Rauch hinein. Esther wagte kaum zu blinzeln, jedoch geriet sie nicht in Gefahr, sich schnell zu bewegen, beherrscht wie sie war.

Christina zog eine Wabe heraus und begutachtete sie. Leise erklärte sie, dass sie heute nur nachsehen wolle, sie sei bei der Zucht. Honig nehme sie keinen. Fasziniert beobachtete Esther die gezielten

Bewegungen. Sie empfand deutlich die Gleichzeitigkeit von konzentrierter Ruhe und aufregender Gefahr.

»Sprechen darf man«, erklärte Christina, »Obwohl Bienen sehr wohl hören können! Und sie sprechen auch miteinander, mit ihrem Summen und eben mit dem Schwänzeltanz. Das hast du bestimmt in der Schule gelernt.«

Esther nickte.

»Dieser Tanz ist wirklich faszinierend. Er gibt die Flugrichtung zur Nahrung und die Entfernung an. Weißt du, was ich so interessant finde: es gibt unterschiedliche Sprachen, na ja, wie Dialekte dieses Tanzes. Chinesische Bienen sprechen anders als europäische; und sogar italienische tanzen schon etwas anders als unsere Bienen.«

Christina erklärte dies alles gerne und schien sich zu freuen, dass sie eine aufmerksame und interessierte Zuhörerin hatte.

»Ich erinnere mich nur an Schulweisheiten von dem Bienenstaat mit nur einer Königin, Arbeitern und Soldaten«, gab Esther zu.

»Das stimmt schon«, bestätigte Christina, »Jedes Bienenvolk hat eine Königin, die Mutter von allen. Die Männchen sind ausschließlich dazu da, diese eine Königin zu befruchten – das ist ein Leben, was?«, grinste Christina. »Von den weiblichen Bienen gibt es mehr. Die müssen auch putzen, bauen, wachen und sammeln – eben die ganze Arbeit machen.« Christina konnte sich die Bemerkung nicht verkneifen, »- Wie bei den Menschen.«

Esther ließ ihre Gedanken schweifen, während Christina die einzelnen Waben herausnahm und begutachtete. Wo stand sie selbst eigentlich im menschlichen Gefüge? Im städtischen Leben war das schwerer zu bestimmen. Halb Chef, halb Arbeiter. Der ständige Rollentausch machte das Leben schwieriger als im Bienenstaat. Sie hätte nicht exakt benennen können, welche Rolle sie im Menschenstaat einnahm. War sie wichtig für die Menschengemeinschaft? Welche Aufgabe hatte sie?

Auf eine Handbewegung von Christina traten sie Schritt für Schritt den Rückzug an.

*

»Trinken wir noch einen Kaffee zusammen?«, fragte Christina, und Esther nickte.

Aika schien mürrisch den Kopf zu heben, als Christina Esther in die Bauernstube führte. Aika musste draußen bleiben.

Hier drinnen war sie zum ersten Mal. Es war eine hübsche Bauernstube mit Ecktisch und schön restaurierten alten Bauernmöbeln. »Was für ein toller Schrank«, sagte Esther und strich mit ihrer Hand über eine wunderschön mit bunten Blumen verzierte Vitrine.

»Die hat alle Laurin restauriert, er kann das wirklich gut. Er ist gelernter Tischler«, erklärte Christina.

Esther wusste das doch. Aber sie sagte nichts.

Esther setzte sich an den Tisch, während Christina begann, Kaffee in den Filter zu löffeln.

»Mich hat der Besuch an den Bienenstöcken sehr beeindruckt.« Esther sah Christina direkt in die Augen.

»Ja, das ging mir beim ersten Mal genauso. Die Bienen und ihre Ordnung haben eine Wirkung auf uns.«

Und dann fragte Christina: »Sag mal, warum kannst du so ruhig sein – eine solche Ruhe bei einem ersten Besuch bei Bienen habe ich noch nie erlebt.«

Esther zögerte nicht. »Wenn ich nicht ruhig genug war, hat mein Vater mich im Keller eingesperrt.« Sie war selbst überrascht, dass sie bereit war, davon zu erzählen.

Beide schwiegen, aber Christinas Augen forderten Esther zum Sprechen auf.

Und sie sprach, zum ersten Mal, darüber.

»Mein Eltern waren sehr angesehene Menschen und sich dessen auch wohl bewusst. Mein Vater besaß eine Fabrik zur Herstellung von Zahnrädern. Meine Mutter war zuhause und überwachte unser großes Haus. Wir lebten in der Vorstadt in einer repräsentativen Villa am Waldrand. Ich hatte ein Kindermädchen, besser gesagt mehrere, immer wechselnd, wenn sie sich wieder einmal mit meiner Mutter zerstritten hatten. Ich kann mich nicht erinnern, dass meine Mutter sich je um mich gekümmert hat. Oft sah ich meine Eltern nur, wenn Besuch kam, dem ich ordentlich zurechtgemacht vorgeführt wurde. Wenn ich mich dann nicht korrekt verhalten habe oder zu unruhig war, musste ich am nächsten Tag in den Keller.

Einmal hatten wir kein Kindermädchen, aber meine Eltern wollten für drei Wochen auf eine Reise gehen. Da kam ich in ein Heim. Ich glaube, ich war drei Jahre alt.«

Die Worte waren ohne ein Stocken aus Esther herausgeströmt, sie war selbst darüber verwundert. Irgendetwas in Christina veranlasste sie, viel mehr von sich preiszugeben, als sie es sonst bei Freundschaften tat.

»Meine Mutter erklärte mir immer, die Schrittlänge einer Dame betrage exakte 65 Zentimeter. Und wehe, wenn ich dies nicht einhalten konnte. Meistens habe ich es – nach vielen Stunden des Übens geschafft. Noch heute weiß ich, wie 65 Zentimeter sich anfühlen. Aber manchmal, da bin ich doch einfach gehüpft, ich war eben nur ein Kind.«

Esther hörte auf zu sprechen, weil sie plötzlich merkte, dass ein weiteres Wort mehr sie dazu bringen würde, dass ihre Tränen fließen. Warum denn eigentlich das? Sie konnte doch sonst sehr selbstbewusst und ganz persönlich überzeugt von ihrer harten, aber klaren und zielgerichteten Erziehung sprechen.

Christina schien zu spüren, dass sie nicht weiter fragen sollte. Noch mehr hätte Esther nicht sagen können.

Christina nahm Esther in die Arme, und Esther ließ es geschehen. Seltsam fühlte sich das an, ungewohnt, und doch schön.

»Irgendwann kommt auch zu dir einer wie Laurin zu mir und hält dich fest, selbst wenn du glaubst, es geht nicht mehr.« Christina strich Esther die Haare aus dem Gesicht.

»Und jetzt gehst du mit mir in den Stall und mistest aus. Das hilft.«

*

Den restlichen Tag über genoss Esther die Ruhe und Einsamkeit. In ihrem Citroën fuhr sie zu einem der nahe gelegenen Berge. Mittlerweile kannte sie viele der Bergtouren in der Umgebung. Sie suchte sich lieber die unbekannteren, einsameren Strecken aus.

Fast eine Stunde lang ging es mit dem Auto hoch bis zu einer Art Mittelstation, wo sie erst einmal einen Kaiserschmarrn aß. Der Hund hier oben, der zur Wirtschaft gehörte, hieß auch Aika. Aber er war ein kleiner Mischling und bei weitem nicht so schön wie ihre große Aika, fand Esther.

So gestärkt nahm sie den in ihrer Wanderkarte eingezeichneten Rundweg bis zum Gipfel in Angriff. Schon auf der Mittelstation war die raue Bergnatur beeindruckend. Auf dem Weg hinauf bis zum Gipfel auf 1.700 Meter Höhe entfaltete die alpine Landschaft ihre volle Schönheit. Die Bäume wurden seltener, dafür sprossen bizarre rosa Flechten auf dem Boden, dazwischen Disteln, Alpenrosen und Akeleien.

Es war nicht zu warm. Esther fand es sehr angenehm für das Wandern, dass die Wolken sich langsam vor die Sonne schoben. Sie schwitzte bei ihrem zügigen Aufstieg, aber sie genoss es, wieder einmal an ihre körperlichen Grenzen zu gehen.

Erst als es bereits richtig dunkel wurde, registrierte Esther, dass der Himmel sich bedenklich zugezogen hatte. Natürlich wusste sie, dass das Wetter in den Bergen schnell umschlagen konnte. Ein stärkerer Wind kam auf. Aber sie verwarf ihre eigenen Bedenken und auch die Warnungen der ihr rasch entgegenkommenden Wanderer.

Sie machte ja keine hochalpine Tagestour – und das Auto stand nur zwei Stunden Fußmarsch von ihr entfernt.

Sie wollte sich weiterhin ihren Gedanken an früher hingeben, und die dunklen Wolken waren ein guter Rahmen dafür.

Esther erinnerte sich, dass sie als Kind ungeheure Angst vor Gewittern gehabt hatte. Wenn es donnerte und blitzte, hatte sie geglaubt, die Welt gehe unter. Aber es war ihr verboten gewesen, auch nur nach ihren Eltern zu rufen. So hatte sie sich verzweifelt an ihren Teddy geklammert und war bei jedem Donner wie von einem Blitzschlag getroffen zusammengezuckt. Noch heute konnte sie sich genau erinnern, wie die Blitze für kurze Augenblicke ihr Zimmer erleuchtet und gefährliche Fratzen auf die Wände gemalt hatten.

Ein einziges Mal war bei einem solchen Gewitter ein Kindermädchen über Nacht da gewesen. Wahrscheinlich waren Esthers Eltern ausgegangen. Bei dem Gewitter war das Mädchen hereingekommen und hatte sofort gesehen, dass Esther vor Angst verkrampft wach in ihrem Bett lag. Als ob es das Natürlichste der Welt wäre, hatte sie sich zu Esther ins Bett gelegt und sie in den Arm genommen. »Ich hatte als Kind auch immer Angst bei Gewitter, aber bei meiner Mutter im Bett konnte ich es ertragen.« Für Esther war es eine unglaubliche Offenbarung gewesen, dass andere Kinder zu ihrer Mutter ins Bett durften, wenn sie Angst hatten. Das Kindermädchen war irgendwann eingeschlafen. Esther aber war die ganze Nacht wach geblieben in dem seligen Gefühl, sich an diesen warmen Menschen ankuscheln zu dürfen. Es war eine ihrer schönsten Kindheitserinnerungen.

Als die ersten Tropfen in Esthers Gesicht schlugen, schreckte sie aus ihren Gedanken auf. Der Gipfel konnte nicht mehr weit sein, vielleicht noch eine halbe Stunde. Sie zögerte. Sie sollte einfach weiterlaufen, in den Sturm hinein, hinauf auf den Gipfel. Es wäre nicht das erste Mal gewesen, dass sie Dinge tat, die andere für lebensgefährlich hielten. Es könnte wie ein Rausch sein weiterzugehen.

Diesmal jedoch tauchte das Bild von Christina und Laurin in ihren Gedanken auf, und sie drehte um.

Mit der Kehrtwende saß ihr auch die Angst im Nacken. Die Pracht und Ruhe der Natur verwandelten sich in Bedrohung. Sie sagte sich weiterhin, dass absolut nichts passieren werde, außer dass sie gehörig nass werden könnte. Was auch langsam geschah. Aber die Angst blieb. Esther war der Natur ausgesetzt und das war eines der Gefühle, die sie in der Wohnung nicht mehr spürte. Mit diesem intensiven Gefühl der Angst konnte sie aber zugleich auch endlich wieder fühlen, dass sie da war. Sie hatte Gefühle, sie hatte Ängste, sie war doch ein Mensch, auch wenn die anderen sie oft genug nur für die immer funktionierende Esther hielten. Und sie wollte nicht mehr immerzu nur funktionieren.

Sie ignorierte, dass ihre Knie anfingen, bei dem viel zu schnellen Abstieg zu schmerzen, und erhöhte das Tempo noch, bis es vor Anstrengung in ihrer Lunge stach. Obwohl es nachmittags war, war es jetzt sehr dunkel. Der Wind peitschte ihr Regentropfen ins Gesicht. Ihre dünne Regenjacke ließ die Feuchtigkeit bereits durch, auch die Hose klebte schon an ihren Oberschenkeln.

Und trotz allem spürte sie in diesem Moment eine Art Glück, denn sie spürte sich selbst.

Als Esther das Gatter erblickte, das ihrer Erinnerung an den Aufstieg nach ganz zu Anfang des Weges lag, war ihr klar, dass es nicht mehr lange bis zur Mittelstation war, wo das Auto stand. Sie zog das Tempo erneut an, obwohl sie wusste, dass das unnötig war.

Diesmal verzichtete sie auf den üblichen abschließenden Tee in der Mittelstation nach einer Bergtour, als sie endlich angekommen war. Sie setzte sich in ihr Auto, drehte die Heizung voll auf und fuhr zurück zu ihrer Hütte.

Nach einer langen, warmen Dusche setzte sie sich auf die Eckbank an den schweren Holztisch, aß Nudeln mit Sahnesauce und trank nun hier einen warmen Tee mit Rum.

Aika ließ sich nicht lange bitten. Nach einem kurzen Ruf Esthers lief sie von der Terrasse des Bauern herüber und verzog sich in Esthers Hütte sofort unter den Tisch. Esther schob ihre Füße unter das große warme Tier und Aika forderte nicht einmal wie sonst mit Pfotenkratzen zum Kraulen auf. Offensichtlich war sie heilfroh, dass sie bei dem Wetter Unterschlupf im warmen Haus gefunden hatte. Ob andere Touristen Aika wohl auch in die Hütte ließen? – Für den Bauern jedenfalls war ein bisschen Regen kein Grund, den Hofhund hineinzulassen. Und Christina schien da auch kein Mitspracherecht zu haben.

Aika roch nach nassem Hundefell. Es machte Esther nichts aus, sie war froh, dass Aika da war in dieser Nacht. Der Hund schien ihr weitere Erinnerungen fern zu halten.

*

Am nächsten Tag musste früh ein schnell ausgetauschter Gruß mit Christina genügen; Laurin sah fort.

Wahrscheinlich war ihm dieses Freundschaftschließen mit den Gästen zutiefst unangenehm.

Esther fragte sich, ob er wohl noch wusste, dass sie damals auch die Schwarzhaarige aus Düsseldorf gesehen hatte. Ob er befürchtete, dass sich die Touristen-Freundin bei einem weiteren weinseligen Abend vielleicht zu einigen Bemerkungen hinreißen ließ, dass Christina wohl nicht die erste Internet-Bekannte gewesen war? Esther konnte ihn nicht gut genug einschätzen, um diese Fragen zu beantworten.

Aber sie entschied, dass sie auch mit sich allein hier oben gut zurecht kam.

Am Abend kam Christina geradewegs vom Kuhstall auf Esther zu und schlug ihr vor, ihren letzten Abend doch mit einem Lagerfeuer ausklingen zu lassen. Das erschien Esther verlockend.

Laurin musste das Brennholz holen, was er, wortkarg wie immer, auch erledigte. Christina hatte ein paar Würstchen besorgt und Teig für Stockbrot vorbereitet. So stellte Esther sich ein Pfadfinderleben vor.

Zu dritt standen sie dann ums Feuer: Bauer und Bäuerin Arm in Arm, und Esther, die Bierflasche haltend, daneben.

»Schade, dass es schon wieder dein letzter Abend ist.« Christina prostete Esther zu.

»Ja, wirklich. Ich könnte auch noch länger bleiben.«

»Na, dann kommst du eben bald wieder zu uns.«

Esther registrierte, dass Laurin nichts dazu sagte und nur ins Feuer starrte.

Eine rechte Stimmung kam nicht auf. Zu deutlich glaubte Esther die Zweisamkeit des Paares zu spüren, wie eine Bastion, die gegen sie selbst gerichtet war.

Sie fühlte sich einsam.

»Und beim nächsten Mal zeige ich dir dann, wie man Honig macht.« Christinas Freundschaftsangebote hatten für Esther schon etwas Rührendes. Christina versuchte, Laurin mit in das stockende Gespräch hineinzuziehen. »Laurin, und du könntest mit Esther den Honig schleudern.«

»Ja, freilich«, brummte Laurin. Esther konnte nicht mit Sicherheit sagen, ob er es »freilich« gerne tat oder ob es ihm unangenehm war, ihr seine Arbeit zu zeigen.

Trotz Christinas Freundlichkeit empfand Esther das »uns«, das Christina so demonstrativ verwendete, gegen sich gerichtet. Und sie glaubte, die Unterschiede zwischen den beiden nur zu gut spüren zu können. Christina sprach zu anders, um eine wirkliche Einheit mit Laurin bilden zu können.

Sie passte einfach doch nicht hierher, entschied Esther.

Der Abschied am nächsten Tag war herzlich. Wie Freundinnen umarmten sich die beiden Frauen.

Laurin war nicht zu sehen.

Esther fand es seltsam, wie eigentlich fremd und doch nahe ihr diese Frau war. Sie glaubte, Christinas Leben zu kennen, ihre Motivation für diese ungewöhnliche Lebensentscheidung, einen Bauern zu heiraten, zutiefst zu verstehen.

Lange streichelte sie Aika, bevor sie in ihr Auto stieg und losfuhr. Esther kam lange nicht mehr, länger als je zuvor. Monatelang blieb sie der Hütte fern.

Sie gab sich selbst gegenüber durchaus zu, dass sie neidisch auf Christinas Glück war. In Esthers Vorstellung war der einsame, wortkarge Bauer, der selbst wohl nicht allzu viele Heiratskandidatinnen in seinem Umfeld hatte, der Rettungsanker für die immer Flüchtende. Zwei Ertrinkende, die sich gegenseitig retteten, so kam es Esther jedenfalls vor.

*

In der ersten Sitzung erzählte sie von ihrer Kindheit, dem großen Haus, dem nach außen so angesehenen Vater, der die kleine Tochter wegschloss, wenn sie nicht ins Bild passte – wofür die Tochter als Erwachsene auch noch Verständnis zeigte.

Merkner notierte sich: Eine traumatische Kindheit, die sie in ihrem Leiden weitgehend verdrängt hatte. Und er notierte, dass sie in auffallend lobend-demutsvollen Worten über ihren großen Vater sprach.

Aber der Hinweis darauf, dass dieser großartige Vater sie im Winter immer wieder draußen im Garten ohne Jacke eine Stunde frieren ließ – »das war gut für meine Abhärtung – körperlich wie geistig!«, hatte sie stolz behauptet -, war für den Psychiater klar genug.

Direkt im Anschluss an die Sitzung verfasste Merkner den Auftakt für seinen Aufsatz, den er selbst bereits innerlich »wegweisend«, »bahnbrechend«, »epochal«, nannte. Den Fall der Patientin A, so würde er sie nennen. Es würde die erste Patientin sein, bei der so klar das Borderliner-Syndrom diagnostiziert würde.

Er schrieb:

> *Basis des Borderline-Syndroms sind immer schwere traumatische, weitgehend unaufgearbeitete Erlebnisse in der frühen Kindheit – oft, aber nicht immer, Missbrauch in der Kindheit.*
>
> *Typisch sind punktuelles oder andauerndes Verlassenwerden durch die engsten Bezugspersonen, was sich später als durchgehende Angst vor dem Verlassenwerden auswirkt – teilweise mit dem immer vorwegnehmenden Schritt, besser selbst derjenige zu sein, der verlässt. Chaotisch-instabile Familienverhältnis können hier ebenso kennzeichnend sein wie emotional leere, gefühlskalte Familienkontakte. Unberechenbarkeit einerseits ebenso wie emotionale Vernachlässigung oder auch sadistisch-demütigende Behandlung können im Verlauf zu einer Borderline-Erkrankung führen.*
>
> *Angstgefühle, besonders vor dem Verlassenwerden ebenso wie vor dem Nichtakzeptiert-werden durchziehen meist fundamental das gesamte Lebensgefühl von Borderlinern.*

Merkner lehnte sich zufrieden zurück. Nun, das bisherige war wohlbekannt. Jetzt kam sein Clou:

Beispiele aus dem Fall der A.:

A. wuchs in einem bürgerlichen Umfeld auf, das von außen wohlgeordnet und gut situiert schien. Ihr Vater ließ seine sadistischen Züge an ihr ausnahmslos nicht unter Beobachtung aus. Nur unbeobachtet ließ er sie grenzerträgliche Schmerzen wie etwa das längere Aussetzen von Kälte durchleiden. Dabei wurde dem kleinen Mädchen eingebleut, dass dies nur zu seinem eigenen Vorteil zur Abhärtung und zur Vorbereitung auf das zukünftige Leben – zu ihrem Besten also – geschehe. Die Patientin A. hat diese perfiden Behauptungen des sadistischen Vaters bis zum heutigen Tag so verinnerlicht, dass man bei einer Kritik an dieser Einstellung den Abbruch jeder Therapie herausfordert. Selbst das wiederholte Eingeschlossenwerden über längere Zeit im Keller idealisiert A. im Nachhinein als korrekte Erziehungsmaßnahme.

Die Mutter, die vermutlich, aber ebenso wenig nachweisbar wie im Fall der Tochter, ebenfalls unter den sadistischen Anwandlungen des dominanten Vaters zu leiden hatte, zog sich völlig in die Opferrolle zurück und überließ die Tochter ihrem Schicksal, was die absolute Ausgeliefertheit des Kindes an den übermächtigen Vater potenzierte.

Die Abwesenheit einer wie eine Mutter agierenden Person wirkte sich auf A. als immense Verlusterfahrung aus – neben den realen Kontaktverlusten durch das wiederholte Weggeschlossen werden. Dabei ging ein Teil der eigenen Persönlichkeit A.'s verloren – der Verlust ihrer Persönlichkeit ist für A. täglich spürbar, ausgedrückt im nahezu völlig fehlenden Selbstbewusstsein, was allerdings durch dominantes Auftreten überspielt wird.

Auch die in der Fachliteratur oft beschriebene »projektive Identifikation« weist A. prototypisch auf. Sie unterschiebt dem Gegenüber die eigenen schwarz-weißen Denkmuster, die eigenen

Werte, Gedanken und Gefühle, die dann situationsabhängig wiederum als entweder absolut gut oder absolut böse gewertet werden.

A. erzählt von einer Freundin, die ihr wie eine Schwester erscheint. – Projektive Identifikation ist hier zu vermuten.

Die unausgelebte, frühkindliche Aggression wird oft später als unkontrollierbare Wut ausgelebt, was bei A. derzeit noch nicht erfahrbar ist.

Zugleich ist die Libido deutlich verstärkt – und die permanente sexuelle Erregung eine Belastung besonders für Frauen, die versuchen, diese zu unterdrücken.

Professor Merkner rieb sich die Hände und zündete sich seine Pfeife an, er war so zufrieden mit sich. Ja, mit diesem sehr konkreten Fallbeispiel könnte er die immer noch zweifelnde Fachwelt verstummen lassen. Allerdings, er musste sie noch dazu bringen, die dauernde sexuelle Erregung, die er bei ihr spüren konnte, und nahezu sicher war, sie diagnostizieren zu dürfen, auch zuzugeben.

*

Die Münchner Oktoberfestzeit brachte Esther auf andere Gedanken. Traditionell wie bei nahezu allen Münchner Firmen und Betrieben ging Esther mit der gesamten Belegschaft ihres Ingenieurbüros auf die ‹Wiesn›. Der Chef hatte einen Tisch in einem der großen Zelte für siebzehn Uhr reservieren lassen. Zusammen mit einigen anderen der technischen Zeichner hatte Esther sich schon zwei Stunden vorher verabredet, um noch eine Runde über die Wiesn zu drehen. Sie hatte sich für dieses Jahr wieder einmal ein neues Dirndl geleistet. Es war braun mit einer rosa Schürze und Stickereien auf dem Oberteil. Bildschön fand Esther es. Zu solchen Gelegenheiten zog Esther gerne ein Dirndl an. Da war sie sich sicher, richtig angezogen zu sein und das gab ihr dann auch die innere Sicherheit für ein solches Gesellschaftsereignis. Nie wagte sie zu modische Extravaganzen wie eine kurze Lederhose oder zu weite Ausschnitte, obwohl die anderen Kolleginnen so etwas ganz selbstverständlich trugen.

Sie hatte sich für den Wiesnauftritt vorbereitet. Ihre Beine hatte sie bereits seit zwei Wochen mit Selbstbräuner getönt und am Vorabend mit Wachs enthaart. Sie konnte sich wirklich sehen lassen! Obwohl sie sonst keine große Partygängerin war, ging Esther gerne auf die Wiesn, man konnte so schön in der Menge untergehen. An der U-Bahn Station Theresienwiese traf sie sich mit den Kollegen, und sie zogen los. Esther war die einzige der Frauen, die jedes noch so Schwindel erregende Karussell fuhr und sogar die Achterbahn mit drei Loopings nicht ausließ.

Mit der Gruppe gutgelaunter Kollegen war Esther bereits an dem Zelt angelangt, für das ihr Chef reserviert hatte, aber sie hatten noch eine halbe Stunde Zeit. Einer der jungen Ingenieure schlug vor, sich zum Einstieg ein »Schnapserl« an einem Bierstand zu holen und gab eine Runde aus. Neben dem Bierstand war eine Schießbude. Sofort waren sich die Männer einig, und jeder kaufte sich zwanzig Schuss. Die wenigen Treffer wurden mit Gejohle begleitet und die Plastikblumen an die Damen der Runde verteilt, die diese mit Gekicher annahmen.

Esther verschränkte ihre Arme; nein, in dieses ‹Mädchen-Gehabe› wollte sie nicht einstimmen. Laut verlangte sie vom Schießbuden-Besitzer: »Für mich auch zwanzig Schuss«. Ein anerkennender Pfiff des jungen Kollegen zog die Aufmerksamkeit aller auf Esther. »Ach, eine Frau, die sich am Schießen versuchen will«, machte sich einer lustig. Esther nahm es mit einem wissenden Grinsen hin. Sie legte an und schoss – und traf. Stille. Sie legte wieder an und schoss und traf. Anerkennendes Gemurmel. Wieder und wieder und wieder. Von ihren zwanzig Schuss verfehlte sie nur einmal und das auch nur, weil jemand im Gewühl sie von hinten angerempelt hatte. Die Frauen sahen etwas befremdet aus, aber die Männer zeigten Esther offen ihre Bewunderung. Der Schießbudenbesitzer schnappte sich das Mikrofon und verkündetet: »Wieder einmal ist bei uns ein großer Gewinn fällig. Die hübsche junge Dame hier hat sich einen Teddy erschossen.« Und er angelte ihr einen der großen, dunkelbraunen Teddys vom Regal.

»Soso, die Esther kann also auch schießen.« Unbemerkt war auch Esthers Chef an der Bude angekommen und hatte ihren beeindruckenden Lauf gesehen.

»Wo haben Sie denn das gelernt?«

»Ich bin mit meinem Vater oft auf die Jagd gegangen.«

Der Chef fasste Esther nonchalant um die Taille. »Jetzt gehen wir was Zünftiges essen und trinken, Frau Jägerin.« Esther warf ihren Kopf in den Nacken und ließ sich bereitwillig ins Zelt führen.

*

Gut, dass nach einem langen Wochenende, während dessen die schwarzen Schatten Esther bedrohlich näher kamen, die Arbeit wieder begann, in die sie sich hineinstürzen konnte. Sie arbeitete bis tief in die Nächte hinein. Die kühle Büro-Atmosphäre tat ihr jetzt gut. Sie arbeitete so viel, dass keine Zeit zum Nachdenken blieb.

Einmal geriet sie ausgerechnet mit einer technischen Zeichnerin aneinander, die sie eigentlich mochte. Die junge Frau hieß Katharina, Kathi genannt, und täglich konnte Esther beobachten, wie offen und nett Kathi immer und zu jedem war.

Kathi hatte eine verstrubbelte Meg Ryan Frisur – allerdings mit roten Haaren. Zwar sahen ihre Haare so aus, als ob Kathi außer einmal nach dem Aufstehen mit den Fingern darüber zu strubbeln, nichts dafür tat, aber Esther fragte sich insgeheim, ob es nicht vielleicht doch Stunden dauerte, bis eine Frisur so aussah.

Bei ihren glatten Haaren hätte dasselbe nur ungekämmt und unmöglich ausgesehen. Kathi wirkte auf Esther so wie ihre Haare: Freundlich zu jedem, ein wenig wirr und angenehm unkonventionell. Mit ihr konnte man immer lachen, bei ihr hielt jeder gerne einen kurzen Schwatz. Trotzdem machte Kathi ihre Arbeit meist ordentlich und zuverlässig, manchmal aber eben auch mit der ihr eigenen Lässigkeit.

Esther bewunderte sie für ihre Leichtigkeit, wenn sie auch die kleinen Schludrigkeiten nur schwer verzeihen konnte.

Wie immer hatte Esther ihre Buntstifte, die sie für ihre Zeichnungen benötigte, exakt dem Farbkreis folgend angeordnet. Technische Zeichner legten alle Wert auf ihre Zeichenmaterialien, aber bei niemandem sah der Schreibtisch so perfekt aus wie bei Esther, bei der es weder Stapel voller unerledigter Briefe noch kleine Merkzettel oder auch nur ein Staubfussel gab.

Kathi hatte sich im Vorbeigehen während des Telefonierens einen Stift geschnappt, um schnell etwas zu notieren, und ihn dann falsch eingeordnet. Augenblicklich bei der Rückkehr zu ihrem Schreibtisch hatte Esther dies bemerkt und alle im Büro zur Rede gestellt.

Sie merkte sehr wohl dabei die grinsenden Blicke. Ihr war klar, dass die anderen sie für pedantisch hielten. Als Kathi auch noch mit nur schlecht verborgenem Lachen melodramatisch eingestand: »Ich bin die Schuldige«, platzte Esther vor Wut.

»Meine liebe Katharina, wenn du eine gute technische Zeichnerin werden willst, solltest du wissen, dass Exaktheit die Grundvoraussetzung ist. Aber natürlich, du kannst auch gerne in den künstlerischen Bereich gehen. Da sind die Freiheiten groß. Da kannst du dir auch vor Publikum rote Farbe über dich schütten und wenn du Glück hast, applaudiert einer.«

Die anderen grinsten.

Aber Esther war noch nicht fertig. Keiner sollte ihr hier ungestraft ihre Ordnung durcheinander bringen. Wollte ihr die kleine Göre vielleicht den Boden unter den Füßen wegziehen?

»Aber dann sollte ich vielleicht gleich unserem Chef Bescheid geben, dass unsere süße Kathi eher künstlerisch denn technisch tätig werden möchte. Schlampiges Arbeiten schätzt der genauso wenig wie ich. Und dazu gehört auch, die Ordnung anderer zu respektieren, wenn man selbst schon nicht mal in der Lage ist, einen halbwegs ordentlichen Schreibtisch hinzukriegen. Dass einem dann der eine oder andere wichtige Termin einfach entgeht, ist ja nun nicht verwunderlich.«

Jetzt lachte keiner mehr. Jeder wusste, dass Esther darauf anspielte, dass Kathi einmal beinahe wichtige Ausschreibungsunterlagen zu spät versandt hatte. Hätte ihr Chef nicht in letzter Minute noch einmal nachgefragt, wäre dem Büro ein wichtiger Auftrag verloren gegangen. Damit stand Kathi beim Chef kurz vor dem Rauswurf. Eine weitere Bemerkung Esthers könnte dafür genügen.

Nun wurde Esthers Ton plötzlich ganz freundschaftlich. »Nun ja, meine Liebe, auch deinem letzten Freund war ja wohl irgendwann das süße Chaos, das du verbreitest, zu viel. Vielleicht klappt's ja beim nächsten Mal besser. Aber dafür muss man der Wahrheit schon ins Gesicht sehen.«

Das Ganze sagte sie in dem Ton der helfenden Freundin, die endlich mal Klartext mit Kathi sprechen wollte. Esther war selbst fest davon überzeugt, dass es ein Freundschaftsdienst sei, dem anderen ab und an die nackte Wahrheit zu sagen. Obwohl sie diesmal selbst wusste, dass dies kein Freundschaftsdienst war.

Kathi war zutiefst getroffen. Ihr Gesicht war weiß. Sie nahm die Angriffe ohne ein Widerwort auf.

»Jetzt kommt, der Stift ist das doch wirklich nicht wert.« Oliver stellte sich schützend hinter Kathi.

In dem Moment hatte Esther das Gefühl, gleich außer sich zu geraten. Jetzt war ihre Stimme nicht mehr kontrolliert. Sie zitterte vor Wut.

»Den letzten Großauftrag haben wir verloren, weil hier geschludert wurde, und ich weiß Namen zu nennen.«

Sie spürte die mitleidsvollen Blicke für Kathi und die verständnislosen für sie, als sie das Großraumbüro verließ. Aber sie wusste auch, dass sie absolut Recht hatte mit dem, was sie gesagt hatte. Andere Menschen versuchten sich immer wieder, ihr Leben schön zu reden, sich um Dinge zu drücken. Sie nicht.

Zuhause lag sie die ganze Nacht im Bett ohne einschlafen zu können.

*

Schließlich siegte die Sehnsucht nach ihrer Hütte und den Momenten von Glück, die sie nur dort oben finden konnte. Nur dort hatte sie das Gefühl, loslassen zu können. Loslassen von Pflichten, Zwängen, von außen aufgedrängten Notwendigkeiten.

Als Esther sich endlich dazu durchrang, sich wieder auf dem Hof anzumelden, war es Herbst geworden. Sie richtete natürlich ihre Anfrage mit freundschaftlichen Worten an Christina.

Zurück kam jedoch eine Antwort von Laurin.

Servus,

an dem Wochenende ist noch alles frei, die Hütte ist für dich reserviert.

Christina ist nicht mehr bei mir. Sie hatte ein heftiges Alkoholproblem, wollte das aber nicht einsehen. Ich habe lange versucht, ihr zu helfen, es aber nicht geschafft.

Komm nur – Schlüssel steckt wie immer,

Laurin

Sie las die Worte wieder und wieder.

Die Idylle zerstört, das war Esthers erster Gedanke. Die zwei Verzweifelten, von denen sie geglaubt hatte, dass sie aneinander Halt gefunden hatten, hatten sich nicht festhalten können. Auseinander. – Ein Alkoholproblem sollte Christina gehabt haben. Esther dachte nach. Natürlich hatten sie beide zusammen Alkohol getrunken, auch zuviel. Christina hatte das tatsächlich gut weggesteckt, das wurde Esther jetzt erst klar, aber war das wirklich möglich?

Sie saß lange vor diesen Zeilen.

Auch an diesem Ort gereichte nicht alles zum Glück.

Aber Laurin war wieder frei.

Esther antwortete nicht direkt auf Laurins Mail, aber sie kam an dem vereinbarten Wochenende wieder.

Sie fuhr auf den Berg zu ihrer geliebten Hütte hinauf, doch das so oft erlebte Gefühl der Entspannung wollte sich nicht einstellen. Immer war auf dem Weg alles von ihr abgefallen; sie hatte Meter für Meter tiefer durchatmen können. Und sie hatte diese Minuten geliebt. Diesmal drängte es sich ihr eher auf, dass nichts mehr so sein konnte wie früher.

Doch Laurin machte es ihr leichter, als sie befürchtet hatte. Zuerst war er nicht da – wie meist.

Esther betrat die Hütte. Den geliebten Geruch nach Holz atmete sie tief ein.

Esthers Hände glitten über jeden einzelnen Gegenstand, wie um ihre Hütte zu begrüßen und wieder in Besitz zu nehmen.

Sie fuhr über das schwere, rissige Holz der Tür mit ihren uralten, eisernen Beschlägen; sie streichelte über den dicken Holztisch und spürte den Linien im Holz nach. Dann berührte sie die kleine Spüle, die blank gescheuert war. Über der Spüle sah sie wie immer den metallenen Kranz, an dem die Küchenwerkzeuge hingen. Die Staubweben, die an dem metallenen Geschirr hingen, hatte derjenige, der sauber gemacht hatte, wohl übersehen. Esther freute sich darüber. Es war doch das Mangelhafte, das sie an dieser Hütte so liebte. An der Küchenanrichte war einer der runden Griffe ein wenig heraus gebrochen – das war neu.

Laurin hatte auch die Dusche neu gefliest. Statt der alten, wirklich gammeligen, leicht verschimmelten Duschwand war eine nagelneue eingebaut. Diese Neuerung nahm Esther als Veränderung wahr, der sie jedoch objektiv etwas Positives abgewinnen musste.

Dass nun auch ein kleiner, silbrig glänzender Backofen in der Küchenzeile stand, die vorher nur zwei Herdplatten umfasst hatte, störte sie sofort. Sie wollte keine Veränderungen hier. Es sollte sich nichts verbessern und nichts modernisiert werden. Esther seufzte.

Dann stieg sie langsam und ganz bewusst die enge Stiege hinauf. Die offene Treppe war nicht mehr als 60 cm breit – zu dick durften die Besucher hier auch nicht sein. Esther berührte fast die Wand beim Hinaufsteigen. Oben musste sie sich bücken, obwohl sie nur 1,70m groß war, um unter dem schweren Querbalken der Tür zu der Schlafstube hindurch zu kommen. Über dem Bett hing ein Ölbild. Esther kannte es natürlich, aber diesmal betrachtete sie es zum ersten Mal so aufmerksam, dass sie die dargestellte Geschichte bewusst wahrnahm. Auf düsterem blau-grauen Hintergrund saß Jesus. Esther vermutete sofort, es solle die Ölberg-Geschichte darstellen. Sie kramte in ihrer Erinnerung. Jesus war auf den Ölberg gegangen und hatte dort alleine zu Gott gebetet, dass er nicht in Versuchung geführt werde. Welcher Art war nur die Versuchung gewesen? Sie erinnerte sich an den Satz »Vater, nimm diesen Kelch von mir«. Jetzt fiel Esther die Geschichte wieder ein: Jesus wusste, dass er sterben musste. Er musste sterben, um die Menschen zu erlösen. Es fiel ihm nicht leicht. Endete die Geschichte nicht damit, dass Jesus das Vaterunser betete: »Nicht mein Wille, sondern dein Wille soll geschehen«?

Esther verband diese Erzählung mit Christina. Manchmal musste man gehen, wenn es der Wille Gottes war. In dem Moment musste Esther über sich selbst laut lachen. Sie war nicht Gott, und gläubig war sie auch nicht.

Sie wandte sich ab von dem Bild, dessen Bedeutung ihr eigentlich erst jetzt klar geworden war.

Ihre Hände wanderten über den schweren Intarsien-Kleiderschrank. Nur noch kurz, um ihre Runde zu vollenden, kletterte sie die enge Hühnerleiter zu dem Dachbodenkämmerchen hoch - das Matratzenlager, eher für Kinder, nichts für sie.

Ja, sie wollte dies alles hier wieder in Besitz nehmen, ihre Hütte, ihren Ort.

Esther kletterte hinunter und öffnete die schwere Holztür nach draußen. Es war kühl geworden. Um ihren liebgewordenen Filterkaffee wie üblich auf der Terrasse trinken zu können, musste sie einen dicken Fleecepulli anziehen.

Als Laurin kam, um sie zu begrüßen, versuchte sie, ihre unzähligen Fragen, die sie gerne gestellt hätte, in höfliche Worte zu kleiden. »Du hast es mir ja geschrieben, aber ich kann es kaum glauben. Christina ist also wirklich fort?«

»Ja mei, schad is' es scho', aber es hat ned sein dürfa.« Ihm war anzusehen, dass er darüber wirklich traurig war. Aber er nahm die Dinge hin, wie sie waren. Ob es die Geburt eines Tieres, der Unfall seines Hundes oder das Fortgehen der zweiten Ehefrau war, es hinderte ihn nicht daran, jeden Morgen aufzustehen und seine Kühe zu versorgen.

»Sie hat's einfach ned einsehn wolln, dass sie a Problem hat.« Offensichtlich versuchte Laurin diesmal, Esther wirklich etwas zu erklären. »I hab viel drüber gelesen. Aber i hätt ihr nur helfen könna, wenn sie gewollt hätt. Aber sie hat ned wollen, i hab's probiert.«

Esther glaubte ihm das.

Und dann versank er wieder in die frühere, freundliche, aber wortkarge Stille.

Esther ging in die Hütte und aß einen Keks. Dabei fielen ihr Krümel auf den Tisch. Zuhause wäre sie sofort aufgestanden und hätte mit einem Lappen die Tischplatte gesäubert. Hier ließ Esther die Krümel liegen und nahm noch einen Schluck Kaffee, bevor sie mit einem befreienden Lachen die Krümel mit einem Handstrich auf den Boden wischte – Aika würde sich darum kümmern.

»Es ist doch wie vorher«, redete sie sich ein. All die scheinbar nicht zu unterdrückenden Zwänge ihres Lebens ließen sich hier oben auflösen.

Esther versuchte, sich so einzurichten wie zuvor, auch wenn ein dumpfes Gefühl in ihr blieb, das das absolute Glücksgefühl störte. Noch immer genoss sie die Berge, aber ihrer voyeuristischen Neugier, Laurin in seinem Alltag zu beobachten, konnte sie sich nicht mehr so wie früher hingeben.

Am Sonntagabend, am Ende dieses Wochenendes, saß sie auf ihrer Terrasse. Aika blickte sie an. Statt sich wie sonst ruhig zu ihren Füßen zu legen, blieb sie unruhig stehen und schien den direkten Augenkontakt mit Esther zu suchen.

»Ich weiß, Aika, du hast ja recht. Es ist nicht so wie vorher. Christina fehlt mir. Und sie fehlt Laurin auch.«

So gerne sie dieses Empfinden einfach abgeschüttelt hätte, es war ihr einfach zu bewusst.

Der Ort hatte seine Unschuld verloren.

Sie setzte sich neben Aika und ließ ihren Kopf auf den warmen Hundekörper fallen.

*

Erst in der dritten Sitzung gelang es ihm, dass sie über sich selbst sprach. Unter dem Vorwand, dass er nun seine Recherchen zu den »Starken Vätern« abgeschlossen habe und sie noch zu einem Kaffee einladen möchte.

Nur wenige geschickte Psychiater-Fragen waren nötig, um sie zu knacken.

Ihre verzweifelten Versuche, Freundschaften zu schließen, die immer wieder sie selbst beendete, ohne sich dies einzugestehen – Bindungsunfähigkeit konstatierte er professionell, Angst vor dem Verlassenwerden durch enge Bezugspersonen, typischerweise verbunden mit dem vorwegnehmenden Schritt, besser selbst die Bezugsperson zu verlassen.

Immer habe sie Angst – Angst, nicht zu genügen, nie könne sie gut genug sein, so gut wie es ihr Vater gewesen war.

Doch, gerne wäre sie mit einem Partner zusammen. Aber natürlich, so wie ihr Vater könne keiner sein.

Aber – das sei doch selbstverständlich – man brauche ja auch sein sexuelles Leben. Wenn sie keine Partner hatte, dann ginge sie auch mal in einen Club. Da sei sie immer willkommen, weil es weniger aktive Frauen gab.

Dass er sie bei diesem Geständnis immer wieder mit Zwischenbestätigungen wie »Ja, natürlich. - Das ist doch ganz normal. – Das geht jedem so« bestärkte, war wieder psychoanalytisch nicht korrekt. Aber er hatte Angst, nicht mehr viel Zeit mit ihr zu haben – und er musste dies doch erfahren. Jede Einzelheit, jedes Verhaltensmuster und jedes Denkmuster, wollte er wissen, um sie später genauestens analysieren zu können.

Und Merkner schrieb weiter an seinem Aufsatz:

> *Das Sozialverhalten von Borderlinern wirkt nur auf den ersten Blick als normal, oft sogar als ausgesprochen sozial. Erst*

auf den zweiten Blick ist zu erkennen, dass Borderliner größte Schwierigkeiten mit dem Einhalten der richtigen Mischung von Nähe und Distanz haben. Freunden liefern sie sich zuerst zeitlich und emotional gänzlich aus, die Freundschaften sind von einer ungewöhnlichen Intensität geprägt, die jedoch der normale Freund oder Partner auf Dauer nicht aushalten kann. Das ganz natürliche Zurückziehen in die eigene Privatheit deutet der Borderliner als Abwertung, als Abgeschobenwerden. Darauf reagiert er mit Wut, Aggression und Gegenvorwürfen. Da der Borderliner in solchen Fällen extrem persönlich emotional belastet ist, kann es zu unberechenbaren, impulsiven Verhaltensweisen kommen.

Im Fall A. kränkt die Patientin ihre Freunde derart massiv, dass diese sich geschockt und verwundert von ihr zurückziehen. Die unterschwellige Angst vor dem bereits prognostizierten Verlust des Freundes oder der Freundin bringt A. dazu, die Freundschaften so enden zu lassen, dass der Freund derjenige ist, der sich zurückzieht.

Aufgrund ihres brüchigen Selbstbildes sind Borderliner nicht in der Lage, dauerhaft Bindungen aufrecht zu erhalten, dennoch sind just diesen Beziehungsgestörten Beziehungen ausgesprochen wichtig.

Auch A. hat keine einzige Freundschaft über Jahre erhalten können.

*

Es folgten einige Wochen, in denen Christina ihr einfach nicht aus dem Sinn ging, sie bis in ihr Berufsleben verfolgte, wo sie doch wenigstens dort immer vor allen quälenden Erinnerungen geschützt gewesen war.

Dann war ihr Entschluss gereift.

Sie wollte das Leben dieser Frau, die ihr so nahe ging, nachvollziehen. Sie wollte verstehen, was da passiert war. Sie wollte Christina verstehen, warum sie so war, woher sie kam, wohin sie gehen wollte. Warum sie der Mensch gewesen war, dem sie mehr von sich preisgegeben hatte, als allen anderen. Vor allem aber, warum sie selbst sich ihr so wesensverwandt fühlte.

Der nächste Besuch bei Laurin war rein taktischer Natur. Am dritten Abend gelang es ihr, Laurin in ein zufällig wirkendes Gespräch zu verwickeln, ohne dass er Argwohn schöpfte. Er verriet ihr beiläufig Christinas Geburtsnamen und ihren Herkunftsort: Christina Schildmann aus Stettingen.

Danach war es ein Leichtes für Esther, ihre Nachforschungen zu beginnen. Noch an diesem Abend wählte sie die Nummern der drei Personen mit Namen »Schildmann« im kleinen Ort Stettingen und fragte alle nach Christina. Beim zweiten Versuch antwortete eine zögernde Frauenstimme: »Christina wohnt doch schon lange nicht mehr hier.«

Esther stellte sich als die beste Freundin aus Christinas Kreuzfahrt-Tagen vor und fragte, wie sie Christina erreichen könne – sie sei nämlich zufällig in zwei Tagen in Stettingen. Die Frauenstimme seufzte, dann sagte sie vorsichtig: »Auch wir haben seit fast einem Jahr nichts mehr von ihr gehört; ich würde selbst gerne wissen, wo sie ist.« Esther war sich nun sicher, mit Christinas Adoptivmutter zu sprechen.

»Ach, Sie haben auch nichts mehr von ihr gehört. Ich auch nicht. Und ich finde das so schade. Ich bin eine alte Freundin von ihr.«

Esther gab vor, dass Christina ihr auf ihren langen Nächten in der gemeinsamen Kabine so viel von ihren Eltern, die sie so sehr liebte, erzählt habe.

Wieder zögerte die Frau: »Na ja, wir haben es miteinander auch sehr schwer gehabt.« – »Ja, auch das weiß ich«, bestätigte Esther, »aber Christina hat mir immer wieder gesagt, wie leid es ihr tut, dass sie es Ihnen nicht recht machen konnte.«

Und damit hatte sie ihre Einladung zur Familie Schildmann bekommen.

Das Haus der Schildmanns war so, wie sie es sich vorgestellt hatte. Kleinbürgerlich-gemütlich – so wie ein Haus aussieht, in dem ein von Herzen gewünschtes Adoptiv-Kind aufwachsen sollte. Frau Schildmann bat Esther herein. Esther spürte ihre vorsichtige Skepsis, aber auch eine Neugier auf die Freundin ihrer Tochter.

»Setzen Sie sich doch. Darf ich Ihnen etwas anbieten? Kaffee oder Tee oder ein Mineralwasser?«

Esther setzte sich auf die Wohnzimmercouch: »Ein Wasser wäre sehr nett. Danke.«

Sie spürte die Blicke der Mutter in ihrem Rücken, als diese das Wasser holte. Offensichtlich war sie erleichtert über Esthers Anblick. Welche Art von Freundin hatte sie sich nach dem Telefonat wohl vorgestellt? Offensichtlich niemanden, der so bürgerlich angezogen war wie Esther in ihrem Hosenanzug und so höflich auftrat.

Die Mutter stellte ein Glas Wasser vor Esther. »Bitte. – Und Sie kennen Esther also von dem Kreuzfahrtschiff?«

»Ja, wir waren beide als Angestellte in einer Kabine untergebracht. Und – wir mochten uns auf Anhieb. Ich habe auch lange noch mit ihr Kontakt gehalten, aber jetzt habe ich keine Telefonnummer mehr. Ich würde so gerne wissen, wo sie ist.«

»Ich weiß es auch nicht«, Frau Schildmann zuckte hilflos mit den Schultern, »Wir haben keinen Kontakt mehr.« Sie zögerte und verschränkte ihre Hände ineinander. »Das muss für Sie furchtbar klingen, aber es war zwischen uns eben alles nicht so einfach.«

»Das muss schrecklich sein, so gar nichts mehr von Christina zu hören, oder?«

Dieser Anteil nehmende Satz weckte Frau Schildmanns Bedürfnis, die Situation zu erklären. Esther konnte ihr anmerken, wie ihr täglich Christinas Abwesenheit auf die Seele drückte.

»Wissen Sie, Christina ist mit fünf Jahren zu uns gekommen.« Frau Schildmann stockte und sah dann Esther direkt in die Augen.

»Die kinderlosen Jahre zuvor waren lange und zähe Jahre für uns gewesen. Das Warten war zermürbend, die Fehlschläge waren kaum zu ertragen für unsere Ehe.« Frau Schildmanns knappe Worte verfehlten ihren Eindruck auf Esther nicht, die berührt auf den Boden blickte.

»Ach, das ist für Sie doch gar nicht interessant. Entschuldigen Sie.«

»Doch, das ist für mich sehr interessant. Christina hat mir schon viel erzählt, auch aus ihrer Kindheit. Es würde mich sehr interessieren, es aus Ihrer Sicht zu sehen.«

Erst sah Frau Schildmann sie zweifelnd an, aber die Ernsthaftigkeit von Esthers Interesse war auch für Frau Schildmann nicht zu bezweifeln.

»Es war das reine Glück für mich«, fuhr Frau Schildmann fort und bei dieser Erinnerung lächelte sie in sich hinein, »als plötzlich das lebhafte, blonde Mädchen in unserem Haus herum sprang. Von der ersten Sekunde wurde Christina über alles von uns geliebt. Als kleines Kind konnte sie so verzweifelt anhänglich sein, Mutter und Vater vor lauter Sehnsucht nach Liebe fast zu Tode drücken. Sie konnte so laut lachen und so wild toben.«

Frau Schildmann zögerte, sie musste schlucken.

»Aber ziemlich schnell wurde uns klar, dass sie auch ein wenig anders war als die anderen Kinder.«

Esther konnte sehen, dass Frau Schildmann in ihrer Erinnerung nach Beispielen suchte. Sie nickte bestätigend.

»Wir konnten uns nie darauf verlassen, dass Christina die Wahrheit sagte. Lügen gehörte offensichtlich zu ihren Überlebensstrategien.«

Esther nickte wieder verständnisvoll. »Ja, so etwas ist auch in unserer Freundschaft vorgekommen.«

Frau Schildmann blickte sie dankbar an. Es war sonst für sie so schwer, fremden Menschen Christinas zwiespältiges Wesen zu vermitteln.

»Eigentlich war es nicht wirklich schlimm zu Anfang«, schränkte Frau Schildmann ihre Erzählung ein, »aber es säte den permanenten Zweifel in der ganzen Familie.«

Frau Schildmann kramte in ihren Erinnerungen und setzte sich ganz aufrecht in ihren Stuhl.

»Wenn Christina von der Schule früher nach Hause kam und behauptete, hitzefrei zu haben, sah ich lieber in den Garten, ob das Nachbarskind auch zuhause war, weil ich nie sicher sein konnte, ob Christinas Erzählungen auch stimmten.«

Sie seufzte.

»Viel schlimmer jedoch waren ihre Geschichten, in denen sie andere beschuldigte. Als Christina zum ersten Mal davon berichtete, dass ein anderer Junge sie beim Turnen in den Bauch getreten habe, war die Empörung in unserer Familie riesig. Ich rief sofort bei der Mutter des Jungen an und beschwerte mich. Die Mutter ließ mich alles aussprechen und erwiderte dann ganz ruhig, dass ihr Sohn an diesem Nachmittag nicht einmal beim Turnkurs gewesen war.«

Esther spürte, dass Frau Schildmann froh war, sich diese langsam eskalierende Entwicklung Christinas von der Seele zu reden.

»Ich glaube, Christina konnte selbst manchmal nicht zwischen der Wirklichkeit und dem, was sie sich vorstellte, unterscheiden«, Esther wusste selbst nicht, warum ihr das plötzlich ganz klar war.

Und Frau Schildmann war verblüfft, wie gut Esther Christina anscheinend gekannt hatte oder ihr Verhalten nachvollziehen konnte: »Genau!« Sie fuhr fort: »Die Beschuldigungen, meist aus einem erfundenen Grund, die Christina an andere richtete, wurden mit der Zeit immer krasser. Das Schlimme für uns alle war, dass bald niemand mehr ihr glaubte, selbst nicht in den wenigen Fällen, in denen sie die Wahrheit erzählte.« Wieder nickte Esther einfach nur bestätigend.

»Und dann«, fuhr Frau Schildmann mit einem verzweifelten Augenrollen fort, »kamen diese schrecklichen Jungengeschichten. - Schon mit vierzehn Jahren begann es. Christina sammelte sie irgendwo auf, nahm sie wie Trophäen, ließ sie wieder fallen.« Frau Schildmann kämpfte mit den Tränen.

»Ich verabreichte ihr verzweifelt die Pille mit dem Frühstück.« Esther legte tröstend ihre Hand auf den Arm der Frau Schildmann, obwohl sie sich dabei wie eine Heuchlerin fühlte. Frau Schildmann merkte das jedoch nicht.

»Als sie dann in die Ferne strebte, war es für uns als Familie noch das Beste, dass sie dies im Rahmen des Berufes als Reiseleiterin machte. Die erste Stelle haben wir ihr vermittelt.«

Fragend blickte Frau Schildmann Esther an. Esther merkte ihr an, dass sie jede Entscheidung im Hinblick auf Christina im Nachhinein viele Male daraufhin überprüft hatte, ob und wie viel Anteil Schuld sie selbst als Mutter an der Entwicklung Christinas trug.

Esther gab ihr die gewünschte Absolution: »Sie waren immer an ihrer Seite und haben sie unterstützt. Das wusste Christina auch, davon hat sie mir erzählt.«

Diese Worte halfen Frau Schildmann offensichtlich und sie erklärte weiter: »Schon damals hatte Christina sich zum Teil monatelang nicht mehr bei uns gemeldet. Größtenteils litt ich darunter, manchmal jedoch - ,« es fiel Frau Schildmann offenbar schwer, dies zuzugeben, »war ich auch froh darüber.« Frau Schildmann wischte sich die Tränen mit einem Taschentuch aus dem Gesicht und versuchte, ihr Weinen wieder unter Kontrolle zu bringen.

»Als Christina nach zwei Jahren endlich nach Hause kam, flossen bei mir unendlich viele Tränen. Ich hoffte damals so sehr, eine andere, eine erwachsen und vernünftig gewordene Tochter wieder zu bekommen. Einen Nachmittag verbrachten wir beim gegenseitigen Erzählen beim Tee in völliger Harmonie. Es war einer der schönsten Nachmittage, die wir je gemeinsam verbracht haben.«

Esther und Frau Schildmann schwiegen. Es wurde Esther klar, dass jetzt noch eine Enthüllung kommen werde. Esther sagte nichts, verstärkte nur leicht den Druck auf den Arm der Mutter.

»Was der Anlass für den Umschlag war, konnte ich nachher nie benennen. Plötzlich konfrontierte Christina mich mit so ungeheuerlichen Vorwürfen, dass der Stachel bis heute in unserer ganzen Familie steckt.« Frau Schildmann machte eine lange Pause, die Esther in Ruhe abwartete.

»Sie sagte, ihr Vater, mein Mann, habe ihr etwas angetan.« Frau Schildmann brachte es nur so verklausuliert über die Lippen. Was gemeint war, war Esther sofort klar. Missbrauch. Esther konnte kaum noch atmen, versuchte aber weiterhin, Frau Schildmann ruhig zuzuhören.

Es war offensichtlich, dass Frau Schildmann froh war, einer fremden, aber doch so Anteil nehmenden Frau, alles erzählen zu können.

»Natürlich ist es Unsinn gewesen, der Höhepunkt aller vorherigen Lügengeschichten, aber diesmal war die Anklage zu viel gewesen, zu ungeheuerlich. Mein Mann und ich haben unsere Tochter vor die Tür gesetzt. Sie hätte sonst auch uns beide zerstört.«

Frau Schildmann sah verzweifelt an die Decke, um die wieder aufkommenden Tränen zu unterdrücken.

»Wir haben uns so oft gefragt, warum sie das tut. Sie hat bestimmt in ihrer Ursprungsfamilie Furchtbares erlebt. Ach, ich weiß auch nicht. Sie zerstört alles, letztlich wohl auch sich selbst.« Jetzt weinte Frau Schildmann wieder: »Und ich kann ihr nicht helfen.«

Frau Schildmann stand auf und holte sich ein weiteres Taschentuch. Nach einem heftigen Schnäuzen hatte sie sich wieder gefasst.

»Nur vier Monate später erhielten wir eine Postkarte, auf der stand, dass Christina den Mann ihres Lebens gefunden hätte, einen Bauern, einen Bergbauern aus den Alpen. In vierzehn Tagen werde im Standesamt des Dorfes geheiratet.«

Frau Schildmann sah Esther fast herausfordernd an: »Wir kamen nicht zur Hochzeit.«

»Das kann ich verstehen«, sagte Esther und sah dabei auf den Boden.

Esther ließ sich noch ein ganzes Photoalbum einer fünf- und sechsjährigen Christina zeigen. Ein blond gelocktes Engelchen, lachend auf einer Schaukel, auf den Schultern des Papas, beim Plätzchenbacken mit der Mama, am Strand Sandburgen bauend, mit der Schultüte vor dem großen Schultor. Ein ganz normales Kind.

Esther verließ das bürgerliche Haus, nachdem sie Frau Schildmann versprochen hatte, sich zu melden, falls sie Christina finden werde. Sie umarmte die unglückliche Mutter beim Abschied. Und sie fand Worte, die sie selbst erstaunten: »Sie hätten ihr nicht helfen können. Und ich verstehe, dass Sie es selbst kaum aushalten konnten. Weder als Christina da war, noch jetzt, wo sie fort ist. Aber Sie müssen es einfach hinnehmen.«

Die Mutter stand an der Tür und blickte lange der fremden Frau nach, die die Freundin ihrer unglücklichen Tochter gewesen war. Das Gespräch hatte ihr gut getan. Warum hatten solche Freundinnen ihrer Tochter auch nicht helfen können?

Esther lief um die Straßenecke. Zu ihrer Verwunderung sah sie einen kleinen Hof. Sie lief an dem lang gestreckten Stallgebäude vorbei und konnte sofort riechen, dass es ein Kuhstall war. Hatte Christina nicht erzählt, dass sie erste Erfahrungen auf dem kleinen Bauernhof ihrer Tante, einem Hof mit Kühen, gesammelt hatte, dass sie lieber dorthin geschlichen war als Hausaufgaben zu machen? Dann konnte der Hof nicht weit weg von zuhause gewesen sein. Vielleicht war es dieser hier.

Esther hatte nichts zu verlieren.

Als sie an der Haustür klingelte, öffnete eine untersetzte Frau in Kittelschürze, die sie fragend ansah.

»Entschuldigung, sind Sie vielleicht die Tante von Christina Schildmann?«

Die Frau sah sie höchst erstaunt an, ohne dies zu verneinen.

»Entschuldigen Sie, dass ich einfach hier klingele.« Esther blieb diesmal nah an der Wahrheit. »Mein Name ist Esther Lazaarus. Ich bin eine Freundin von Christina und auf der Suche nach ihr. Soeben war ich bei ihrer Mutter, und als ich hier vorbei lief, erinnerte ich mich daran, dass mir Christina von ihrer Tante erzählt hatte, bei der sie immer zu den Kühen ging.«

Esther machte eine bewusste Pause, in der sie ihre Worte wirken ließ. Die Frau schien perplex.

»Sie sind doch ihre Tante, oder?«

»Ja, schon.« Die Frau zögerte offensichtlich, da sie nicht wusste, was auf sie zukam.

»Es ist verrückt, aber als ich Ihren Bauernhof sah, musste ich einfach klingeln, weil Christina mir erzählt hat, dass sie hier die glücklichsten Stunden ihrer Kindheit verbracht hat. Ich bin so verzweifelt auf der Suche nach ihr. Keiner scheint zu wissen, wo sie ist. Und keiner sucht nach ihr. Aber ich. Ich vermisse sie.«

Da war der Bann gebrochen: »Kommen Sie rein. Ich vermisse sie auch sehr. Kommen Sie rein.«

Die Frau führte sie in eine große Wohnküche und ließ sie sich an den Tisch setzen. Sie bot ihr nichts zu trinken an, jedoch nicht aus Unhöflichkeit, sondern nur aus der Überraschung heraus, eine Freundin ihrer so schmerzlich vermissten Nichte zu sehen.

Esther erklärte wieder kurz ihre vorgeschobene Geschichte.

Die Tante fing an zu sprechen.

»Oh Gott, wenn ich nur an Christina denke, bin ich immer außer mir, außer mir vor Sorge, was nur aus ihr geworden ist. Ich habe selbst drei Kinder, aber die Christina, die war mein viertes, ach nein, vielleicht mein erstes, weil sie immer schon mein Sorgenkind war. Als sie ankam, habe ich sofort gespürt, dass sie anders als andere Kinder war, anders als meine Kinder. Sie war sensibel, unglaublich unsicher, selbst wenn sie uns Sicherheit vorgespielt hat. Mich konnte sie nicht täuschen. Sie war so verletzlich. Ihre Eltern wollten es nie wahrhaben, dachten einfach, mit dem fünfjährigen Mädchen hätten sie eine Tochter wie ich schon zwei hatte. Das Wort ‹traumatisiert› fiel erst Jahre später, zur Erklärung für die anderen, vor sich selbst wollten sie es nie wahrhaben.

Mir war es immer klar, ich habe sie unter meine Fittiche genommen. Nie, niemals ist etwas Schlechtes zwischen uns beiden passiert. Nur meine eigenen drei konnten nie verstehen, warum ich Christina bevorzugt habe. Macht aber nichts, denen hat das nicht geschadet. Die Christina aber, die brauchte so viel Zuwendung, so viel Anerkennung, so viel Lob. Und, wissen Sie, ich glaube, sie brauchte die Tiere. Denen konnte sie vertrauen. Tiere hatten ihr nie etwas Schlechtes angetan. Bei den Tieren fand sie Ruhe und Zuwendung, Direktheit, ich weiß das ja auch nicht so genau, aber irgendwie so war das.

Als die ersten Probleme auftraten, habe ich den Eltern immer zugeredet, ihr Zeit zu lassen. Mindestens so viele Jahre wie sie schlechte Erfahrungen gemacht hatte, musste sie jetzt gute sammeln, um dann erst bei Null anzufangen. Verstehen Sie, was ich meine?«

Esther nickte nur. Die Frau tätschelte ihr in ihrem Redeschwall immer wieder die Hand, was Esther seltsamerweise nicht unangenehm war.

»Aber Eltern haben keine Zeit, keine Geduld. Sie wollten nur schnell ein normales Kind, ein funktionierendes Kind, aber das konnte die kleine Christina doch nicht. Ich hatte immer Zweifel, ob es gut gehen kann, aber ich hätte ihr Zeit gegeben. Ihre Eltern hatten keinen Zweifel daran, und deswegen haben sie ihr auch keine Zeit gegeben. – Ist das Unsinn, was ich sage?«

Esther schüttelte den Kopf: »Nein, ich glaube, das ist ganz richtig.«

Jetzt packte die Frau ihre Hand ganz fest. »Warum ist sie nur jetzt nicht zu mir zurückgekommen?« Sie sah Esther verzweifelt an, als ob sie ihr die Antwort hätte geben müssen.

»Immer, immer wieder kam sie zu mir. Ich habe es ihrer Mutter oft gar nicht erzählt. Aber jetzt, so lange schon nicht mehr. Ob sie wohl sauer auf mich ist, dass ich nicht zu ihrer Hochzeit gekommen bin? Aber sie weiß doch, dass ich nicht von den Kühen weggehen kann, das weiß sie doch. Sie hat es mir ja auch geschrieben, aber dann, kein Wort mehr, ich verstehe es nicht.«

»Ich auch nicht«, Esther fühlte sich so schlecht bei diesem Satz.

Die Frau zog ihre Hand fort. »Entschuldigen Sie, ich muss zu den Kühen, es ist Futterzeit, ich höre sie schon brüllen.«

Sie legte den Kopf schief: »Wollen Sie vielleicht mit?«

Esther hörte auch das Muhen der Kühe. Sie wollte sich eigentlich verabschieden, aber sie sagte: »Ja, gerne.«

Die Frau band sich ein Kopftuch um, um ihre Haare zu schützen, und führte Esther in einen Stall mit etwa zwanzig Kühen. Im Stall schob sie die Schubkarre zur ersten Kuh, nahm sich die Mistgabel und begann, den Dreck der Kuh in die Karre zu schaufeln. Der Mistgeruch war beißend. Esther beobachtete, wie die Kühe sich nach der Frau und ihr umsahen.

Als alles sauber war, gab die Frau frisches Stroh zu den Kühen.

Voller Bewunderung hatte Esther die ganz ruhigen, effektiven Bewegungen der Frau betrachtet. Trotz des unangenehmen Geruches und dem lauten Brüllen der Kühe, das verstummte, als sie ihr Stroh bekamen, erfüllten Esther diese Minuten des Stallausmistens mit Ruhe.

Die Frau ging zur Tür hinaus und wusch sich an einem Wasserhahn die Hände.

Esther nutzte die Gelegenheit und verabschiedete sich.

*

Christinas Tante blieb noch einen Moment im Hof stehen. Was hatte die Frau eigentlich bei ihr gewollt?

Irgendetwas an dieser Frau erinnerte sie an Christina, obwohl sie eigentlich ganz anders wirkte. Was war das nur?

*

Esther lief lange durch das beschauliche Stettingen. Sie versuchte sich einzureden, dass es für Frau Schildmann nicht das Schlimmste war, dass die Tochter aus ihrem Leben verschwunden war.

Sie sah vor sich, wie das verlorene Kind damals in den Straßen dieser Stadt umhergelaufen war. Wie die kleine Christina gespürt hatte, dass bei all dem Glück, das sie mit ihren Adoptiveltern hatte, doch alles wunderbar hätte sein müssen, aber tief in ihr war nichts außer diesem grauenhaften schwarzen Loch.

Weiter lief Esther ziellos und dennoch schnellen Schrittes durch die nette Kleinstadt und ihr wurde klar, dass sie alles wissen wollte; jedes Detail des bizarren Lebens dieser auf den ersten Blick so einnehmenden und bodenständigen Frau wollte sie kennen lernen.

Am Abend aß Esther nach einer ausführlichen Dusche in ihrem Hotel in einem kleinen italienischen Restaurant in der Innenstadt. Esther fand, dass man schon an der Einrichtung mit den etwas klapprigen Holzstühlen erkennen konnte, dass es kein richtig guter Italiener war.

Die Antipasti waren zu ölig, das Saltimbocca zu dick. Richtig gut war nur der Wein. Esther hatte einen ‹Nero d'Avola› ausgewählt. Das zweite Glas des dunkelroten Weines bescherte ihr etwas Erleichterung und ließ sie später in einen tiefen Schlaf in ihrem Hotelzimmer fallen.

*

Bis zum nächsten Morgen hatte sie genug Kraft geschöpft für einen weiteren Besuch.

Sie fühlte sich bereit für die »zielgerichtete Erforschung der Person Christina Schildmann.«

Den Namen von Christinas bester Freundin aus Kindheitstagen, Merle Maler, hatte ihr die Mutter beim Durchblättern der Photoalben genannt. Sie hatte auch erwähnt, dass diese Freundin immer noch in Stettingen wohnte.

Esther suchte sich am gut sortierten Frühstücksbuffet des Romantik-Hotels erst ein Bircher Müsli, dann noch ein Croissant mit Blaubeermarmelade aus. Dazu trank sie einen Café au lait. So gestärkt schwamm sie noch ein paar Bahnen in dem kleinen Swimmingpool des Hotels, um die Extra-Kalorien wieder abzutrainieren. Als eine Familie mit zwei lärmenden Kindern den Poolbereich betrat, machte sich Esther auf den Weg. Sie fühlte sich jetzt stark genug dazu.

Die Adresse von Merle fand Esther sofort im Telefonbuch: Maler, Merle und Johann, Alte Schwedenstraße 16.

Als Esther diese alte Freundin von Christina aufsuchte, gab sie weiterhin vor, eine Freundin aus den Kreuzfahrt-Tagen von Christina zu sein. Nachdem sie sie zuvor noch auf dem Bauernhof besucht habe, sei Christina nun verschwunden. Sie suche nach der vermissten Freundin und jeder Hinweis könne ihr helfen, sie vielleicht doch zu finden.

Merle, Christinas beste Freundin aus der Kinderzeit, bat Esther sofort herein und wollte sie gar nicht mehr gehen lassen. Wer mit Christina in Kontakt gewesen war, hatte offensichtlich das Bedürfnis, in allen Details über Christina zu berichten. Merle erklärte Esther, wie oft sie an Christina dachte und wie gerne sie wissen würde, wie es ihr ginge und wo sie lebe. Auch für Merle war Christina ein ganz besonderer Mensch gewesen.

Zuerst ließ Merle sich berichten, wo Esther Christina kennen gelernt hatte und wie es ihr mit ihrem Ehemann auf einem Bauernhof in den Alpen ergangen sei. Sie freute sich an dieser Vorstellung und man merkte, wie sehr Merle Christina dieses Glück von Herzen gegönnt hätte.

Merle hatte mit Christina in der ersten Klasse zufällig in einer Schulbank gesessen – und so sollte es auch für Jahre bleiben.

Sobald sie sich an den Küchentisch gesetzt hatten, sprudelte Merle los: »Christina war etwas ganz Besonderes, ein so emotional überwältigendes Mädchen.« Merle lachte in Erinnerung an Christina. »Es ist schwer zu erklären«, aber Merle versuchte es zu beschreiben, »keine hat mich je wieder so umarmt, so als sterbe sie, wenn sie mich losließe.« Sie machte eine Pause. »Ich kann verstehen, dass Sie nach ihr suchen. Ich muss auch immer wieder an Christina denken. Wissen Sie, keines von uns Kindern konnte sich wildere Spiele ausdenken, tiefer in der Phantasiewelt leben als Christina.« Da erinnerte sich Merle an ihre Gastgeberpflichten und bot Esther einen Saft an, den diese gerne annahm. Während sie sich und Esther ein Glas einschenkte, begann Merle schon weiter zu erzählen.

»Am liebsten sind wir damals in das Waldstück kurz hinter unseren Häusern gegangen, durch das der kleine Fluss floss. Auf der einen Seite lag die sumpfige Wiese, auf der Butterblumen, Gänseblümchen und Glockenblumen blühten, auf der anderen Seite begann der dichte Wald. Dort entstanden unsere unendlichen Traumwelten.« Merles Augen leuchteten in der Erinnerung. Esther konnte sich sofort vorstellen, wie diese beiden Mädchen ihre Phantasiewelten im Wald auslebten. »Christina und ich spielten meist, dass wir Prinzessinnen waren, die bedroht wurden von dunklen Mächten, Dämonen oder bösen Zauberern. Christina konnte sich das Böse so gut ausdenken«, Merle hielt inne, »viel zu gut.«

»Böse waren in unserem Spiel immer Männer, die Angst vor ihnen unendlich groß, bei Christina spürbar mehr als bei mir.« Merle erinnerte sich an eine ganz besondere Situation. »Einmal überwältigte Christina so sehr die Angst vor der eigenen Phantasiegestalt, dass sie fünf Minuten nur noch schrie.« Merle hielt sich noch in der Erinnerung die Hand vor Entsetzen vor den Mund.

»Zuerst dachte ich, es sei ein Spiel. Aber dann schrie ich sie an, ich glaube, ich schüttelte sie sogar: ‹Christina, hör doch auf, das ist zu laut.› Aber Christina war wie von Sinnen. Ihre Stimme überschlug sich und sie presste sich an den Felsen hinter ihr, so dass sie später blutige Kratzer auf ihrem Rücken hatte.«

Merle erzählte ohne jegliche Unterbrechung, sie war selbst wieder gefangen von der alten Geschichte.

»‹Hör jetzt auf, das ist doch blöd›, sagte ich zu ihr, doch meine Worte schienen sie überhaupt nicht zu erreichen. Fast wollte ich schon gehen, aber ich konnte sie doch nicht so allein lassen. Schließlich packte ich sie wieder an den Schultern. Und ganz abrupt hörte sie mit dem schrecklichen Schreien auf. ‹Ja›, sagte sie mit ganz klarer Stimme zu mir. Und lachend schrie sie nun: ‹Ja, tu mir weh!›«

Merle schüttelte den Kopf.

Esther sagte nichts.

»Als ich sie losließ, war sie ein anderer Mensch. Sie hüpfte fröhlich lachend vor mir her und rief: ‹Ich bin die Königin der Lüfte, ich habe den Dämon besiegt. Ich bin die Größte der Größten.› Und laut lachend sprang sie nach Hause.«

Merles Schultern hoben und senkten sich.

»Ich habe das alles damals nicht verstanden.«

Esther unterstützte sie: »Das kann kein Kind verstehen.«

Merle versuchte es noch einmal zu erklären, »Es war einfach so spannend mit ihr zu spielen, auch wenn solche Sachen mir schon Angst machten. Ich habe sie zuhause auch nie erzählt. Natürlich hatte ich Angst, dass man mir das Spielen mit Christina verbieten könnte. Ich habe das schon als eine Art Irrsinn gesehen. Aber ich wusste auch, dass Christina mich doch brauchte, niemals nachher hat mir jemand so oft gesagt, dass ich die beste Freundin bin, dass sie mich so sehr liebt.« Merle stützte ihren Kopf in die Hände und dachte nach.

»Wahrscheinlich hat Christina mich dadurch auch etwas abhängig gemacht. Deswegen habe ich sie auch später immer gedeckt, was ich nicht hätte tun sollen.« Jetzt sah Merle verzweifelt Esther direkt in die Augen. »Aber ich habe mit zehn doch noch nicht mal so richtig verstanden, was sie da mit den großen Jungs macht, wenn sie kurz hinters Haus gingen.«

Merle wandte den Blick ab, »Es tut mir alles so leid. Für sie.«

Esther lief fort von Merles Einfamilienhaus, fort von den schaukelnden Kindern im Garten, sie lief bis an den Waldrand, den Weg am Bach entlang und einfach immer weiter.

Sie lief, bis ihr die Lunge so stach, dass sie nicht mehr weiter konnte.

Die Gedanken rasten ihr durch den Kopf. Der Kreislauf von Schuld-Unschuld-Schuld, von Täter und Opfer, er hatte durchbrochen werden müssen. Es war ja gar nicht für sie selbst gewesen, sie hatte es tun müssen, damit der Irrsinn aufhörte.

Esther lief weiter, sobald sie wieder konnte. Sie spielte mit dem Gedanken, immer tiefer in den Wald zu gehen, bis sie nicht mehr herausfinden konnte. Es war später Herbst. Genügte eine Nacht zum Erfrieren?

Wieder verloren sich ihre Gedanken bei Christina.

Vielleicht hätte Laurin Christina doch retten können. Die Verlorene, die als Bäuerin ihr Selbst wieder findet, an der Seite des um keine Selbstzweifel verlegenen Bauern. Umgeben von Kühen und Hund. Das wäre ihre Chance gewesen, wahrscheinlich ihre letzte. Und das hatte Christina selbst auch gewusst.

Irgendwann drehte Esther um und fand ganz leicht zurück zu ihrem Auto.

*

Von ihren vierzehn Tagen Urlaub hatte Esther nun noch drei übrig. Mehr ertrug sie nicht.

Sie musste fort. Verzweifelt fragte sie sich, ob sie einen anderen Fluchtort finden könnte. Aber schließlich war es ihr doch klar, sie musste wieder hinauf zu Laurin.

Obwohl es abends war, fuhr sie einfach die ganze Nacht durch. Es regnete in Strömen, und sie hatte das Gefühl, als ob sie ihr bisheriges Leben unmöglich weiterführen könnte. Zumindest musste sie Christinas Leben zuvor ganz verstehen.

Vielleicht auch Laurins.

Diesmal war es anders, hier hinauf zu kommen. Das war Esther von der ersten Minute an bewusst. Diesmal sah sie alles mit den Augen von Christina. Schon für Esther war es ein Fluchtort gewesen, für Christina musste es das Paradies, die letzte Chance gewesen sein.

Der Raureif lag auf den Wiesen, als sie den geschlängelten Bergweg zur Hütte hochfuhr. Es war vier Uhr morgens, zu früh, um bei Laurin anzukommen. Esther hielt auf halbem Weg an und stieg aus. Die Kälte schlich ihr in die Glieder, als sie sich auf die Wiese kauerte.

»Kälte und Schmerz bestrafen einen für all das Böse, das man getan hat und zugleich sagen sie einem, dass man lebt«, dachte Esther, und sie verstand dies jetzt noch besser als sie es früher verstanden hatte, wenn der Vater sie im Keller eingesperrt hatte.

Und dann genoss sie in der klirrenden Kälte einfach die Schönheit des Naturschauspiels, als die Sonne aufging und sich silbern in den Tautropfen auf den Grashalmen spiegelte.

Ihr Blick fiel auf eine Spinne, die ganz ruhig am Rand ihres glitzernden Netzes saß, das sie zwischen großen Grashalmen geschickt der Sonne zugewandt aufgespannt hatte. Eine winzige Mücke flog genau auf das Spinnennetz und verfing sich in der Mitte, sobald ihre zarten Flügel das Netz streiften. Die Spinne bewegte sich nicht, als die Mücke verzweifelt mit ihren Flügeln flatterte und sich nur umso tiefer in den seidigen Fäden verhedderte. Während Spinnen sonst Esther nahezu panikartige Ekelattacken bereiteten, zollte sie dieser in ihrem präzise und zugleich wunderschön gesponnenen Netz Respekt. Selbst dann noch, als die Spinne behände auf ihr kaum noch zappelndes Opfer zukrabbelte und es dann langsam und sehr exakt mit ihren Fäden zu einem runden Knäuel verpackte.

Weiter oben muhte eine Kuh, und Esther fragte sich unwillkürlich, ob es eine von Laurins Kühen war.

Esther wandte ihr Gesicht den Sonnenstrahlen zu, die unvermutet warm ihr nun ins Gesicht schienen, als ob sie ihr eine neue Lebenswärme geben wollten. Langsam ging die Sonne auf und nie hatte Esther diesen Millionen Jahre alten, sich ewig wiederholenden Vorgang intensiver als jetzt erlebt. Die rote Sonne strahlte eine solch geballte Kraft aus, dass Esther einfach wieder Mut schöpfen musste und plötzlich das ungewohnte Gefühl hatte, dass auch für sie jeden Tag ein Neubeginn möglich war.

Noch sehr durchgefroren, aber auch bereits etwas erwärmt, setzte sie sich in ihr Auto.

Den Citroën C5 hatte sie im Frühjahr verkauft; ein 5er BMW war es nun.

Und sie fuhr das geliebte letzte Stück des Weges hoch.

Laurin war schon im Stall, wo er die Eier einsammelte – von zwanzig Hühnern heute nur acht Eier, stellte er missmutig fest.

Überrascht schaute er Esther an, als sie zur offenen Scheunentür hereinkam.

»Guten Morgen – hast du vielleicht die Hütte für mich frei?« Esther fragte dies, als ob es völlig natürlich sei, dass sie in aller Frühe bei ihm auf dem Hof stand.

»Naa, da is a ganze Familie drin.« Er schüttelte den Kopf, dann fragte er: »Magst dableiben? Warum hast denn ned angerufen vorher? Es san doch Herbstferien.«

»Ich musste einfach weg, mir ist die Decke auf den Kopf gefallen, da bin ich die ganze Nacht durchgefahren, weil ich gehofft habe, du hast noch etwas frei.«

Nein, er schüttelte den Kopf.

Laurin sah wohl, dass es Esther nicht gut ging, doch er wusste nicht, wie er damit umgehen sollte.

Draußen muhte eine Kuh. Es klang nicht beruhigend, sondern eher schmerzerfüllt.

»I muss naus und nach der Kuah schaun. Die kalbt heut' noch.«

Er ging voraus mit seinen raschen, eckigen Schritten, den Oberkörper leicht vornüber gebeugt. Wie sie Laurins Gang mochte! Esther folgte ihm einfach auf die Weide oberhalb des Stalles. Zwei Kühe standen da, beide, selbst für Esther offensichtlich, trächtig mit ihren dicken Leibern. Die eine lief plötzlich mit wilden Bewegungen den Hang hinunter, ihre Beine etwas breiter aufgestellt als sonst.

»Bei der Rosa is' es morgen so weit, aber bei der Alma geht's jetzt los«, erklärte Laurin.

Da sah Esther die Kuh von hinten. Aus ihrer Schamspalte floss zäher, glasiger Schleim.

Die Kuh legte sich hin.

»Schau, wie die Wellen durch ihren Bauch gengan. Lang dauert's nimmer.«

»Darf ich zusehen?«, fragte Esther.

Er antwortete mit einem schulterzuckenden Ja.

»A bisserl Zeit is scho noch. Weißt, bei den Küah geht des meistens von ganz allein. Die stelln sich hin, wackeln a bissl mit'm Hintern und scho' fallt's raus.«

Er lachte etwas verlegen.

»I geh noch amol in den Stall. Sagst ma's, wenn's so weit is.« Laurin lief zum Stall.

Esther setzte sich auf einen nahen Baumstumpf und beobachtete die Kuh. Es wurde wärmer. Hinter der Weide sah sie die Bienenstöcke und drehte sich etwas, um nicht direkt darauf sehen zu müssen. Die Erinnerung an Christina stieg sofort mit einem Blick auf die Bienenstöcke in Esther hoch.

Die Kuh stand auf, lief wieder mit gespreizten Beinen umher und schrie. Mehrmals sah Esther die Wellen durch ihren Bauch laufen. Es war faszinierend und auch ein wenig angsteinflößend für Esther, die selbst nie ein Kind bekommen hatte. Die Kuh legte sich nieder, dann stand sie wieder auf.

Unvermittelt stand Laurin hinter ihr. Sehr nahe.

»Des dauert doch noch.«

Esther drehte sich zu ihm um. Sie konnte seinen Gesichtsausdruck nicht wirklich deuten. Sie glaubte, ein wenig Besorgnis zu erkennen, war sich aber nicht sicher. Aber wie elektrisierend spürte sie seine Nähe. Wenn sie sich jetzt ein klein wenig nach hinten lehnte, hätte sie sich an ihn anlehnen können. Beide blieben in dieser Position.

Blut und Schleim liefen der Kuh aus ihrem Hinterteil. Mit dem Schwanz wedelte sie und verteilte dabei die blutige Schleimspur um sich. Esther fand die Sache nun nicht mehr so schön.

Laurin runzelte die Stirn, ihm schien etwas nicht zu gefallen. Esther wollte nicht fragen und Laurin sagte nichts.

Laurin beobachtete die Kuh, dann murmelte er: »I muss mir des anschaun.«

Er versuchte, sich der Kuh zu nähern, aber das jetzt störrische, kalbende Tier lief vor ihm weg. Laurin hatte Esther schon einmal erklärt, dass seine Weidekühe wilder waren als Stallkühe, die ließen einen nicht einfach so an sich heran. Hier musste man auch bei Kühen, nicht nur bei Stieren, vorsichtig sein. Und jetzt, offensichtlich in den Wehen, wollte die Kuh erst recht nicht von einem Menschen eingefangen werden. Einige Minuten versuchte Laurin zuerst, sich ihr langsam zu nähern. Als dies nicht klappte, begann er sie in eine Ecke zu treiben, die Stall und Zaun bildeten. Dort konnte sie nicht mehr fortrennen. Er band ihr ein Kopfhalfter um, hakte einen Strick fest und knotete den Strick an einen Baum.

Als er sich einen Gummihandschuh anzog, der bis über den Ellbogen reichte, war Esther noch nicht ganz klar, was er tun wollte. Dann schob er seinen ganzen Arm bis zur Schulter in den Hintern der Kuh. Esther starrte mit großen Augen.

»Des Kalberl is zu groß, viel zu groß. Der Huf is' doppelt so groß wie bei am normalen Kalberl« stellte Laurin fest.

Dann ein fragender Blick von ihm: »Hilfst mir?«

»Natürlich«, antwortete Esther, ohne zu zögern. Auch wenn sie langsam selbst nicht mehr ganz so überzeugt war, wie sie klang.

Esther sah, dass Laurin hektisch wurde. Offensichtlich war er sehr besorgt.

Sie hatte keine Ahnung, was passieren konnte. Was bedeutete das für ihn? Wie viel waren für ihn eine Kuh und ein Kälbchen wohl wert? Laurin rannte zum Stall, sie folgte ihm. Jetzt erklärte er zumindest einmal etwas.

»Die Kuah is künstlich befruchtet worn. Da kummt's öfters amol vor, dass a Kalb zu groß wird. Des Kalb kann die Muadda ned allein auf die Welt bringa.«

Im Stall hingen ein festes Seil und zwei Holzstäbe griffbereit. Die packte er, dazu eine Metallkette, und rannte wieder hinaus zur Kuh. Esther folgte in Unverständnis. Was konnte sie da helfen?

Laurin befestigte die Metallkette um den Baum herum und hakte die Kuh daran fest. Die Wellen liefen weiterhin durch ihren Bauch. Die Kuh schrie nicht, sie schien ganz ruhig. Esther erschien sie trotzdem leidend. Mit dem Handschuh griff Laurin nun wieder in das Hinterteil hinein. Esther war wie gebannt. Sie verstand immer noch nicht, was hier getan werden sollte. Laurin fuhrwerkte im Bauch der Kuh herum, die sich dies alles ohne Widerstand gefallen ließ.

Die aufregende Situation faszinierte Esther, es war für sie spürbar ein existentielles Geschehen, das sie zutiefst bewegte. Aber sie spürte wieder einmal ihre eigene Hilflosigkeit, denn auch hier war sie nur ein Beobachter und keiner, der wirklich dem leidenden Tier helfen konnte.

In diesem Moment kam die Fruchtblase zum Vorschein. Laurin stellte sich soweit wie möglich von der Kuh fort, beugte sich vor und öffnete mit seinen Händen die Blase, die sich in einem Schwall entleerte.

Dann glitt er wieder mit seinem Arm tief in die Kuh hinein.

»I hab's.« Er holte zwei Beine des Kälbchens heraus und band schnell und fest den Strick herum. Jedes der zwei Strickenden machte er an den Holzstäben fest, gab eines davon Esther in die Hand und sagte: »Ziahg.«

Esther zog vorsichtig – wie sie sich Geburtshilfe vorstellte. Laurin zog mit all seiner Kraft – und tatsächlich, der Kopf des Kälbchens erschien mit einem Schwall Blut und Wasser, das Esther über die Hände lief, auf ihre teure Jeans und ins Gesicht spritzte. Sie konnte nicht behaupten, dass es ihr gar nichts ausgemacht hätte, aber sie zog weiter, nun auch fester. Sie war fasziniert und entsetzt zugleich. Doch plötzlich ging gar nichts mehr, das Kälbchen steckte fest. Laurin schrie: »Zieh!« Er stemmte seinen einen Fuß gegen das Hinterteil der Kuh, um wirklich alle Kraft aufzubringen. So viel Kraft hatte Esther nicht. Sie zog, aber es war ihr klar, dass ihr Bemühen gegen Laurins Kraft jämmerlich war.

»Naa, des geht ned, hör auf!«

Das Kälbchen hatte die Zunge seitlich zum Maul herausgestreckt. Esther war sich nicht mal sicher, ob es noch lebte. Tiefes Entsetzen breitete sich in ihr aus.

Am liebsten wäre sie fort gelaufen. Aber diesmal wollte sie das nicht. Sie wollte an der Seite des Bauern funktionieren. Sie blieb.

Laurin schwitzte. Er schob den Kopf des Kälbchens zurück in den Bauch, die Vorderläufe hingen weiter heraus, und nahm sein Handy, das er am Gürtel trug. Ein paar Schritte ging er abseits, während er heftig gestikulierend mit jemandem telefonierte. Esther bekam nicht genau mit, was er sagte. Ob das Kalb überhaupt noch lebte? Was würde jetzt passieren?

Esther war verzweifelt, wie unter Schock. Neben Laurin wollte sie sich aber auf keinen Fall gehen lassen und sie versuchte, sich zusammen zu nehmen. Sie musste hier das tun, was zu tun war.

»Da kommt einer, der hilft«, berichtete Laurin knapp.

Sie standen vor der Kuh. Esther wollte so viel wissen und fragen, aber es war einfach nicht der richtige Zeitpunkt dafür, denn es war für sie offensichtlich, dass Laurin unter Druck stand. Er wischte sich mit dem Hemdsärmel den Schweiß von der Stirn, doch sofort quollen neue Perlen hervor. Esther unterdrückte den plötzlichen Impuls, ihm den Schweiß mit ihrer Hand fort zu wischen, als er sich erklärend zu ihr wandte: »Wenn mir weiterziahgn, reißt die Nabelschnur. Wenn mir das Kalberl dann ned sofort rausbringa, is' es hi. Und an der Schulter is das Kalberl am breitesten.« Er schüttelte den Kopf. »I sag ja, des Kalberl is einfach zu groß.«

»Allein schaff ma des ned. Bei so einem großen Kalberl bricht ma der Kuah die Hüftn, wenn ma's rausziahgt. Dann is's aus mit da Kuah.«

In diesem Moment sah Esther schon einen klapprigen, lila Golf in voller Geschwindigkeit den Berg herauf rasen. Zwei Minuten später sprang ein großer, kräftiger Mann heraus. Er gönnte sich einen kurzen Seitenblick auf Esther, dann gingen die beiden Männer wortlos an die Arbeit. Die Kuh wurde noch einmal so geschoben, dass ihr Hinterteil den Berg hinunter zeigte, dann packte jeder Mann mit beiden Händen einen Holzstab, sie traten mit ihren Füßen gegen die Kuh und zogen so mit aller Kraft. Der Kopf des Kälbchens kam wieder, sah nicht besser aus als vorher, wieder stockte es.

»Scheiße«, rief der Mann.

»Ziahg«, schrie Laurin.

Sie stemmten sich mit aller Kraft, sie schwitzten, sie zogen. Esther hatte kein Zeitgefühl, wie lang es tatsächlich gedauert hatte. Mit einem Mal flutschte das Kälbchen heraus, so dass beide Männer umfielen und das Kalb fast auf die Männer rutschte. Es war wirklich kein Kälbchen, sondern ein riesiges Kalb, 60 Kilo etwa, erklärte ihr später Laurin. Der Kuh klappten die Beine weg, sie legte sich nieder. Esther wusste nicht, ob Kuh oder Kalb am Leben waren oder sterben mussten.

Durch das Ziehen war die Kuh den leichten Abhang hinunter gerutscht und lag nun unnatürlich ausgestreckt auf dem Boden. Weil sie aber mit dem Halfter und der Metallkette am Baum hing, schien ihr Gewicht ihr fast den angeketteten Hals abzubrechen. Laurin versuchte, den Knoten zu lösen, doch durch das Gewicht der Kuh konnte er ihn nicht aufbinden. Die Männer fluchten. Von alleine schien die Kuh nicht auf die Beine zu kommen. Selbst zwei starke Männer konnten eine Kuh nicht schieben oder ziehen. Laurin rannte in den Stall und erschien mit einer Säge wieder. Er durchschnitt die Kette und die Kuh schien wenigstens wieder Luft zu bekommen.

Jeder Mann packte nun ein Bein des Kälbchens und zusammen schleiften sie es neben die Mutter, die noch nicht wirklich Interesse an ihrem Sprössling zeigte.

Laurin rannte ins Haus. Der andere Mann lachte: »Des is a Kalbl. Gell, da schaust!«

Laurin brachte eine Weinflasche und eine Schnapsflasche mit. Ob die beiden Männer das jetzt trinken werden?, fragte sich Esther insgeheim. Laurin aber öffnete die Weinflasche, spreizte der liegenden Kuh das Maul und schüttete die ganze Flasche hinein, dann bekam das Kälbchen den Schnaps. Esther wollte es nicht glauben. Als jetzt die beiden Männer ganz ruhig auf Kuh und Kalb schauten, fragte Esther stockend: »Warum gebt ihr der Kuh und dem Kalb denn Wein und Schnaps?«

»Des is guad für den Kreislauf. Die müssen ganz schnell aufsteh', sonst is' alles zu spät. Mit Cola geht's auch, aber Wein und Schnaps san besser.« Die beiden lachten nicht einmal, ihnen schien das ganz selbstverständlich.

Mehr konnte Esther nicht fragen. Wirklich verstehen konnte sie es, wie so vieles, nicht.

Die Männer zogen das Kalb noch einmal näher zur Mutter, die immer noch nicht reagierte.

»Ist denn alles o.k.?«, traute sich Esther noch vorsichtig zu fragen.

»I mein scho', schaun ma mal. Die Hüftn muss i später no amal untersucha. – Auf geht's, geh ma eini.«

Esther und der andere Mann folgten Laurin ins Bauernhaus.

Alles war ein wenig unordentlich in der Bauernstube – Kleider lagen herum und das Frühstücksgeschirr stand noch auf dem Tisch. Jetzt gab es erst mal einen Schnaps für alle, dann schenkte Laurin aus der Thermoskanne einen Kaffee ein. »Wenn's was wird, hast ein großes Kalb«, meinte der andere Mann zu Laurin.

Und zu Esther gewandt: »Gell, jetzt hast amal was G'scheits gesehn, da herobn. – Bist scho amal da gewesn?«

Esther nickte.

»Bist aus der Stadt?« Er grinste. »Da gibt's ned so oft Kalblziahgn, ha?«

»Ja. München.«

Esther spürte die Wärme des Schnapses und sie hatte nach diesem Erlebnis keine Lust aufs Reden. Ihr war ein wenig übel, sie war körperlich und emotional erschöpft.

Sie hatte damit gerechnet, dass Kuh und Kalb sterben, und das wäre schwer für sie zu verkraften gewesen.

Alles war nicht so, wie sie es heute früh noch erwartet hatte.

»I muss jetzt gehen«, sagte der Mann und erhob sich.

Es schien Esther, als zwinkerte er Laurin beim Gehen zweideutig zu.

Laurin drehte sich wieder zu ihr. Er wusste offensichtlich nicht ganz, was er sagen sollte.

»Kann ich heute noch dableiben?« Esther versagte fast die Stimme bei diesem Satz.

»Ja.«

*

Esther verbrachte den Tag mit einem ausgedehnten Spaziergang und aß im Wirtshaus im Dorf ein großes, etwas zu durchwachsenes Schnitzel.

Als sie zurückkam, war Laurin nicht zu sehen. Sie hätte auch abfahren können.

Stattdessen ging sie auf die Weide. Die Kuh stand schon, das Kalb lag neben ihr. Offensichtlich passte es der Mutterkuh nicht, wenn

Esther zu nahe kam, so dass sie lieber in respektvollem Abstand stehen blieb. Jedenfalls schien sie das Kalb klar als ihres zu erkennen und zu beschützen. Das Kalb sah wirklich nicht nach Kälbchen aus, es war auch für Esthers Vorstellungen von einem kleinen Kalb bereits riesig. Während die Mutter glattes, kurzes Fell hatte, war das kleine etwas gelockt und langhaariger. Hübsch sah es aus. Ob es schon getrunken hatte? Ob alles in Ordnung war?

Gegen fünf Uhr kam Laurin mit seinem Pritschenwagen angebraust. Wie immer konnte sie sich nicht vorstellen, woher.

»Bist no da?«

Sie hatte sich lange überlegt, wie sie es sagen sollte – ganz einfach: »Ich mag heute nicht nach Hause. Kann ich nicht eine Nacht bei dir übernachten?«

»Ja, scho«, es kam etwas gedehnt.

»Dann kannst dem Kalberl auch gleich einen Namen gebn. Du warst ja schließlich dabei, wie 's auf die Welt kommen is.«

Sie überlegte. Kühe hießen vielleicht Gerda oder Rosi oder Selma. Sie wollte es Sina nennen.

»Des passt wenigstens für a Kuah«, entschied Laurin. »Die Muadda heißt nämlich Sexy. Des passt net, mei, den Namen hat ihr auch ein Besucher geben«, lachte er etwas verschämt.

Er holte einen Bogen aus dem Haus, auf dem er offiziell den Namen der Kuh hinter einer Nummer eintrug und dann bekam das Kälbchen mit einer Art »Kuh-Tacker«, wie Esther es nannte, eine metallene Nummer ins Ohr geschossen. Das Kälbchen, Sina, quittierte es mit einem Kopfschütteln, wie um eine lästige Fliege loszuwerden.

Laurin bestätigte ihr, dass alles bei Mutter und Kalb gut aussah. Die Mutter brauche wohl noch etwas Zeit, um sich zu erholen, aber er war zuversichtlich, dass alles in Ordnung war.

»So, jetzt geh ma eini«, bestimmte Laurin.

»Schau, du kannst im Kinderzimmer im Hans sei'm Bett schlaffen. Da hast frische Bettwäsch'.«

Esther schluckte. Sie hatte etwas anderes erwartet und gewünscht.

Laurin bot ihr ein Abendbrot an, Brot und Schinken, das sie mit wenig Hunger aß.

Beide gingen früh zu Bett.

Am nächsten Morgen stand Laurin schon früh auf.

Als Esther nach einer Nacht, in der sie erst in den frühen Morgenstunden in einen kurzen Schlaf gefallen war, aufstand, war sie allein. Sie schenkte sich noch einen schwarzen Kaffee aus der Thermoskanne ein. Gekaufte Milch hatte Laurin nicht, die frische Kuh-Milch schmeckte Esther noch immer nicht einmal im Kaffee.

Dann packte sie ihre wenigen Sachen und fuhr los.

*

Laurin hörte von der oberen Scheune aus den Motor des fortfahrenden BMWs. Diese Touristinnen. Wenn Frauen allein kamen, endete es nicht selten damit, dass er mit ihnen die Nacht verbrachte. Er verstand es selbst nicht wirklich, ließ es aber gerne und ohne weitere Hoffnungen auf etwas Festes geschehen. Aber diese Esther, die war doch schon so oft da. Und mit Christina hatte sie sich damals auch ein wenig angefreundet. Wenn er sich mit der einließ, hatte er einen Stammgast weniger. Sie machte keine Arbeit, die Hütte sah nach ihren Besuchen unbenutzt aus und sie bezahlte immer alles mitsamt Steuern und Müllgebühren ohne zu murren.

Schon attraktiv. Es war nicht so, als ob er nicht geschwankt hätte, sich noch mal am Abend zu ihr hinzusetzen. Aber das würde alles wieder komplizierter machen.

Er hatte schon Angst gehabt, dass seine Freundin an diesem Abend aus dem Dorf hoch kommen könnte. Sie wäre nicht begeistert gewesen, eine Touristin bei ihm im Bauernhaus vorzufinden.

Nach all den Touristinnen und Internet-Bekannten, die immer nur kurz blieben, und vor allem nach Christina, die er damals Hals über Kopf geheiratet hatte, hatte er endlich mal ein Mädchen aus dem Dorf. Seine Mutter war auch froh darüber. Die war natürlich etwas derber als die hübsche Esther, aber nein, die war wirklich zu kompliziert.

Er hatte das schon richtig gemacht.

Er hielt kurz in seiner Arbeit inne und starrte Gedanken versunken auf das Holz in seinen Händen. Aber dann machte er sich wieder an seine Schreinerarbeit. Ein Bett wollte er heute bauen. Ein neues Bett für sich und Sandra.

*

Esther versuchte, sich mit viel Arbeit abzulenken, aber es gelang ihr immer schlechter. Die Geschichte aus den Bergen holte sie wieder und wieder ein, es war noch nicht vorbei für sie, sie musste noch tiefer hinein in die Geschichte. Mal kam der Wunsch in Esther hoch, wieder hinauf zu Laurin zu fahren. Mal die Überlegung, wie sie noch weiter in Christinas Leben eindringen konnte. Anfangs verscheuchte sie diese Gedanken schnell. Aber sie wurden immer drängender. Es gelang Esther nicht, damit abzuschließen.

Da fiel ihr ein, dass sie noch jemanden kannte, bei dem sie ihre Nachforschungen über Christina weitertreiben konnte.

Die nächste Freundin von Christina, die Esther aufsuchte, war aus ganz anderem Holz als die erste Freundin geschnitzt.

Frau Schildmann hatte ihr gesagt, dass Nadine Herich eine Freundin von Christina gewesen sei, mit der sie eine Zeitlang in Freiburg in einer Wohnung zusammen gewohnt hatte. – Den Namen »Nadine Herich« fand Esther nur einmal in Freiburg. Der Anrufbeantworter unter dieser Nummer sagte ihr, sie könne Nadine auch unter einer weiteren Nummer erreichen. Es war die Nummer einer Bar in der Innenstadt.

Die Fahrt von München nach Freiburg dauerte etwa vier Stunden, und Esther beschloss, einfach hin zu fahren. Sie fand eine Bar vor, die ihre besten Zeiten schon länger hinter sich hatte.

Eine Frau stand hinter der Theke, die Zigarette in der Hand. Sie bejahte, die gesuchte Nadine zu sein. Das schulterlange, braune Haar hing etwas ungepflegt um ihr schmales Gesicht. Zu viele Zigaretten und Alkohol hatten ihr früh Furchen ins Gesicht gezeichnet. Der für Esthers Geschmack viel zu tiefe Ausschnitt gewährte Einblick auf solariumsgebräunte Brüste. Esther sah vor ihrem geistigen Auge bei dieser Frau den in seiner Traurigkeit geradlinigen Lebenslauf: Unterschichtskind, Hauptschule, der falsche Mann, Bedienung in einer Bar - das Ende in einer schäbigen Zwei-Zimmer-Hochhauswohnung vorgezeichnet, fand Esther.

Auch dieser Nadine erzählte Esther, dass sie eine Freundin Christinas sei. Sie suche nach ihr, weil sie seit längerer Zeit für Eltern und Freunde verschwunden sei.

»Das wundert mich nicht. Die Christina ist schon ein verrücktes Huhn«, erklärte Nadine mit einem Lachen, »manchmal echt durchgeknallt.«

Nadine spülte ein Glas ab, dann sah sie wieder zu Esther auf, die an der Theke auf einem Barhocker Platz genommen hatte.

»Ist die Christina also verschwunden. Na ja, vielleicht hat sie es ja endgültig geschafft.« Nadine sagte das fast fordernd zu Esther, bevor sie dem einzigen Kunden ein weiteres Bier brachte.

Dann setze sie sich neben Esther an die Theke und zündete sich wieder eine Zigarette an.

»Wir waren Schwestern.«

Als Erklärung dazu hob sie ihre Ärmel hoch.

Auf den Armen waren hundertfache, teils sehr tiefe Ritzer, viele alte und auch wenige frische Wunden.

Esther sah diese Wunden und konnte sich kaum vorstellen, dass Christina auch solche Arme haben sollte.

Außerdem ärgerte sie dieser Begriff. »Wir sind wie Schwestern«, hatte Christina damals in dem langen Gespräch in der Nacht zu ihr gesagt, als sie feststellten, dass der Ort in den Bergen für sie beide ein Fluchtort war. Und Esther hatte damals schon gefühlt, dass etwas sie beide verband, vielleicht eine tiefe Verzweiflung, die sie beide bemühten zu überwinden.

Ärgerlich und anmaßend, dass diese Bardame hier sich auch als ‹Schwester› bezeichnete.

Aber Nadine spürte nichts von Esthers Ressentiments. Sie redete weiter, mehr zu sich selbst: »Mit Christina habe ich davon geträumt, endgültig zu gehen. Einmal hätten wir es fast geschafft. So ein Mix aus irgendwelchen Schlaf- und Träumpillen, die ein Typ uns verkauft hat. Wir haben die dreifache Menge genommen – für mehr hatten wir kein Geld – und uns im Winter auf einen Hochsitz im Wald verzogen. Und gerade in dieser Nacht musste der Jäger kommen. Aufgewacht sind wir beide erst im Krankenhaus, Christina lag drei Tage im Koma. Fast hätte sie's geschafft.« Nadine dachte nach. »Bei ihr haben Mama und Papa die ganze Zeit am Bett gestanden. - Die taten immer so, als ob ich sie dazu gebracht hätte.« Das schien Nadine mehr als alles andere zu schmerzen.

»Bei mir war keiner.«

Esther wusste, was sie jetzt sagen musste: »Das Leben ist nicht immer fair. Eigentlich hatte Christina doch alles.«

»Genau!«, Nadine fühlte sich verstanden und bestätigt. »Und ihre Eltern haben's ihr immer noch hinten rein geschoben. - Dabei war Christina eigentlich viel irrer als ich! Was die an Männern hatte, manchmal drei in einer Nacht. Manchmal hat sie damit auch Geld verdient. Das konnte ich nie.«

Es entstand eine Pause. Esther fragte sich, ob sie weiter vordringen durfte. Sie bestätigte dann einfach den Punkt, der Nadine offensichtlich so neidisch werden ließ: »Kann man eigentlich nicht verstehen, wo sie doch ihre Eltern hatte, die hätten ihr doch geholfen.«

»Ja, wirklich. Christina hatte immer die Familie im Hintergrund; die kam, wenn sie rief. Und die glaubten, dass Bedienung in einer Diskothek nicht das Richtige für ihre Tochter sei.« Das klang höhnisch, und für Esther war zu spüren, wie sehr es Nadine verletzte, dass die Eltern von Christina in ihrer Tochter etwas Besseres gesehen hatten.

Sie brauchte jetzt nichts mehr zu sagen, damit Nadine fortfuhr: »Einmal, da hat sie einen Typen kennen gelernt mit einem richtig guten Beruf, im Büro oder so. Der hat gesagt, er will sie heiraten und eine Familie mit ihr haben, mit ganz vielen Kindern. Da war sie fix und fertig, hat mich eine ganze Nacht lang voll geheult. Denn irgendwie konnte sie wohl keine Kinder mehr bekommen. Ich dachte zuerst, dass das daran lag, dass wir damals zuviel geschluckt haben, Alkohol und Tabletten, aber sie heulte rum, sie hätte mit fünf Jahren den Tripper gehabt. So ein Quatsch. Aber zwischendurch erzählte sie einfach immer mal völligen Quatsch. Irgendwie hat sie nicht richtig getickt. Aber ich mochte sie schon auch sehr. Sie war so lustig und man konnte echt gut leben mit ihr. Dem Typen hat sie dann selbst zu viel über sich erzählt, ihre Männer und so. Da wollte der dann auch nicht mehr. Und dann war er für sie plötzlich der Böse, der absolut Fiese.«

Nadine schien sich noch gut erinnern zu können, wie dieser Mann von ihrer Freundin erst vergöttert, dann verteufelt wurde.

»Eigentlich selbst daran schuld, hätte sie doch nicht erzählen müssen«, fügte Nadine mit Unverständnis hinzu.

Es war Esther klar, dass Nadine sich diese Chance nicht hätte entgehen lassen.

Als Nadine nichts mehr sagte, aufstand und sich wieder gedankenverloren an den Abwasch der Gläser machte, fragte Esther nach, ob sie wirklich zusammen mit Christina in einer Wohnung gelebt habe.

»Ja, wir haben doch beide eine Ausbildung zur Reiseverkehrsfrau bei so einem großen Reisebüro hier gemacht. Na ja, wir haben's beide irgendwann hingeschmissen, der hat uns eh nur ausgenutzt als billige Arbeitskräfte.«

Eine Erinnerung kam Nadine in den Sinn: »Christina hatte so eine langhaarige Angorakatze, eine reine Hauskatze. Um die hat sie sich echt gekümmert, auch im Vollrausch. Als ich dann die Tür offen stehen ließ und die Katze runter auf die Straße vor den Laster lief, das hat sie mir nie verziehen.«

Wieder spülte Nadine ein Glas.

»Trotzdem, mich hat sie ja zur ihrer Hochzeit eingeladen, irgendwo in die Berge, schon irre. Aber wie sollte ich denn da hinkommen. Ich hätt's ihr gewünscht, dass sie da oben glücklich wird, irgendwie.«

Als ein weiterer Besucher die Bar betrat, verabschiedete Esther sich mit dem Versprechen, dass sie sich bei Nadine melden werde, wenn sie etwas über Christinas Aufenthaltsort erfahren werde.

Esther war sich darüber bewusst, dass sie nach ihren Gesprächen völlig aufgewühlte Menschen hinterließ. Bei Nadine empfand sie kein Mitleid.

*

Wenige Wochen später kam Weihnachten auf Esther zu. Kein guter Tag für Singles, mochten sich die meisten noch so sehr das Gegenteil einreden, dachte Esther.

Eine Zeitlang hatte sie bewusst an diesem Tag mit Freunden unkonventionelle Partys gefeiert nach dem Motto ‹Wir brauchen keine vorgeheuchelte Glückseligkeit›. Dann hatte sie sich über mehrere Jahre versucht einzureden, dass für sie der Weihnachtstag wie jeder andere sei, da er ihr ja weder religiös etwas bedeutete, noch wichtig für irgendeine Form der Familienzusammenführung war. Mittlerweile hatte sie sich ehrlich eingestanden, dass es Jahr für Jahr schmerzte, dieses Fest ohne Familie und ohne glückliche Kinderaugen begehen zu müssen. Sie machte sich nichts mehr vor, den Weihnachtsabend hätte sie gerne in einem Familienkreis verbracht.

So hatte sie beschlossen, den 24. als einen Festtag für sich zu gestalten.

An diesem Tag arbeitete sie nicht und organisierte alles nach ihren eigenen Vorstellungen ruhig und schön. Dieses Jahr hatte sie eine Karte für die Weihnachtsmatinee in der Philharmonie ergattert. Mendelssohn-Bartholdy: Elias. Chor und Symphonieorchester des Bayerischen Rundfunks brachten die stimmungsvollen Chöre wunderbar zur Geltung. Esther sank in ihrem roten Stuhl zurück, schloss die Augen und genoss die herrlichen Arien. Auch hier war sie eine der wenigen, die allein zum Konzert kam. Aber wenn das Licht gelöscht wurde und das Rascheln und Flüstern erloschen war, machte dies nichts mehr aus.

Der Nachhall der Klänge trug sie auch noch über den Weg nach Hause. Ausnahmsweise ohne sich allzu viel Gedanken zu machen, wie gut ihr Kleines Schwarzes für den Anlass passte, ließ sie schwülstige Roben, adrette Kleidchen und sogar eine Jeans an sich vorbeiziehen, beladen mit verschiedensten schweren Parfumgerüchen.

Zuhause hielt sie eine kurze Mittagsruhe, dann las sie. Die »Buddenbrooks«, wie meist zu Weihnachten. Es war ihr Lieblingsroman von dem von ihr so verehrten Thomas Mann.

Sie dachte oft darüber nach, was sie an diesem Roman eigentlich so faszinierte. Natürlich war es dieser breite, farbige und doch detailgenaue Erzählstil von Thomas Mann, der wunderbare, kleine Geschichten erzählen konnte, ohne dabei die großen Linien zu vergessen. Aber mehr noch bannte sie immer wieder der Verfall dieser Familie, wobei sie sich nie entscheiden konnte, ob sie ihn gut oder schlecht heißen sollte. Einzige Hoffnung in dieser Familie waren die Frauen, allen voran die wunderbare, lebenslustige Antonie – doch zum Schluss ist auch in dieser Familie alles ‹perdu›.

Esther klappte das Buch zu.

Als es dämmerte, band sie sich eine Kochschürze um und begann ihr mittlerweile fast schon Tradition gewordenes Kochen des Weihnachtsmahls. Das Menü durfte lang und schwierig sein, mit den besten Zutaten, und es durften ausnahmsweise alle Kaloriensünden verwendet werden.

Als Vorspeise hatte sie eine Kürbiscremesuppe geplant. Sie höhlte den schönen, rot-gelben Hokkaido-Kürbis aus, zerteilte ihn in Stücke und gab ihn ins Wasser. Dazu kamen die typischen Zutaten für eine echte Gemüsebrühe: Knochen, Suppengrün, Zwiebeln sowie ein wenig Knoblauch und Ingwer. Das Ganze musste nun eine Zeitlang köcheln.

In dieser Zeit bereitete sie die Entenbrust sorgfältig vor, die sie mit einer Maroni-Mousse füllen wollte.

Esther genoss das Kochen. Kochte sie für andere, stand sie unter einem fürchterlichen Stress, doch kochte sie für sich allein, dann wusste sie, dass sie sich Fehler leisten konnte. Beim Kochen gehörten Fehler zum Ausprobieren sogar dazu. Das war herrlich befreiend.

Zur Entenbrust hatte Esther ein Kartoffelpüree geplant, natürlich aus echten Kartoffeln, die gekocht und zerstampft werden mussten. Ein wirklich gutes Kartoffelpüree zu kochen, war nicht einfach. Erst die perfekte Mischung aus Kartoffeln, Milch, Butter, ein wenig Sahne, Salz, nicht zuviel Pfeffer und etwas frisch geriebene Muskatnuss ergab die richtige Konsistenz.

Als die Kürbissuppe fertig geköchelt war, zerkleinerte Esther sie und presste sie durch ein Sieb. Dann schmeckte sie die Suppe mit Sahne, Ingwer und einem Hauch Curry ab. Schließlich deckte sie feierlich ihren Tisch mit dem schönen, weißen Geschirr und den großen Kerzen und begann mit der Suppe. Früher hatte sie das Essen bei Musik zu sich genommen, um es richtig zu genießen. Dann aber hatte sie gemerkt, dass dies den Effekt der gefühlten Einsamkeit nur verstärkte. Mittlerweile nahm sie einfach ein Buch, dieses Jahr eben wieder die »Buddenbrooks«, zur Hand, und las beim Essen. Das war unkonventionell, aber es war ein doppelter Genuss für sie.

Erst eine Stunde später machte sie sich an die vorbereitete Entenbrust, briet sie in der Pfanne an und schob sie dann in den Ofen. Die Maroni-Mousse musste püriert und abgeschmeckt werden und kam dann unter die Entenbrust. Zum Schluss das Kartoffelpüree dazu. Es war ihr diesmal wirklich perfekt gelungen. Dieses Essen könnte sie wirklich das nächste Mal einem Gast vorsetzen.

Wieder ein Gang mit Thomas Mann. Das Kapitel von Antonie in München bei Permaneder ließ Esther aus. Für sie bedeutete dieses Kapitel den tiefsten Abstieg der Kaufmannsfamilie, es tat ihr selbst weh, es zu lesen.

Die Nachspeise war einer ihrer Klassiker, eine Zabaione, die sie schon seit Jahren machte. Esther schlug das Eigelb im Wasserbad mit Zucker schaumig. Früher war ihr die Zabaione manchmal geronnen, weil sie zu heiß war. Mit dem Wasserbad konnte das nicht mehr passieren. Esther rührte und ihre Gedanken flogen plötzlich zu Laurin. Was Christina wohl für ihn gekocht hatte? Schweinebraten mit Klößen wohl. Esther rührte verbissen. Oder Gans, mit Blaukraut und Äpfeln. Esther rührte.

Als sie endlich wieder auf ihre Hände sah, schwamm in ihrem Topf eine zähflüssige Brühe mit ausgeflockten, dicken Stücken. Sie hatte zu lange gerührt.

Fassungslos schaute sie auf die unappetitliche gelbe Sauce. Sie konnte es nicht glauben, sie hatte ihren Nachspeisen-Klassiker vermasselt, da war nichts mehr zu machen, das war nicht mehr essbar. Und sie hatte keine weiteren Eier mehr.

Esther öffnete das Fenster und schmiss mit einem heftigen Ruck den ganzen Topf mitsamt der gelben, fleckigen Sauce in die Tiefe. Ein lauter, schier unmenschlicher Schrei entrang sich ihrer Kehle. Auch das noch, vermasselt. Nicht einmal mehr das Kochen, das sie doch mit dem ihr eigenen Perfektionismus betrieb, wollte ihr gelingen.

Sie schloss schnell das Fenster und sank auf den Boden. Hoffentlich hatte das keiner ihrer Nachbarn gesehen. Sie betrachtete ihre zitternden Hände.

Es machte nichts aus, es war doch nur für sie selbst, keiner hatte den Fehler gesehen, keiner musste unter ihren Fehlern leiden, es war doch gar nicht schlimm.

Sie glaubte sich selbst nicht mehr.

Lange saß sie auf dem Fußboden ihrer Küche unterhalb des Fensters und rang nach Luft. Als sie endlich ihr Atmen wieder unter Kontrolle hatte, stand sie auf und machte sich ans Aufräumen. Das Geschirr in die Maschine, die Töpfe gespült, der Tisch abgewischt, der Herd gesäubert, die Küchenflächen mit Glasreiniger geputzt. Als alles wieder in absolut perfektem Zustand war, war es 24 Uhr. Weihnachten vorbei.

Geschafft für dieses Jahr. Esther ging in ihr Bett und fiel in einen tiefen, traumlosen Schlaf.

*

Fast zufällig kam Esthers weiteren, geplanten Nachforschungen nach Christina noch ein Besuch auf der Hütte dazwischen. Eigentlich wollte Esther mit Laurin nur einen Termin für den Sommer festlegen, als er ihr schrieb, dass Aika soeben drei kleine Hündchen zur Welt gebracht habe – Vater ungewiss.

Esther hatte seine E-Mail-Zeilen noch nicht einmal ganz fertig gelesen, da war ihr bereits völlig klar, was sie tun würde. Sie schrieb ihm, dass sie ganz spontan beschlossen habe, die Hundemama und ihre Kleinen zu besuchen und fragte an, ob er an diesem Wochenende noch etwas frei hätte. So früh im Jahr, ganz ohne Schulferien, sei die Hütte natürlich frei für sie, schrieb er zurück.

Es war Freitag und sie hatte in einer halben Stunde ihre Sachen zusammen gepackt. Wenn alles gut ging, könnte sie gegen 22 Uhr auf der Hütte sein.

Nachdem sie die Autobahn verlassen hatte, genoss sie das schon helle frische Grün des Frühlings auf Wiesen und Bäumen. Sie fuhr langsam genug, um auch das vom Tauwasser noch wilde Flüsschen zu bewundern, das sich neben der Straße in seinem Kiesbett wand.

Und sie konnte sich ihren Gedanken hingeben auf der kleinen Bergstraße, auf der sie nur ab und an wie gewohnt einer der einheimischen jungen Männer in einem Irrsinns-Tempo überholte.

Den Traum von einem Hund hatte Esther, wie die meisten Kinder, schon von klein auf geträumt. Aber die von ihr geliebten Jagdhunde des Vaters waren eben nur für die Jagd, nicht im Haus denkbar. Bei ihrer absolut tierfeindlichen Mutter war Esthers Wunsch nach einem Hund noch nicht einmal einen ernsthaften Bitt-Versuch wert gewesen. Ein Tier wäre im klinisch sterilen Haushalt ihrer Eltern undenkbar gewesen. Nie hätte ein Hund bei ihren Eltern den feinen Teppich betreten dürfen.

So war es einer von Esthers Tagträumen, eine Katze oder einen Hund zu haben. Neidisch hatte sie immer auf ihre Freundin gesehen, die einen eigenen kleinen Hund besaß. In der Verantwortung ihrer Freundin lag es, ihn mindestens einmal täglich auszuführen und das tat sie mit ihren dreizehn Jahren absolut zuverlässig. Esther begleitete sie dabei nur zu gern, wenn auch die Eltern nichts davon wussten, dass diese Gänge bereits dafür genutzt wurden, die ersten heimlichen Zigaretten zu rauchen.

Plötzlich erinnerte sich Esther auch an den Hund aus ihrer Kindheit. Sie hatte einen kleinen Plüschhund gehabt, mit dem sie immer heimlich gesprochen hatte, obwohl ihre Mutter ihr dies bereits mehrfach verboten hatte. Es sei Irrsinn für eine Neunjährige, laut mit einem Stofftier zu sprechen. Den Hund hatte Esther nachts immer an ihre Bettkante gesetzt und ihn gebeten, auf sie aufzupassen. Einmal hatte ihre Mutter Esther dabei erwischt, dass sie wieder mit ihm gesprochen hatte und ihn in ihrer Jacke versteckt hatte.

Die Mutter hatte ihr den Hund weggenommen und ihn in den Müll geschmissen.

Als Erwachsene hatte Esther sich den Traum von einem Hund ebenfalls nicht erfüllen können. Esthers vereinnahmendes Berufsleben, das lange Arbeitszeiten und ab und an Reisen zu den verschiedensten Bauprojekten erforderte, ließ für Esthers Vorstellung eine Hundehaltung nicht zu.

»Aber eigentlich ist es wie mit allem - », dachte sie, sich selbst herausfordernd, »was man wirklich will, kann man tun.« Das wusste Esther mittlerweile nur zu genau. Man konnte über alle Grenzen gehen. »Ich kann alles machen, was ich wirklich will.«

Und jetzt wollte Esther einen Hund haben. In dem Moment wurden Esther selbst ihr Wunsch, seine Gründe und Konsequenzen erst richtig bewusst. Sie wollte ein Stück des heilen Lebens von Laurins Bauernhof mit in die Stadt hinüberretten. Esther stellte sich vor, dass sie sich bei Reisen für ihren Hund die beste Hundepension der Stadt leisten könnte. Sie könnte sogar beruflich einfach etwas kürzer treten. Fast euphorisch wurde sie bei diesen für sie selbst neuen Gedanken.

Esther wollte einen von Aikas kleinen Hunden haben.

Mittlerweile war es auf der Fahrt dunkler geworden, als sie den kleinen Ziehweg den Berg hinauf fuhr. Wie immer liebte sie diesen Teil der Strecke am meisten. Man war noch nicht ganz da, aber das Ziel war zum Greifen nah. Zeit, noch einmal tief durchzuatmen und zu wissen, dass sie den Besuch oben auf den Bergen noch vor sich hatte.

Der Schlüssel steckte. Drüben brannte noch Licht im Bauernhaus, aber sie wollte Laurin gar nicht unbedingt stören. Esther richtete sich in der Hütte ein, packte ihren Koffer aus und legte die hastig zuhause zusammen gesuchten Essensreste in den kleinen Kühlschrank.

Sie kochte sich Nudeln mit einer Pesto-Sauce aus dem Glas und ging früh schlafen.

Am nächsten Morgen passte sie Laurin ganz früh ab, als er zum Stall gehen wollte.

»Hallo.«

»Grüaß di. Schee, dass du wieder da bist.«

Sie konnte nicht anders als lächeln, wenn sie ihn ansah.

»Ich habe mich so auf die Kleinen von Aika gefreut.«

»Ja, dann komm.«

Ausnahmsweise durfte Aika drinnen im Flur des Bauernhauses liegen. Laurin hatte ihr eine Decke ausgebreitet und sie sah Esther an, winselte zur Begrüßung, stand jedoch nicht auf, denn zwei hellbraune und ein dunkelbraunes Knäuel waren dabei zu saugen. Esther streichelte zuerst die Mama, die sich mit einem Handabschlecken bedankte. Sie wirkte noch etwas müde von den Strapazen der Geburt, aber offensichtlich zufrieden. Dann wurden die drei Kleinen abgeleckt. Alle hatten die Augen noch geschlossen. Soweit man das bereits sehen konnte, schienen sie ein mittellanges Fell zu haben.

»Weißt du jetzt, wer der Vater ist?«, wandte Esther sich an Laurin, der hinter ihr im Flur stand.

»Siagt so aus, als war's der Hund vom Huber, des is' a Deutsch Langhaar. Der geht auch mit dem auf die Jagd. Ja, und manchmal is' der Hund halt dann fort.«

Esther wusste, dass die Hunde dieser Rasse große, kräftige Jagdhunde waren. Damit sollten die Welpen mindestens 50 bis 60cm Schulterhöhe bekommen. Ein großer, schöner Hund wie sie ihn immer schon hatte haben wollte. Ein Teil Hofhund, ein Teil Jagdhund, was für eine schöne Mischung.

»Hast du sie schon jemandem versprochen?«

»Naa, der Huber hat sich amol überlegt, ob er einen nimmt. Willst einen?«

Esther nickte. »Der dunkelbraune, ist das ein Rüde oder eine Hündin?«

»A Weiberl. Magst des?«

Damit war alles klar. Esther nickte und nahm den Winzling auf den Schoß.

»A paar Wochn musst aber scho no warten, bis sie fort derfa.«

»Wie lange?«

»Acht Wochen.«

Und damit verschwand er erst einmal in den Stall, während sie beinahe eine Stunde lang neben Aika und den dreien saß und sie beobachtete und streichelte.

Wieder einmal musste sie einen Namen finden. Diesmal sollte es etwas Würdevolles sein. Zuchthunde hatten Namen wie Marco von Welsenbach oder Amanda von Griebenstolz. Man musste ja nicht übertreiben, aber schön, ein wenig außergewöhnlich sollte der Name schon klingen, fand Esther.

Marla, Ronja, Momo oder Sita gingen ihr als Namen durch den Kopf. Marla fand sie dann schön und würdevoll. Ja, Marla war ein guter Name. Und sie fuhr dem Hündchen über den Rücken. Das kleine Hundemädchen kuschelte sich gegen die warme Hand, und Esther war sich selten so sicher, dass sie soeben eine richtige Entscheidung für ihr Leben getroffen hatte.

An den zwei Tagen dieses Wochenendes hielt sie sich fast die ganze Zeit im Flur des Bauern auf, um bei den Hunden zu sein. Aika schien es ihr zu danken, dass sie ab und an hinausgehen durfte, um ihre Bedürfnisse zu erledigen und ein wenig über die Felder zu streifen. Esther hatte den Eindruck, dass Aika die Kleinen gerne in ihrer Obhut wusste, wenn sie draußen war. Kam Aika herein, begrüßte sie erst Esther und ließ sich genüsslich streicheln, bevor sie sich wieder zu ihren Jungen legte. Esther fand, dass die Welpen bereits in diesen zwei Tagen Fortschritte in ihrer Entwicklung machten. Am Sonntag stand eines der Hellbraunen schon auf und machte einen wagemutigen Spaziergang fast einen Meter von der Mutter fort.

Esther hatte die beiden anderen für sich selbst Max und Moritz getauft.

Voller Wehmut verabschiedete sie sich am späten Nachmittag von Aika, den beiden anderen und vor allem von ihrer Marla - ihrem Stückchen heile Welt, das sie in acht Wochen erst abholen durfte.

Laurin war nicht da, als sie aufbrach.

*

In den acht Wochen Wartezeit verdrängte die Vorbereitung auf Marla alles andere. Esther dachte kaum noch an Christina.

Fast täglich fragte Esther per E-Mail bei Laurin nach, ob es allen, besonders aber Marla, gut ging. Laurin gab pflichtschuldig kurze Berichte, wenn auch nicht täglich.

Eigentlich wollte sie den kleinen Welpen noch einmal besuchen, aber zu viel Arbeit, die sie noch erledigen wollte, bevor der Hund zu ihr kam, hielt sie davon ab.

Dennoch bereitete sie sich gut auf ihr neues Leben mit Tier vor. Sie kaufte sich Hundebücher, vertiefte sich in die theoretische Lektüre, erstand einen silbernen Fress- und einen Trinknapf, kaufte eine hübsche, rote Leine, eine Hundedecke und ein Hundekörbchen und informierte sich über Hundefutter und spezielle Welpennahrung.

Täglich schob sie probeweise den Hundekorb einmal in die eine und einmal in die andere Ecke ihres gestylten Wohnzimmers. Neben dem Kamin könnte es zu heiß werden. Entweder der Hund war eher in der Nähe des Esstisches oder in der Nähe der Couch.

Am gemütlichsten schien ihr die Vorstellung, dass abends Marla neben ihr vor der Couch liegen würde, die warme Hundeschnauze auf ihren Füßen.

Andererseits aber überlegte sie sich, dass sie viel mehr Zeit allein während der Mahlzeiten am Esstisch verbrachte. Vielleicht lag da der Hund doch besser. Konnte man den Hundekorb vor das Fenster stellen, oder wurde das im Sommer zu heiß?

Esther probierte nahezu alle Ecken für das Hundelager aus.

Ob die Hundekrallen wohl ihr Eichenparkett ruinieren würden? Das musste sie nun hinnehmen, auch wenn es ihr schwer fiel.

Ins Schlafzimmer sollte der Hund allerdings nicht kommen, das nahm sie sich fest vor.

Auch eine wirklich hübsche Hundepension hatte Esther bereits besichtigt, falls sie irgendwann doch auch einmal einen Urlaub ohne Hund machen wollte oder falls sie beruflich auf Reisen gehen musste. Und sogar eine Hundeschule fand Esther, mit einer Trainerin, die ihr fast den Eindruck einer ‹Hundeflüsterin› machte. Schon beim einstündigen ersten Treffen erklärte die Hundetrainerin ihr, dass bei Hunden niemals Gewalt angewendet werden dürfe. Den Befehl ‹Sitz› etwa lehre man die Hunde dadurch, dass man ein Leckerli an der Hundeschnauze gerade nach oben führe, so dass der Hund sich automatisch hinsetze. Der Hund hört den Befehl, setzt sich hin, weil er das Leckerli erreichen möchte und wird prompt belohnt – und ganz schnell klappt das Kommando.

Esther gefiel die Vorstellung einer gewaltfreien Erziehung nur durch positive Unterstützung und sie freute sich auf diese Arbeit mit dem Hund, denn auch sie als unerfahrene Hundebesitzerin musste lernen, wie man mit einem Hund umgeht. Vor allem aber freute sie sich darauf, einen tierischen Lebensgefährten zu bekommen.

Alles war vorbereitet für das kleine Hundemädchen.

*

Nach acht Wochen fuhr Esther wieder zu Laurin hoch. Die Hundedecke lag hinten im Auto, auch die Futternäpfe hatte sie mitgenommen. Sogar der so geliebte Bergweg nach oben dauerte ihr diesmal fast zu lange, sie wollte einfach nur ankommen. Im Radio röhrte Marius Müller Westernhagen: »Es geht mir gut!« Esther stellte die Musik laut und sang mit.

Als sie auf den Hof kam, stand auf Laurins Terrasse eine Frau.

Ein Allerweltsgesicht, eine etwas unterdurchschnittliche Allerweltsfigur, Jeans, T-Shirt.

»Servus, grüaß di, du bist bestimmt die Frau, die den kleinen Hund möcht'.« Die Frau sprach mit einheimischem Dialekt.

»Ja. Hallo.« Esther brachte diese Worte bereits nur mühsam heraus.

»I bin die Sandra, dem Laurin sei' Freundin. I kümmer mi jetzt um die Touristen.« Das Wort »Touristen« traf Esther wie ein Messerschnitt. »Möchst di erst in der Hütt'n einrichten oder erst den Hund anschaun?«

Esther fand kaum ihre Stimme wieder. »Bitte, den Hund zuerst.«

»Kumm mit, die Kleinen san bei uns in der Stubn. Weißt, i hab alles a bissl umgeräumt da herin. Zeit is's worn, dass da amol a Weiberleit Ordnung macht.«

Die Frau sagte das sehr ernsthaft und Esther konnte sich sofort erinnern, dass Christina ihr damals voller Stolz etwas Ähnliches verkündet hatte.

Wie erstarrt tappte Esther hinter der Frau her ins Bauernhaus, das aufgeräumt war. Tatsächlich durfte Aika in der Wohnstube mit zwei Kleinen liegen, die mittlerweile wie halbwüchsige Hundekinder aussahen.

»Einer is scho fort, den hat auch a Touristenfamilie mit heim genommen«, erklärte die Frau, wieder Esther treffend, ohne jegliche Absicht.

Esther sah sofort ihre Marla, setzte sich auf den Fußboden, streichelte zuerst Aika und nahm dann die kleine Marla auf den Schoß. Und dann flossen ihre Tränen lautlos auf den Hund herunter.

»Nett san's scho, gell«, sagte die neue Bäuerin etwas ratlos über diesen Gefühlsausbruch, den sie auf den kleinen Hund bezog.

Aika schleckte Esther aufmunternd die Hand ab, was bei Esther endgültig alle Schranken fallen ließ.

Esther ließ die schwarzen Schatten, die sie gut kannte, ohne Gegenwehr gewähren, als sie sich über sie legten.

Sie konnte sich nicht erinnern, schon einmal so geweint zu haben. Zwischen den Schluchzern gab sie sogar lautes Stöhnen von sich. Es war ihr jetzt nicht einmal mehr peinlich.

Die Frau setzte sich an den Tisch und sah Esther etwas hilflos zu.

»Magst das Hunderl vielleicht in dei' Hüttn mit nehma?«

Esther war klar, dass die Einheimische die seltsame Frau am liebsten gleich loswerden wollte. Sie nickte, packte Marla und lief los. Und dann setzte sie sich mit dem Hund auf dem Schoß einfach in ihr Auto und fuhr los, in irgendeine Richtung, von Dorf zu Dorf, eine Stunde, zwei Stunden. Der kleine Hund kletterte zuerst auf dem Nebensitz herum, dann schlief er ein. Als er aufwachte, fiepste er. Es war Esther gar nicht klar, warum, bis sie die Lache auf dem Nebensitz sah. Unwichtig, sie fuhr weiter, im Dunkeln. Irgendwann stand sie vor einer riesigen Kirche auf einem Kirchplatz. Sie nahm den kleinen Hund, der für sie plötzlich namenlos geworden war, band ihm das schöne, rote Halsband um und steckte 100 Euro hinein – dafür sollte sich schon jemand des kleinen Hundes annehmen - und legte ihn vorsichtig in der Kirche ab.

Direkt von dort aus fuhr Esther den langen Weg nach Stettingen. Sie übernachtete in einem Hotel, zog sich am nächsten Morgen sehr ordentlich mit weißer Bluse und dem besten Rock, den sie dabei hatte, an und ging zur Polizeidienststelle.

In dem Polizeigebäude, einem hässlichen Bau in Gelb, erstattete Esther die Vermisstenanzeige.

Die seltsame Situation mit der Frau, die so kühl und sachlich wirkte und dennoch so wirre Dinge von sich gab, war dem Polizisten noch lange in Erinnerung geblieben, aber er hatte den seltsamen Hilferuf Esthers nicht richtig verstanden.

*

Merkner verabschiedete sich von seiner Patientin und war sich diesmal ganz sicher, dass er sie nie mehr wieder sehen werde.

Er hatte alle Grenzen überschritten, sie dazu gebracht, über sexuelle Vorlieben und Gefühle zu sprechen, ohne dass sie dazu bereit gewesen war. Zuhause würde ihr das klar werden. Dann würde er vom Engel zum Teufel verfallen. Nie wieder würde sie mit ihm sprechen. Da war er sich eigentlich ganz sicher.

Sein schlechtes Gewissen hielt sich in Grenzen. Eigentlich hatte er alles, was er brauchte.

Schluss und Abrundung seines grandiosen Aufsatzes sollte das Thema Fremdverletzung und suizidale Selbstverletzung sein. Hier wusste er doch bereits genug über sie durch Dr. Maderthaler.

Ganz kurz lehnte er sich zurück. Ob es bei ihr zum Äußersten kommen werde? Falls ja, dann war der Grundstein dafür gelegt. Falls ja, wäre er höchstens der Auslöser, nicht der Grund. Suizide waren nicht zwangsläufig bei Borderlinern, aber auch nicht selten.

Eigentlich erschien sie ihm relativ stabil. Nein, er schüttelte den Kopf, das war eine Schutzbehauptung gegenüber sich selbst. Betrachtete man das Prototypische in ihr, war es nahezu zwangsläufig. Konnte er etwas dagegen tun? Er wusste es nicht.

Psychiater können nicht alle Patienten retten. Ein alter Leitsatz. Und sie war nicht einmal seine Patientin. Eine Verantwortung, ja, die hatte er, er sollte sie noch einmal anrufen, in ein paar Wochen vielleicht.

Er schrieb:

> *Das selbstverletzende Verhalten ist nahezu zwangsläufig bei Borderlinern, um sich selbst zu spüren, besonders in Momenten, in denen sie Angst haben, sich vollständig zu verlieren, um Spannungen abzubauen, um Aufmerksamkeit zu erlangen und auch als eine Form der Selbstbestrafung.*
>
> *Dabei kann man zwischen bewussten und unbewussten Selbstverletzungen unterschieden. Häufiger treten bewusste Selbstverletzungen wie das bekannte Ritzen, auch Quetschen oder*

Brennen, auf. Bei gebildeten und stark sozialisierten Menschen, die sich Selbstverletzungen eigentlich untersagen, treten oft eher unbewusste Selbstverletzungen auf.

A. gelang es, kleinere Verletzungen immer wieder größer zu machen. An einem Stich drückte und quetschte sie, wahrscheinlich ohne dies überhaupt wahrzunehmen, so lange, bis eine massive Entzündung mit Hämatomen entstand, die stationär behandelt werden musste. Typisch für unbewusste Selbstverletzungen sind auch vermehrte Stürze von Treppen, beim Fahrradfahren etc.

Bei A. fällt besonders ihr Hochrisikoverhalten auf bei Extrem-Klettern, Tandemsprüngen etc., mit dem es ihr punktuell gelingt, ihre Angst- und Ohnmachtsgefühle zu bekämpfen. Die suizidalen Tendenzen sind hier für die Umwelt versteckt, wenn sie auch für den Psychiater offensichtlich sind.

*

Als Esther zu sich nach Hause nach München gefahren war, fasste sie einen Vorsatz: Sie wollte sich nun in ihrem eigenen Leben zurechtfinden.

Und sie beschloss, nie mehr zur Hütte zu fahren.

Ganz professionell machte sie ein brainstorming, nutzte Moderationskarten und versuchte, sich über ihre eigenen Wünsche und darüber, was sie daran hinderte, diese zu realisieren, klar zu werden. Zuerst einmal wurde ihr deutlich, dass sie kein wirkliches Hobby hatte, sich nur selten, und wenn, dann extrem, sportlich betätigte und auch viel zu wenig an der frischen Luft war.

Dann fiel ihr etwas ein. Vor mehr als zwanzig Jahren war sie mit großer Begeisterung geritten. Das würde sie wirklich gerne wieder tun. Es war auch nicht das erste Mal, dass sie mit diesem Gedanken gespielt hatte. Was sie daran hinderte, waren vorgeschobene Gründe: Der nächste Reitstall schien zu weit weg, die Zeit zu knapp, die Sportlichkeit zu sehr ‹in die Jahre gekommen›.

Voller Tatendrang beschloss Esther, dass sie nichts daran hinderte. Im Internet fand sie drei Reitställe in erreichbarer Nähe und fuhr sie alle drei ab. Der erste war ein Ponyhof mit ein paar Haflingern, der zweite eher ein Bauernhof mit etwas besseren Ackergäulen und der dritte ein großer, professioneller Reiterhof mit drei Ställen, zwei Hallen, mehreren Reitplätzen draußen und großen Weiden außen herum. Die Schulpferde machten einen guten Eindruck und die freundliche, junge Reitlehrerin ermunterte sie, dass sie derzeit mehrere Wiedereinsteiger ins Reiten habe und dass solch ein Versuch durchaus Aussicht auf Erfolg habe. Esther vereinbarte mit etwas Herzklopfen eine Reitstunde am Abend des folgenden Tages.

Am nächsten Morgen nutzte Esther die Mittagspause, um sich in einem kleinen Reitgeschäft die wichtigsten Utensilien zu besorgen: Hose, Stiefel, Gerte, Helm.

Ihr ging dabei durch den Kopf, dass ihre Mutter immer wieder betont hatte, es sei das Wichtigste, zu jeder Gelegenheit passend angezogen zu sein.

Sie schüttelte die Erinnerung ab.

Am Abend kam sie pünktlich genug, um das Pferd, das für sie vorgesehen war, zu putzen und zu satteln. Die Handgriffe saßen noch, auch wenn sie durchaus Respekt vor dem ihr riesig erscheinenden Pferd hatte. ‹Balu› jedoch ließ sie gutmütig gewähren.

Die Reitlehrerin Clarissa, eine junge, große und hübsche Frau mit dunkel glänzenden Rehaugen, half ihr bei den letzten Handgriffen und legte Bandagen um die schmalen Fesseln des Tieres. Esther war stolz, dass der große Balu ihr sogar bereitwillig die Füße zum Hufauskratzen gab. Für den Anfang sollte Esther eine Einzelstunde bekommen, damit Clarissa sich ein Bild von Esthers Fähigkeiten machen konnte. Clarissa ließ Esther das Pferd hinüber in die Reithalle führen. Als Balu aus dem Stall heraustrat, reckte er neugierig seine Nase in die frische Luft und Esther genoss die Lebendigkeit des Pferdes.

In der Halle angekommen, fragte sich Esther, wie sie es schaffen sollte, auf den Rücken des großen Pferdes zu kommen. Clarissa grinste nur: »Versuch es!«

Esther schnallte den Steigbügel in das letzte Loch und hatte dennoch Schwierigkeiten, ihren Fuß so hoch zu bekommen, dass er in den Steigbügel kam. Sie versuchte sich hochzuziehen, Balu lief einen Schritt vorwärts, was sie plötzlich in der Luft hängen ließ, aber sie zog sich hinauf. Nicht elegant, aber sie war stolz, oben zu sein.

Na also, dachte Esther.

Die ersten Schritte konnte sie einfach genießen. Sie hatte fast vergessen, wie schön es war, von einem Pferd getragen zu werden. Aber Clarissa forderte sie bald auf, die Zügel aufzunehmen und den großen Balu zu einem ihm entsprechenden schnellen Tempo anzutreiben. Esther hatte auch vergessen, wie anstrengend Reiten tatsächlich war. Jeder Schritt des Pferdes musste von ihren Schenkeln unterstützt werden. Schon jetzt wurde ihr warm.

Sie sollte antraben. Auch das funktionierte. Selbst wenn Balu nicht wirklich in die Ecken hineingehen wollte, so bewegte er sich doch in einem fleißigen Trab. Esther war glücklich. Sie schwitzte und hielt an, um ihre Jacke auszuziehen. Clarissa nahm ihr, wie eine Freundin es getan hätte, die Jacke ab.

»Na, traust du dir ein wenig Galoppieren zu?«

Esther nickte, wenn auch etwas ängstlich, und galoppierte an. Balu hatte einen mächtigen Galoppschritt und Esther verlor fast den Steigbügel. War Galoppieren schon immer so schnell gewesen? Sie war fast ein wenig erleichtert, als Clarissa sie nach wenigen Minuten wieder traben ließ.

»Du darfst bei den normalen Reitstunden mit reiten«, erklärte Clarissa. Esther erschien dies wie ein Adelsprädikat.

Sie war nach dieser ersten Reitstunde stolz auf sich und so erfüllt wie lange schon nicht mehr. Sie führte Balu zurück, sattelte ihn ab und rieb ihr Gesicht an seinem mächtigen Hals. Er roch herrlich nach Pferd.

Sofort trug sie sich für die Montagabend-Reitstunde ein.

Zuhause nahm sie ein langes, warmes Bad, das dennoch nur ungenügend dem kommenden fürchterlichen Muskelkater in den nächsten Tagen vorbeugen konnte.

Der Pferdegeruch haftete selbst nach einem Bad noch an ihren Händen. Eigentlich mochte sie ihn ja, aber sie schrubbte dann doch mit einer Handbürste und Seife, bis auch ihre Hände sauber waren.

*

Esther konnte Handwerker nicht ausstehen. Sie drangen in ihre Privatsphäre ein, kamen zu spät oder gar nicht zum verabredeten Termin, waren laut und polternd in einer ungehobelten Selbstüberzeugtheit und tranken Esthers Kaffee, den sie in ihrer Höflichkeit immer anbot.

Dennoch, ihre große Penthouse-Wohnung und ihr Hang zum Perfektionismus forderten die Anwesenheit von mehr Handwerkern, als sie eigentlich verkraften konnte.

Der Handwerker, der diesmal gekommen war, schien wenigstens originell. Vor der Tür rauchte er eine dünne Zigarre, was sofort Esthers Aufmerksamkeit hervorrief, denn ein Handwerker, der am Morgen bereits eine Zigarre rauchte, war ihr bisher noch nicht untergekommen. Sie beobachtete ihn durch die Kamera und bat ihn, den Aufzug zu betreten. Mit einem Knopfdruck holte sie dann den Aufzug herauf, der sich direkt in den großzügigen Flur ihres Penthouses öffnete. Die Zigarre hatte der junge Mann zumindest ohne Aufforderung bereits draußen gelöscht.

Mit unverhohlener Neugier betrat er ihre elegante Wohnung und besichtigte die großen südseitigen Fensterfronten mit den leider wieder einmal klemmenden Sonnenrollos.

Den Kaffee trank er an ihrem Tisch. Die silberne Obstschale, die auf dem Tisch stand, war ausnahmsweise leer, er blickte darauf und drehte sie um, um den Aufdruck zu lesen. Offen grinste er sie an: »Ich hab's mir schon gedacht: Da haben Sie ja wirklich die gleiche Schale wie ich, von Ikea, hier sieht sie viel edler aus.«

Sie lachte ihn kopfschüttelnd an: »Das können Sie unmöglich machen, meine Schalen hier einfach umzudrehen, um den Aufdruck zu lesen.« Ein solch unbekümmertes Benehmen erschien ihr gleichzeitig wirklich unmöglich, aber auch bewundernswert leicht. Solche Menschen machten sich wohl nie Gedanken darum, wie sie auf ihre Außenwelt wirkten.

Er zuckte grinsend mit den Schultern.

Immerhin gelang es ihm nach einer Stunde, die Rollos zu reparieren. Sein zweiter Konversationsversuch amüsierte sie noch mehr. Auf dem Weg zur Tür lief er an ihren großen, silbern gerahmten Horst Janssen-Portraits vorbei, blieb bei dem Männerportrait mit Brille und Hängebacken stehen und meinte: »Sieht aus wie Mooshammer.«

Sie lachte laut und herzlich auf. »Nein, Balzac.« Sein nonchalantes Schulternzucken zeigte ihr, dass er diesen Namen noch nie gehört hatte. Aber auch dies schien ihn keineswegs zu stören.

Esther ließ ihn in den Aufzug hinein und prustete vor Lachen so laut los, dass sie sich auf den Boden fallen ließ und lachte, bis ihr die Tränen kamen. So befreit gelacht hatte sie seit ihrem letzten Besuch bei Christina nicht mehr.

*

Der Montagabend wurde zum ersehnten Fixpunkt ihrer Woche. Jede Woche hatte Esther den Eindruck, ein wenig mehr das alte Reiter-Können wieder hervorzuholen. Als ihr in der vierten Stunde mit ihrem Pferd eine Vorhandwendung gelang, empfand sie sich selbst bereits beinahe wieder als eine gute Reiterin.

Als Esther wie immer vor Beginn ihrer Reitstunde frühzeitig zum Putzen und Satteln des Pferdes da war, stellte sie fest, dass sie diesmal ihr Pferd nicht fertig machen musste, da es bereits in der Stunde davor lief. So ging sie zur Reithalle und sah den Reitern zu.

Auf der Besuchertribüne stand eine Mutter mit zwei Kindern, einem kleinen, etwa dreijährigen Mädchen und einem fünfjährigen Jungen. Beide hatten die süßen, braunen Knopfaugen von ihrer auffallend dunkeläugigen Mutter geerbt, wie Esther feststellte. Während die Kleine wild und übermütig umher wuselte, betrachtete der größere Junge aufmerksam durch seine Brillengläser die Reiter in der Halle. Die Mutter rief die Kleine mit liebevollen, aber mahnenden Worten zur Ruhe, wandte sich dann dem konzentrierten Jungen zu und erklärte ihm offenbar, wie gut seine große

Schwester in der Halle ritt. Das etwa zwölfjährige Mädchen plagte sich auf dem Rücken eines faulen Pferdes ab, das Esther bereits oft genug gegen den Willen der Reiter nur Schritt trottend gesehen hatte.

»Warum geht ‹Coffee› nicht?«, fragte der kleine Junge seine Mutter mit großen Augen.

»Weißt du, die Schulpferde müssen jeden Tag jemanden anderes auf sich reiten lassen. Das wäre so, als ob du jeden Tag versuchst, im Kindergarten mit einem neuen Kind Freundschaft zu schließen, und am nächsten Tag ist es nicht mehr da.«

Der Junge blickte lange auf seine Schwester und das graue Pferd.

»Dann würde ich irgendwann gar nicht mehr versuchen, mich mit jemandem zu befreunden«, flüsterte er.

Seine Mutter hatte diese Worte nicht mehr gehört, weil sie versuchte, die kleine Tochter davon abzuhalten, auf die Balustrade zu klettern.

Esther schnürte es den Hals zu.

Diesem Jungen wird es so nicht gehen. Er war eingebettet in eine große, sichere und warme Familie. Aber ihr, ihr ging langsam die Kraft für neue Freundschaften aus.

Der 12-jährigen Tochter, einer guten Reiterin, gelang es endlich, auch ‹Coffee› in einen zähen Galopp zu zwingen.

Als es Zeit für Esthers Stunde war, betrat sie die Halle, obwohl sie sich leicht schwankend fühlte. Den kleinen ‹Napoleon› sollte sie zum ersten Mal reiten, ein großes Pony. Clarissa ermahnte sie, mit dem gerne gegen andere Pferde kämpfenden Napoleon nicht zu nahe an die anderen heranzukommen. Esther passte darauf auf. Es wurde ihre beste bisherige Reitstunde von den immerhin elf Stunden, die sie mittlerweile gehabt hatte. Napoleon lief gut und Esther achtete darauf, immer Abstand zu allen anderen zu halten. Zirkel, Volten, Rückwärtsrichten. Esther war vollauf mit sich und Napoleon zufrieden.

Was dann geschehen war, ließ Esther sich später von den Mitreitern berichten. Offenbar stolperte ein Pferd hinter ihr und berührte dadurch Napoleons Flanke, was dieser nicht ertragen konnte und durch die ganze Halle los galoppierte. Esther war erschrocken, nahm die Zügel auf und versuchte ihn mit Gewalt zu halten, aber Napoleon dankte den ungeschickten, heftigen Ruck im Maul dadurch, dass er mit beiden Hinterbeinen gleichzeitig in die Luft stieß. Ein solches Bocken konnte Esther nicht mehr aussitzen. Sie flog in hohem Bogen mit dem Kopf zuerst auf den Boden, überschlug sich einmal, landete hart auf dem Rücken und blieb so liegen. Die Zeit schien still zu stehen.

Clarissa beugte sich über sie: »Bleib ganz ruhig liegen. Ist alles o.k.?« Esther konnte nicht antworten.

»Ich kenne das. Dir bleibt die Luft weg, weil du auf den Rücken gefallen bist. Bleib liegen. Es wird gleich besser.«

Esther konnte nichts sagen.

Sie sah Clarissas braune Augen über sich gebeugt. Es waren die braunen Augen, die sie gerne zur Freundin gehabt hätte; es waren die braunen Augen, die sie gerne in ihren Kindern gesehen hätte. Sie konnte sich nicht bewegen, obwohl sie das Gefühl hatte, sie müsse jetzt unbedingt aufstehen.

Es waren wahrscheinlich nur Sekunden, höchstens Minuten, die sie regungslos im Sand der Halle lag. Ihr, die immer die Kontrolle behalten wollte, erschien es unendlich lange. Als sie sich endlich aufrappelte, konnte sie wenigstens sagen: »Mein Kopf, es ist mein Kopf.«

»Sollen wir einen Krankenwagen rufen?«

»Nein, auf keinen Fall.«

»Wäre es nicht doch besser?«

»Nein, absolut nicht.«

»Aber heimfahren lassen wir dich nicht.«

Eine der anderen Reitlehrerinnen erbot sich, sie nach Hause zu fahren. Esther hatte Schwierigkeiten, sich zu orientieren und ihr den Weg nach Hause zu beschreiben.

»Es ist doch jemand zuhause, oder?«

»Mein Mann kommt jede Minute.« Die Lüge ging ihr leicht über die Lippen.

Als sie endlich mit dem Fahrstuhl oben in ihrer Wohnung ankam, war ihr längst klar, dass sie sich eine Gehirnerschütterung zugezogen hatte. Deswegen zwang sie sich noch zu duschen, nahm sich eine Mineralwasserflasche und legte sich dann erst ins Bett, denn sie war sich völlig bewusst, dass sie danach kaum noch aufstehen werden könne. Zweimal erbrach sie sich in die Toilette, schleppte sich zurück zum Bett. Irgendwann kam der nächste Morgen und es gelang ihr, im Büro anzurufen und sich krank zu melden – zum ersten Mal seit Jahren. Drei Tage lang verließ sie kaum das Bett, nur für das Allernötigste. Am dritten Tag aß sie einen Toast mit Marmelade. Danach ging es wieder aufwärts. Sie nahm sich noch die ganze Woche frei. Das hatte sie seit Jahren nicht für eine Krankheit gemacht.

Viel Zeit, die sie im halbverdunkelten Zimmer verbrachte.

Viel Zeit zum Nachdenken.

Und immer wieder kreisten ihre Gedanken um ihr Scheitern. Je stärker sie versuchte, sich das richtige Leben aufzubauen, desto härter fiel sie auf den Kopf. Immer, wenn sie etwas von den Glücksgefühlen zu erhaschen bekam, die für andere Menschen selbstverständliche Teile ihres Lebens waren, dann scheiterte sie an sich selbst. Sie stand sich immer selbst im Weg. Sie war nicht gut genug für diese Welt.

In dieser Woche ließ sie den dunklen Schleier, der immer über ihr schwebte, sie ganz und gar umhüllen.

Als sie sich am nächsten Montag wieder mühsam in die Arbeit schleppte, spürte sie, wie tief die Dunkelheit sie nun in ihrem Bann hielt.

»Durchhalten!« rief sie sich die Lieblingsforderung ihres Vaters immer wieder ins Gedächtnis und versuchte sich einzureden, dass

Arbeit und Alltäglichkeit die Dunkelheit wieder etwas verscheuchen werden. »Durchhalten!«, aber es fiel ihr immer schwerer.

*

Es war einer der Abende, an denen Esther relativ früh nach Hause kam. Im Fernsehen lief nichts auch nur annähernd Sehenswertes, und zum Lesen hatte sie heute einfach keine Kraft mehr. Sie setzte sich an ihren Computer und googelte erst mal nach dem Problem, das sie mit ihren Fenstern hatte. Auf ihren neuen Aluminiumfenstern bildete sich, wenn es kalt war, Kondenswasser. Unfassbar, sie lebte wie in einer Altbauwohnung mit Wasserperlen auf dem Fenster. Ihre Wohnung war so perfekt gestaltet, aber gegen solche baulichen Ungenügsamkeiten konnte sie nichts tun.

Im Internet fand sie tatsächlich Leidensgenossen in Deutschland und Dänemark mit den gleichen Problemen. Die Firma behauptete, Schwitzwasser könne nur mit ungenügendem Lüften einhergehen. Unerhörter Vorwurf für sie, die mindestens zweimal täglich lüftete. Ein Betroffener sammelte nun weitere Leidtragende für einen Erfahrungsaustausch, um mit der gleichen Strategie zu klagen. Ob sie sich da anschließen sollte? Wahrscheinlich war es der einzige Weg, aber es widerstrebte ihr sehr. Sie wollte es sich überlegen.

Dann tippten ihre Hände wie von selbst den Namen »Christina Schildmann« ein und sie erzielte mehrere hundert Ergebnisse, aber offensichtlich galten sie nicht ihrer Christina Schildmann.

Sie tippte ‹Christina Schildmann› und ‹Bauer› – nichts Relevantes für Esther. Esther überlegte sich, dass Christina auf den Single-Seiten des Internets, über die sie Laurin kennen gelernt hatte, wahrscheinlich unter einem Pseudonym geschrieben hatte.

Als sie aber ‹Christina Schildmann› und ‹Bienen› googelte, hatte Esther ganz zuoberst einen Treffer.

Esther zögerte. Sie wollte doch damit aufhören. Aber sie konnte nicht anders, sie klickte hinein.

Es war ein Artikel über die Vermehrung von Bienen. Diskutiert wurde die Frage, wann sich ein Bienenvolk teile. Zum einen bei einer Platzbeschränkung, die den sich vermehrenden Bienen nicht mehr genug Raum biete. Zum anderen liege der Grund in der Anzahl der Bienen. Wenn zu viele Bienen im Volk sind, kann die Königin nur in zu geringem Anteil ihre Pheromone verteilen. Die Vermehrung und Teilung des Volkes kann der Imker durch Kunstschwärme und Ableger bilden.

Esther las interessiert weiter bis zum entscheidenden Satz: »Während ich die aufwändige, aber sichere Vermehrung durch Ableger bevorzuge, ist meine derzeitige Praktikantin, Christina Schildmann, eine Befürworterin des ‹Freiluft-Kunstschwarms›. Dafür braucht man Geschicklichkeit und Ruhe, die Christina aufbringt.«

Dann wurden die Vor- und Nachteile der jeweiligen Vermehrungsweise diskutiert.

Esther sog die Informationen über die Bienen auf wie ein Lebenselixier.

Am darauf folgenden Wochenende vereinbarte Esther einen Termin bei diesem Imker in Norddeutschland. Für die lange Strecke nahm sie den Zug.

Die Imkerei war am Rande eines Dorfes im Umfeld von Hamburg gelegen. Es war ein Familienbetrieb, der seit vier Generationen eine Bienenhaltung mit 25 Bienenvölkern unterhielt. Bereits im Internet hatte die Imkerei darauf verwiesen, dass man naturnahes Imkern mit Vermehrung durch Schwärmen bevorzuge, so wie es die Bienen seit Millionen von Jahren tun. Künstliche Königinnenzucht oder gentechnisch manipulierte Bienen wurden in der Selbstdarstellung der Imkerei abgelehnt.

Esther hatte vorgegeben, sich für Imkerei zu interessieren und durch Christina auf diesen Betrieb aufmerksam geworden zu sein. Der Imker, Hans Petersen, war ein großer, schlanker, etwa 50-jähriger Mann, der nach Esthers Einführung sie gar nicht erst nach den

Bienen fragen ließ, sondern sich zuerst nach Christina erkundigte. Esther erzählte, dass sie Christina im Frühjahr letzten Jahres in den Bergen als frisch verheiratete Frau eines Bauern kennen gelernt hatte.

»Ach wie schön, das freut mich für Christina; das ist genau das Richtige für sie«, tönte Petersen aus vollem Herzen. »Ich habe nie verstanden, warum sie mir nie geschrieben hat.«

»Leider ist sie bald darauf verschwunden. Jedenfalls wissen weder ihr Ehemann noch ihre Familie etwas von ihr.«

Petersen war jetzt sichtlich erschüttert. »Jetzt kommen Sie erst mal rein und wir trinken eine Tasse Tee«, bestimmte er.

Das Haus war in den 50er Jahren erbaut worden. Im großen Wohnzimmer erklärte Petersen seiner etwas kräftigen, dunkelhaarigen Ehefrau, dass hier eine Frau sei, die Christina kenne. »Ach«, sagte Frau Petersen mit für Esther schwer deutbarem Unterton und drückte Esther die Hand.

Auf dem Tisch waren mehrere selbst gegossene Kerzen aus Bienenwachs platziert. Der Tee stand bereits in einer Glaskanne auf einem gläsernen Réchaud mit einem Teelicht. Frau Petersen schüttete noch schnell ein paar selbstgebackene Honig-Kekse in eine Schüssel und schon saßen sie mit ihren Tassen in der Hand um den runden Tisch, unter dem ein riesiger, zotteliger Hirtenhund lag. An den Wänden hingen Familienbilder. Mindestens zwei Söhne und eine Tochter, stellte Esther fest.

»Christina ist damals auch als Besucherin zu unserer Imkerei gekommen. Am Ende des Besuches hat sie mich gefragt, ob man eine Ausbildung zum Imker machen kann. Ich habe ihr erklärt, dass eigentlich ein paar Lehrgänge und etwas Erfahrung genügen. Ganz spontan hat sie mir eröffnet, dass sie drei Wochen Urlaub hier verbringen könne und gefragt, ob sie in dieser Zeit die Imkerei bei mir lernen dürfe. - Ich war da zuerst etwas skeptisch.« Petersen grinste freundlich bei der Erinnerung.

»Rote und lila Haare hat sie da gehabt«, warf Frau Petersen erklärend ein, »- aber nach zwei Wochen bei uns war die Farbe raus und dann sah sie ganz nett aus.«

»Ja, sie war wirklich nicht der typische Imker, aber sie war mit ungeheurer Begeisterung dabei«, fügte Petersen hinzu, »Früh um sieben Uhr war sie hier und erst spät am Abend ist sie gegangen. Sie hat in der Jugendherberge im Dorf gewohnt. In dieser Zeit war sie fast wie ein Familienmitglied von uns, sie hat ja auch mit uns gegessen.« Petersen zwinkerte seiner Frau zu: »Unser Sohn mochte sie auch ganz gerne.«

Frau Petersen schnaubte, und es war nicht zu verkennen, dass sie das trotz einer gewissen Sympathie zu Christina nicht gern gesehen hatte.

»Sie hat wirklich viel geholfen, und die Zeit, die ich damit verbrachte, ihr das Imkern beizubringen, hat sie durch ihre Hilfe bei Weitem wieder gut gemacht.«

Eine Stille trat ein. Jeder hing seinen Gedanken über die junge Frau nach. Esther ließ bewusst die Stille wirken und sagte nichts.

»Sie hat uns schon berührt, die Christina«, erklärte Frau Petersen nachdenklich, »wissen Sie, sie war so fleißig und so übermäßig begeistert von der Imkerei und den Bienen, aber mir als Mutter erschien es so, als ob sie immer nur versuchte, sich in etwas hineinzuflüchten.« Wieder eine Pause.

»Wissen Sie von ihrer Familiengeschichte?« Frau Petersen sah mit sorgenvollem Gesicht auf.

Esther nickte.

»Na ja, wenn einem der Vater so etwas angetan hat, dann kann man wahrscheinlich kein Mensch sein, der ganz bei sich ist. Und solche Menschen suchen oft die Nähe der Tiere.«

Esther gab keinen Kommentar dazu, auch wenn sie sich fragte, ob Frau Petersen auf die von Christina erzählte Version des Adoptivvaters oder die des echten Vaters anspielte.

Frau Petersen sah Esther fragend an: »Ja, und Sie können sich auch nicht vorstellen, wo Christina ist?«

Esther schluckte, um ihre aufkommenden Tränen zu besiegen. In dieser heimeligen Atmosphäre traf die direkte Frage Esther tief. Sie sagte nichts, aber Frau Petersen merkte, dass sie mit der

Beherrschung kämpfte und beantwortete sich ihre Frage selbst. »Vielleicht ist sie ja wieder auf Reisen in andere Länder gegangen. - Das war ihre andere große Sehnsucht, neben den Tieren.«

Esther nickte.

Sie tranken ihren Tee aus und Herr Petersen zeigte Esther draußen die Bienenstöcke und sein Korbbienenvolk. Er erklärte ihr die Grundzüge der Imkerei: »Das Bienenvolk, das auch ‹der Bien› genannt wird, weil es als eigener Superorganismus betrachtet wird, besteht aus einer Königin, der Mutter, aus 8.000 – 80.0000 Töchtern, unterentwickelten Weibchen als Arbeiterinnen, und aus 500 bis 2000 Drohnen, den Söhnen, voll entwickelten Männchen.« Herr Petersens Stimme war klar, eindrucksvoll und bedeutsam.

Auch den weitläufigen Garten mit einer ungeheuren Blütenpracht zeigte Petersen Esther und betonte dabei: »Ein naturnaher Garten mit Insektennahrungspflanzen, Blumen, Sträuchern und Stauden ist natürlich ganz wichtig für die Bienen und für einen guten Honig.«

Petersen erklärte ihr auch, wie man den Bienen das Gelee Royale, den Futtersaft zur Aufzucht der Königin, abnimmt. »Eine Kur mit zwei Teelöffeln Honig mit Gelee Royale soll eine Stärkung der Abwehrkräfte bewirken, auch eine Leistungssteigerung ist möglich. Viele Sportler nehmen es. Manche glauben auch, es steigere die Potenz.« Petersen ließ es mit einem Lachen offen, ob er selbst davon ganz überzeugt war.

Beim Abschied kaufte Esther den Petersens einige Kerzen und solch eine große Menge der verschiedenen Honigsorten ab, dass sie sie kaum in ihrem Singleleben aufessen konnte.

Esther konnte gut nachvollziehen, dass Christina an diesem Mann und an dieser warmherzigen Familie gehangen hatte. Jetzt verstand sie erst wirklich, was sie bei ihrem Gespräch über die Bienen bereits gespürt hatte, dass Christinas ‹Bienenvater› für sie besonders wichtig gewesen war.

Christina hatte so sehr nach einem solchen Platz im Leben gesucht, nach einer solchen Familie.

Auf der Heimfahrt im Zug verschenkte Esther den Honig, bis auf zwei Gläser, an eine russische Familie, die ihr zufällig gegenüber saß und die sich offensichtlich freute. Die Kerzen behielt sie.

*

Zwei Wochen später schrieb sich Esther erneut für eine Reitstunde ein. Sie bekam wieder den großen, gutmütigen Balu. Doch bereits als sie seine Box betrat, spürte sie, dass die vorbehaltlose Freude fort war. Obwohl sie es sich ungern eingestand, war eine schleichende Angst vor dem großen Tier da. Es war ihr sehr bewusst geworden, dass diese gutmütigen, etwas dummen Tiere mit ihrem Fluchtreflex nie restlos beherrschbar durch den Menschen waren. Esther zwang ihre Angst nieder, striegelte ihn mit gewollt kräftigen Strichen, sattelte und zäumte ihn.

Spätestens beim Aufsitzen fragte sie sich, warum sie sich das antat. Das Glücksgefühl wollte sich nicht einstellen. Stattdessen empfand sie eine Furcht vor dem Tier. Und Pferde spüren jede Unsicherheit sofort. Selbst der gutmütige Balu zeigte sich widerborstig und bockig. Esther kämpfte gegen ihn und sich. Das Angaloppieren gelang ihr nur unter Aufbringen aller Kraft, um ihre eigene Angst zu überwinden.

Sie biss sich die Lippe blutig und spürte den Eisengeschmack des Blutes auf ihrer Zunge.

Und dann galoppierte Balu, raumgreifend, schnell und rhythmisch. Aber kein Glücksgefühl stellte sich ein, nur die Angst, wann das Pferd wieder unter ihr ausbrechen werde. Mit letzter Kraft brachte sie die Reitstunde zu Ende.

Sie kam nie wieder zum Reiten.

*

Es war wie eine Sucht.

Esther hatte sich doch vorgenommen, nicht mehr zur Hütte zu fahren.

Aber eines Nachts, nach einigen Gläsern Rotwein, tippten ihre Hände wie von selbst eine Mail mit der Anfrage nach einem verlängerten Wochenende im Herbst in der Hütte. Als Erklärung, warum sie so lange nicht mehr da gewesen sei, schrieben ihre Hände, das Hunderl sei von einem Auto angefahren worden und sie habe es einschläfern lassen müssen. Es habe ihr beinahe das Herz gebrochen.

Laurin hatte die Hütte frei. Es kam eine E-Mail-Bestätigung, die mit knappen Worten nur ein Okay für die Daten gab. Daran wurde ihr wieder einmal klar, dass sie für Laurin nur eine von seinen Stammgästen war, die immer wieder kamen.

Sie fuhr hoch.

Wie sie sich auf alles freute!

In dem Moment, als sie vor der Hütte parkte, kam Laurin aus der Tür.

Sie sah es sofort.

Wahrscheinlich hatte sie es schon längst befürchtet. Aika war alt gewesen, 14 Jahre, aber doch nicht zu alt für einen Hund. Nach dem Unfall war sie plötzlich kein junger Hund mehr, Esther wusste das.

Sie hatte es immer befürchtet, immer kommen sehen und doch so sehr gehofft, dass es noch ein, zwei Jahre auf sich warten lassen werde.

Als sie hochfuhr, war der Platz vor Laurins Tür leer. Nicht einmal eine Hundedecke lag dort. Auf den ersten Blick hatte sie es gesehen.

Sie stieg aus. Vielleicht, vielleicht war Aika hinter dem Haus. Laurin lief auf sie zu.

Keine Höflichkeit mehr, Esther sagte nicht einmal Hallo, nur »Wo ist Aika?«.

»Mei, was soll i dir jetzt da sagen. Es war scho im September, es is einfach nimmer ganga. Nach den vielen Operationen war's scho so schwach.«

Genauso hilflos wie sie sah er sie an. Er fand keine Worte dazu.

Tränen stiegen ihr in die Augen, sie blinzelte. »Ich muss jetzt erstmal in die Hütte.«

Wie betäubt. Sie wusste selbst nicht, was sie in der Hütte tat. Lief umher, machte sich Wasser in einem Topf heiß, das sie dann stehen ließ. Wusch sich einen Becher aus, den sie nicht benutzte.

Laurin war zurück ins Bauernhaus gegangen, sie hatte es durch das Fenster gesehen. Sie wusste, dass er genauso litt wie sie, gelitten hatte.

Sie packte ihr Auto aus, trug die Sachen in die Hütte, verräumte sie mit automatischen, routinierten Bewegungen. Kleider in den Kleiderschrank. Essen in das Küchenbüffet. Sie kochte sich einen Kaffee, den sie doch nicht trank.

Einsam, sie war so unendlich einsam, noch nie so einsam gewesen.

Wo war der riesige, warme Fellberg, der ihre Füße wärmte, wo die treuen Augen, die sie erwartungsvoll anblickten? Wo war die Freundin? Sie hatte sie verlassen.

Esther stützte ihr Hände auf die dicke Holzplatte des Tisches, legte langsam den Kopf in den Nacken und stöhnte laut auf. Lautlos liefen ihr dann Tränen über die Wangen. Sie fühlte sich unendlich einsam.

Schließlich ging sie hinaus auf die Terrasse und atmete in langen Zügen die kalte Luft ein. Die Bergnatur hatte sich noch nicht vom Winter befreit, soeben erst waren hier oben die letzten Schneeberge abgetaut. Noch keine Primeln in den Holztrögen. Blanke Erde.

Die Tür vom Bauernhof ging auf. Hans und Anna liefen auf sie zu und betrachteten sie scheu, aber direkt. Ob Laurin sie geschickt hatte? Die Kinder standen vor ihr, doch Esther fand kein Wort der Begrüßung.

»Mir ham a Grab für die Aika gemacht, kumm.«

Wortlos folgte Esther dem Geschwisterpaar. Die zwei führten sie zur unteren Scheune, wo unterhalb des Misthaufens Aikas Grab lag. Darauf standen ein ewiges Licht, in dem keine Kerze steckte, und ein leerer Fressnapf. Auf einem hölzernen Kreuz war in Kinderschrift geschrieben: »Aika Kastner, 27. September »

»Schau«, sagte Anna und richtete damit zum ersten Mal das Wort an Esther, »I hab ihr Steine hingelegt. Da steht alles drauf, was i ihr wünsch'.«

Esther nahm einen Stein hoch, auf dem mit schwarzem Stift in krakeliger Schrift stand: »Liebe Aika, ich glaube, du sitzt jetzt auf einer weichen Zuckerwolke. Ich hoffe, es geht dir gut. Von Anna für Aika einen dicken Kuss.« Esther nahm einen anderen Stein hoch, auf dem mit rotem Filzstift stand: »Liebe Aika, ich bin so traurig, dass du gestorben bist. Alles Liebe, Anna.«

Behutsam legte Esther den Stein wieder zurück.

»Kannst auch einen schreiben und dazulegen«, Annas kleine Kinderhand fasste Esthers große Hand ganz vertrauensvoll, ganz natürlich, als ob kleine Kinderhände in große Erwachsenenhände gehörten, und zog sie wieder den Berg hinauf zur Hütte. Esther ließ es geschehen.

Sie fühlte sich wie betäubt, als wäre sie innerlich gar nicht anwesend. Trotzdem ließ sich etwas in ihr gerne von der kleinen Kinderhand führen. Wie sonderbar. Sie hatte noch nie gerne eine Kinderhand ergriffen.

Hätte sie Kinder gehabt, hätte sie für diese in so einer Situation tapfer sein müssen, allen Lebenswillen zusammenhalten, sich bewusst machen, dass das Leben der Überlebenden stärker als der Tod war.

Wie gerne hätte sie Kinder gehabt, wie gerne hätte sie für diese stark sein wollen. Wie gerne hätte sie mit jemandem zusammen diese Schmerzen ertragen.

Es musste eine andere Esther sein, der diese Gedanken durch den Kopf gingen.

Ohne dass es Esther wirklich bewusst war, hatte Anna sie zur Hütte zurückgeführt und behutsam auf die Bank auf der Terrasse gesetzt. Hans lief wenige Schritte hinterher.

»Schau in die Sonn', ruh di aus«, Anna sprach tröstend wie eine Mutter. Esther setzte sich, und die Kinder blieben ganz in ihrer Nähe auf dem Schotterweg vor ihrer Terrasse. Sie spielten »Schusserl« mit den kleinen Steinen, wie mit Murmeln.

Esther verharrte so.

Ihre Gedanken wanderten zurück in die Zeit, als ihre Eltern gestorben waren. Das war ganz anders gewesen.

Ihr Vater war schnell gestorben, mit 83 Jahren an einem Herzinfarkt. Esther hatte sich um alle Formalitäten für ihre Mutter gekümmert, die noch hilfloser als sonst erschienen war. Ihre Mutter, obwohl erst 70, schien danach zu verschwinden, sie löste sich langsam auf und starb kaum ein Jahr später. Für Esther schien dies nur natürlich, da sie immer nur ein Schatten ihres Mannes gewesen war. Es war ganz folgerichtig, dass sie ohne ihn nicht bestehen konnte.

Esther hatte der Tod ihrer Eltern wenig berührt. Sie war vorher schon kaum noch zu Besuch gekommen. Das fadenscheinige »Ach Kind, komm doch öfter« war ihr immer zu durchsichtig gewesen. Ihr Vater hatte dann meist ihre Berufsbahn inspiziert. »Für ein Mädchen nicht schlecht«, das hatte er nicht gesagt, aber Esther hatte es in seinem Gebaren gelesen. Ein Lob, eine Anerkennung war dies für sie nicht gewesen.

Der Tod ihrer Eltern hatte für Esther nichts geändert. Nur die überraschend hohe Erbschaft hatte ihr dann die finanzielle Sicherheit gegeben. Wenigstens das.

Aikas Tod änderte etwas in Esther. Sie zwang sich weiterzumachen, aber das Leben in ihr schien ausgelöscht.

Esther saß immer noch regungslos auf der Terrasse, als ein VW Passat vor dem Bauernhof vorfuhr. Ein dicklicher Mann stieg aus und klingelte. Laurin und Sandra öffneten ihm gemeinsam die Tür und begrüßten ihn freundlich. Wie durch eine Nebelwand hindurch sah es Esther.

Laurins Freundin sah Esther und kam lächelnd auf sie zu.

Ob sie bereits seine Frau sein konnte? Ihr Anblick zog Esther langsam in die Realität zurück.

Sie begrüßte Esther sehr freundlich und erklärte ihr, sie gingen mit einem Wünschelrutengänger los, der für sie Wasseradern suche, damit sie noch einen Brunnen bauen könnten. Wie automatisch reagierte Esther und fragte: »Ja, funktioniert das denn?«

Sandra schien ihre seltsame Starre nicht zu bemerken oder sie hatte Esther bereits durch ihren letzten Besuch beim Abholen des Hundes als äußerst seltsamen Besuch abgespeichert.

»Freilich«, erklärte sie auf Esthers vorsichtig skeptische Rückfrage, »das geht eigentlich immer.« Der Wünschelrutengänger komme jedes Jahr und die Bauern richteten sich nach ihm.

»Magst mitgehn und zuschaun?«

»Ja.«

Esther fühlte sich wie eine Marionette, aber ihre hölzernen Glieder folgten den drei Menschen.

Laurin wollte gerne einen zweiten Brunnen haben, möglichst oberhalb des Bauernhauses. Der Wünschelrutengänger war ein kleiner, behäbiger Mann, dessen Kopf permanent wichtigtuerisch zu nicken schien. In Esthers Augen hätte er sich mit seinem bunt karierten Hemd, das über dem Bauch spannte, besser als Wirt denn als Rutengänger gemacht. Er hatte die Rute bereits in der Hand. Sie war ein simpler astgabelförmiger Stock, wahrscheinlich von einer Weide.

»Dann schau ma amol da drobn.« Der kräftige Mann lief in die von Laurin gewünschte Richtung und begann, die Rute in Bauchhöhe mit angewinkelten Ellenbogen etwa einen Meter über dem Boden zu halten. Laurin und seine Freundin folgten ihm. Esther lief mit ein wenig Abstand hinterher.

Nach etwa zehn Metern stellte der Mann mit der Rute nur fest: »Naa, do is gar nichts«, und lief weiter.

»I möcht' den Brunnen scho vor der Scheun' ham«, brummte Laurin missmutig, als sich offensichtlich bei jedem weiteren Schritt immer noch nichts an der Rute bewegte.

»Da gibt's ned ein einziges Tröpferl Wasser«, stellte der Rutengänger lapidar fest und schritt langsam weiter in Richtung zur oberen Scheune, die für Esther immer noch ‹Aladins Schatzhöhle› war, in der sie sich bei ihren Besuchen immer wieder stundenlang zum Stöbern aufgehalten und die verschiedensten Schätze entdeckt hatte. Der Rutengänger blickte sich kopfschüttelnd um und versuchte dann zwanzig Meter den Berg hinunter und hinauf zu gehen, um mit seiner Rute etwas zu erspüren, doch offensichtlich ohne Ergebnis.

Esther blieb auf dem Weg stehen. »Alles Humbug«, dachte sie sich. Und mit ihrem Ärger kam fast etwas Leben in sie zurück. So ein Blödsinn. Wahrscheinlich war hier überall unter den Feldern Wasser, höchstens irgendwo einen Meter tiefer oder höher. Egal, wo man schließlich bohren werde, man sollte überall fündig werden.

Laurin gefiel es gar nicht, dass der Rutengänger offensichtlich nichts fand.

»Dann müss ma halt weiter schaun, s'hilft ja nichts.« Der Rutengänger lachte aufmunternd und lief weiter in Richtung Scheune. Direkt vor der Scheune angekommen, begann die Rute zu zittern.

»Da läuft a bissl was, aber des langt no ned. Aber da müsst doch irgendwo mehr sein.« Die Rute ganz waagerecht vor sich hingestreckt, lief er nun ein paar Meter bergauf. Er schüttelte den Kopf. »Von dort kummt's ned.« Dann ging er in die offene Scheune hinein.

»Mei, da kummt's.« Alle konnten den deutlichen Ausschlag der Rute sehen. Der Rutengänger bewegte sich bis in die Mitte der Scheune, vorbei an den aufgestapelten Türen, an gelagertem Holz und an all dem Gerümpel, das Esther so liebte. Die Bewegungen zeigten heftige Ausschläge.

»Da gibt's a Wasser tief drunt, ganz viel Wasser. Des ziahgt euch bald den Bodn unter den Füß' fort!«

Der Bauer und seine Freundin sahen sich sorgenvoll an.

»So viel Wasser hab i scho lang nimmer gspürt. Da is a Mordstrumm Ader direkt unter deiner Scheun'. Des weißt scho, Laurin, dass des nimmer lang gut gehn kann.«

Laurin sah auf den Boden.

Esther musste beinahe grinsen. Das durfte doch wohl nicht wahr sein. Ob die zwei glaubten, hier sprudele gleich vulkanartig das Wasser aus dem Boden? So ein Unsinn. Wahrscheinlich verlangte er für diese Erkenntnis gleich 100 Euro.

»Räum die Scheun' aus, Laurin.« Der Rutengänger ging wieder hinaus.

»Jetzt schau i amol draußn weiter, ob du da überhaupt einen Brunnen schlagen kannst.«

Esther hatte erstmal genug. Sie war kurz davor, eine spöttische Bemerkung von sich zu geben. Da ging sie lieber auf ihre Terrasse, setzte sich in die Herbstsonne und beobachtete aus der Entfernung, wie der dickliche Rutengänger noch eine weitere Stunde die Umgebung ablief. Als sie dort auf ihrer Terrasse, auf ihrem Beobachtungsposten saß, spürte sie nahezu körperlich das Fehlen von Aika an ihrer Seite. Es tat so weh.

Esther konnte nicht erkennen, ob die Wunderrute des dicken Mannes noch einmal irgendwo zitterte. Als der Rutengänger sich nach einem aufgeregten Gespräch mit den beiden in sein Auto setzte und wegfuhr, beobachtete sie nur, dass Laurin fluchend in den Stall verschwand.

Sandra stand direkt vor Esthers Terrasse.

Esther fragte in möglichst neutralem Ton: »Na, hat der Rutengänger noch etwas gefunden?«

»Nein, er sagt, dass die Ader unter der Scheun' so groß is', dass es das ganze Wasser abziahgt. Sonst is da gar nichts mehr.« Sandra wischte sich den Schweiß von der Stirn. »Er meint, dass die Scheun nimmer lang halten kann, weil das Wasser von unten alles wegspült. I weiß wirklich ned, ob mir des schaffen, dass ma des ganze Graffe woanders hinbringa und eine neue Scheun' baun.«

»Glaubt ihr denn wirklich, dass das nötig ist?« wagte Esther vorsichtig einzuwenden.

»Mei, freili, wenn er's sagt, stimmt's scho. I weiß bloß ned, wie mir des schaffn solln. Da is so viel drin. Und Laurins ganze Werkstatt.«

Fast hatte Esther ein wenig Mitleid mit Sandra. Und es tat ihr Leid um ihre Scheune, ihre Schatzhöhle. Zu schade wäre es, all die Schätze dort auszuräumen und vielleicht sogar fortschmeißen zu müssen. Solche Sorgen wegen so eines Unsinns!

Esther blickte in Sandras sorgenvolles Gesicht und dachte nach. Vielleicht gelang es ihr ja, sich auch mit der neuen Freundin zu arrangieren. Sie nahm sich fest vor, es wenigstens zu versuchen.

Als es zu kalt wurde, um weiter draußen zu sitzen, öffnete Esther die schwere, dicke Holztür zu ihrer Hütte. Es war sehr warm, die Heizung war aufgedreht. Esther zog ihre Jacke aus und hing sie an den Haken. Einmal lief sie umher und ließ ihre Hand über alle Dinge im Raum gleiten: die Bank, den schweren Holztisch, den Bauernstuhl, die kleine Spüle, die Küchen-Anrichte. Das umfassende Glücksgefühl der ersten Besuche, in dem sie sich selbst verlieren konnte, würde sich wohl nie mehr einstellen können, aber sie redete sich selbst ein, dass sie immer noch herkommen konnte.

Als ihr Blick auf die enge Treppe nach oben fiel, durchfuhr sie plötzlich eine Erinnerung an ihren ersten Besuch. Damals hatte sie einen mittelgroßen, schwarzen Koffer bei sich gehabt. Diesen Koffer die steile, gewendelte Treppe hinaufzuwuchten, war für sie nicht möglich gewesen. Um wenige Millimeter hatte er nicht durch den engen Treppenaufgang gepasst. Jetzt war sie natürlich besser vorbereitet. Sie hatte nur eine Tasche dabei, in der sie ihre Kleidung wunderbar die enge Stiege hoch tragen konnte. Ihre Kosmetiktasche hatte sie getrennt von ihrer Kleidung im

Auto liegen, damit sie sie gleich unten im kleinen Waschraum lassen konnte. Und Essen und Getränke transportierte sie inzwischen in einer Klappkiste, die nach dem Ausräumen praktisch verschwand. Mittlerweile war sie richtig vorbereitet für ihre Hüttenbesuche.

Leicht packte sie also ihre Tasche über die Schultern und stieg die Treppe hinauf.

Aber auf den Anblick im Schlafzimmer war sie nicht vorbereitet. Es lag nicht mehr die karierte Bettdecke dort, sondern rote Satinbettwäsche. Roter Satin. Oh Gott. Glaubte die Neue etwa, damit dem modernen Geschmack der Touristen Genüge zu tun?

Esther stockte der Atem. Sie stellte ihre Tasche ab und ging wieder hinunter. Sie setzte sich an den Tisch und versuchte tief durch zu atmen.

Ihr kam eine Idee. Sie kletterte ganz hinauf ins Dachgeschoss. Gott sei Dank. Dort waren auch zwei frisch gemachte Betten. Zwei Bettdecken aus Flanell, weiß mit Blumen.

Mit spitzen Fingern packte sie die Satin-Bettwäsche nach oben und die weißen Flanellbetten nach unten, alle beide.

Sie atmete erleichtert auf. Sie war sich nicht sicher, ob sie in dieser roten ‹Puffwäsche› hätte schlafen können. »Puffwäsche« – sie probierte das Wort nochmals in ihrem Mund. »Puffwäsche« – mit welcher Verachtung sie es sagen konnte.

Und das Mitleid, das sie vorhin kurz mit Sandra verspürt hatte, löste sich auf.

*

Es regnete schon den zweiten Tag, Bergausflüge waren nicht möglich. Esther stellte sich vor, dass Aika noch unter ihrem Tisch lag und ihren feuchten Hundegeruch verbreitete. Wie gern hätte sie diesen Geruch nur wieder gehabt.

Laurin und die Neue hatte Esther, seitdem der Rutengänger da gewesen war, auch nicht mehr gesehen.

Das Heimat- und das Holzmuseum in der Nähe kannte sie bereits. Ihr fiel nichts Rechtes ein, das sie tun könnte. Aber ihr war klar, dass sie dringend etwas unternehmen sollte.

Laurin hatte in die Küchenschublade immer Prospekte mit den Sehenswürdigkeiten der Umgebung gelegt. Esther holte den ganzen Stapel heraus und blätterte ihn durch. Weder Hochseilgarten noch Kutschfahrten kamen bei diesem Wetter in Frage. Etwa in fünfzig Kilometer Entfernung fand sie dann das richtige Ausflugsziel: ein Vivarium, das Einblick in die Wasserwelt bieten sollte, angefangen vom einheimischen Frosch bis hin zu Piranhas und Krokodilen. Im gleichen Gebäude könnte man dann im Warmwasserbecken mit Blick auf die Krokodile schwimmen.

Esther konnte sich das zwar kaum vorstellen, fand es auch unpassend für die Alpenregion, aber es war reizvoll und sie konnte auch nicht den ganzen Tag bei Regen in der Hütte sitzen.

So fuhr sie los und genoss auf der Strecke die Berglandschaft, die nebelverhangen auch ihren Reiz hatte.

Sie zahlte den nicht zu knappen Eintrittspreis und schlenderte durch das Vivarium. Es hätte in jeder Stadt zu finden sein können. Attraktionen solcher Art kannte sie. Esther sah sich die Schlangen, Leguane und Krokodile an.

Lange stand sie vor einer Vitrine mit einem Chamäleon. Das Tier hatte eine eigenartige, bizarre, ursprüngliche Schönheit. Es saß auf einer Pflanze, den Kopf nach oben gereckt und bewegte sich kaum. Seine Haut schillerte grün. Auf dem Körper bildeten gelb-schwarze Zeichnungen Muster, die für Esther wie züngelnde Feuerflammen aussahen. Ab und zu klappte die grüne Haut über den schwarzen Augen zu.

Plötzlich sah Esther in dem großen Terrarium eine Fliege. Das Chamäleon hatte sie auch gesehen. Nur das eine Auge verfolgte den Flug des Insekts. Die Fliege flog wieder fort, das Chamäleon bewegte sich nicht. Esther wartete. Hinter Esther drängte sich plötzlich eine Familie, die einen kurzen Blick in die Vitrine warf. Mit einem lauten »Ih« kommentierte das Mädchen den Anblick des Reptils und lief weiter. Der Vater rief ihr nach, »hat doch aber schöne Farben«, wandte sich dann aber auch seiner fortstrebenden Familie zu. Esther wartete weiter. Weder sie noch das Chamäleon bewegten sich. Da flog die Fliege eine neuerliche Runde, diesmal direkt auf das Chamäleon zu. Als die Fliege nahe genug war, schnalzte die Zunge des Chamäleons wie eine Peitsche aus dem Mund und erwischte in Sekundenbruchteilen die Fliege. Die Fliege schien fest zu kleben und verschwand blitzschnell im Maul des Reptils.

Esther schüttelte ihren steifen Nacken und wollte fast lachend zu dem grünen Kerl sagen »Gut gemacht!«, konnte sich aber noch zurückhalten. Das Chamäleon bewegte sich nun gemütlich einige Zentimeter auf der Pflanze nach oben, wie um sich nach der langen Zeit des ruhigen Wartens ein wenig Auslauf nach dem Mahl zu verschaffen. Dann schien es wieder zu versteinern. Nur das eine Auge klappte zu und auf. »Ja. Blinzel mir nur zu, du erfolgreicher Jäger.« Esther wandte sich ab und lief weiter.

Sie bewunderte noch die braunen, grünen, schwarzen und grauen Leguane, aber sie fesselten sie nicht mehr so wie ihr einer grüner Freund.

Nach einer knappen Stunde gab es selbst beim langsamsten Schlendern nichts mehr zu sehen. Esther wechselte in den Schwimmbadbereich, wo sie, natürlich völlig überteuert, an der Kasse noch einen Badeanzug erstehen musste, da sie keine Badesachen eingepackt hatte.

Es war ihr extrem unangenehm, einen nicht gewaschenen Badeanzug anzuziehen, aber sie überwand sich. Auch Badeschuhe hatte sie sich gekauft, denn sie könnte niemals barfuss ein Schwimmbad betreten. Sie sah die Bakterien und Fußpilze quasi auf sich zukriechen.

Das Wasser war warm. Ein langes Becken führte direkt auf eine Fensterfront zu, durch die man in ein Terrarium sehen konnte. Dahinter lagen mehrere dicke Krokodile, die sie mit ihren großen Augen anzustarren schienen. Esther schwamm auf das Fenster mit den Krokodilen zu. Nach jeder Bahn gönnte sie sich eine Pause bei den Krokodilen, die das höchstens mit einem Augenaufschlag quittierten. Esther genoss durchaus das skurrile Erlebnis. Noch mehr aber machte sie sich innerlich über diese permanente Sehnsucht der Touristen lustig, selbst am natürlichsten Ort noch etwas Spektakuläres und Außergewöhnliches zu suchen.

Esther schwamm in zügigem Tempo Tausend Meter, genau abgezählte fünfundzwanzig Bahnen.

Stolz auf diese sportliche Leistung trank sie dann an der Theke eine Latte macchiato.

Als sie zur Hütte zurück fuhr, fürchtete sie sich fast vor dem Abend. Kein Abend, an dem sie ihre Füße auf das warme Fell von Aika betten konnte.

Esther las bis tief in die Nacht hinein Murakamis ‹Gefährliche Geliebte›.

Murakami war Esthers persönliche Entdeckung des letzten Jahres. In seine Romane konnte man sich versenken wie in einen simplen Liebesroman, bis jene surrealen, kafkaesken Momente kamen, die Esther wie aus ihrem eigenen Leben erschienen und die sie ins echte Leben zurückkatapultierten.

Murakami erinnerte Esther an Salinger, die große Bücherliebe ihrer Jugend. Vielleicht wegen der Kraft und Energie ihrer Bücher. Während Salingers junger Antiheld Holden als Vorgänger aller Rock-Stars gilt, liebt Murakami aber Jazz, eine Musik, die Esther nie auch nur annähernd verstanden hatte, die aber doch eine große Faszination auf sie ausübte. Jazzmusiker, soviel wusste sie, improvisieren entlang einer festen Melodie. Diese Vorstellung fand Esther wunderschön. wenn ihr auch nicht klar war, wie die Musiker auf dieser Ebene miteinander so harmonisch und doch eigenständig spielen konnten.

Mit dem Buch verzog sie sich ins Bett – das mit der geblümten Bettwäsche. Sie las das Buch bis zur letzten Seite. Es war etwa zwei Uhr, als ihr die Augen zufielen.

Durch ihren Traum geisterte erst Murakamis sonderbare Frau, eine wunderschöne Japanerin mit einem engen, roten Kleid und aufreizenden schwarzen Katzenaugen. Plötzlich war sie selbst die Frau im roten Kleid. Sie lief durch eine Großstadt. Neben ihr ragten Hochhäuser auf. Ihre Hüften bewegten sich ganz geschmeidig wie von selbst. Sie fühlte sich wie eine Raubkatze. Die Lichter der Großstadt funkelten ihr wie Scheinwerfer entgegen. Die Männer, die ihr begegneten, sahen sie bewundernd an, gierig.

Sie betrat eine Bar durch eine Schwingtür aus Eichenholz wie in einem Saloon. Als sie hereinkam, wurde es still und alle Blicke wandten sich ihr zu. Ganz langsam, mit wiegendem Gang, setzte sie sich auf einen hohen Barhocker an der Mitte der Theke. Sie schwang ihre langen, dünnen Beine übereinander und war selbst verwundert, was für schöne schlanke Schenkel sie hatte. Sie wusste, dass jeder in der Bar sie bewunderte. Plötzlich stand ein Cocktail in einem hohen Glas von ihr. Sie nahm das Glas und trank einen Schluck durch den Strohhalm. Auf dem kühlen Glas perlten Tropfen. Zwei Tropfen, die sich am unteren Glasrand gesammelt hatten, lösten sich. Wie in Zeitlupe verfolgte sie den Flug der Tropfen nach unten. Ein Tropfen fiel auf ihren roten Rock und kroch langsam in einer Falte nach unten. Der andere Tropfen schwebte auf den Boden. Als er unten war, floss er in eine Wasserpfütze. An der Stelle, wo er ins Wasser geglitten war, bildeten sich Ringe, die sich nach außen dehnten. Esther verfolgte die immer größer werdenden Kreise, als ihr plötzlich klar wurde, dass alles unter ihr Wasser war. Wasser unter der Erde. Es breitete sich aus, es stieg. Die Füße des Barhockers waren nicht mehr zu sehen. Das Wasser kletterte weiter und schien alles wegzureißen. Die Menschen um sie herum wurden in den Sog des Wassers gezogen. Klaglos, schreilos, versanken sie. Das Wasser zog allem den Boden unter den Füßen fort. Die Welt um sie herum löste sich auf, verschlungen vom Wasser.

Plötzlich sah Esther zwei Krokodilköpfe auftauchen. Die schwarzen unbeweglichen Augen schwammen direkt auf sie zu. Ein Schwanz peitschte aus dem Wasser. Schwarze Tropfen spritzten auf, als der Schwanz mit einem Knall auf der Wasseroberfläche auftraf.

Esther saß noch immer auf dem Barhocker, das Cocktailglas in der Hand. Sie wollte nicht, dass das schwarze Wasser auf ihr schönes Kleid traf. Ihr Mund öffnete sich, ihr Kopf bog sich tief in den Nacken, sie wollte schreien.

Als sie erwachte, war sie schweißgebadet. Sie stand auf, ging hinunter und trank ein Glas Wasser.

Ihr war klar, dass es dem Ende zuging. Sie konnte nicht mehr lange so weiter machen.

*

Am nächsten Tag war es endlich wieder trocken. Esther konnte sogar ihr spätes Frühstück um zehn Uhr auf der Terrasse einnehmen. Sie fühlte sich nach dieser schrecklichen Nacht mit dem Alptraum, der sie immer noch im Griff hatte, fast wieder etwas wohl, als die herbstlichen Sonnenstrahlen sie aufwärmten. Laurins Freundin kam vom Stall her und schien plötzlich etwas zu sehen, das ihr nicht gefiel. Ihren Blick auf die obere Weide gerichtet, schirmte sie mit der Hand die Augen ab, um besser in die Sonne sehen zu können. Esther fand, dass man ihr wie vielen einfachen Frauen jede Gefühlsregung sofort anmerken konnte. Das verärgerte Stemmen ihrer dicklichen Arme in die breiten Hüften deutete Esther als Missmut.

Esther sah Sandra ins Bauernhaus gehen, um kurz darauf mit Laurin wieder herauszukommen. Beide liefen in Eile zur Weide hinter Esthers Hütte. Esther musste sich nur umdrehen, um gleich zu sehen, was die beiden beunruhigte. Die drei Kühe hatten offensichtlich einen Teil des Elektrozaunes umgetrampelt und waren jetzt dabei, den Hang hinaufzusteigen. Esther fragte sich, ob eine dieser Kühe wohl ihre Sina sein konnte.

Laurin und seine Freundin versuchten, die Kühe wieder auf die umzäunte Wiese zu treiben. Davon waren diese aber gar nicht begeistert und fanden immer wieder einen Ausweg, auszubrechen. Esther trank noch ihren Kaffee aus, dann lief sie auch die Wiese hoch: »Kann ich helfen?«

»Ja, mir müssen die Küah zurücktreibn. Weiter auffi derfa's ned, sonst derwisch ma's nimmer. Stell di einfach obn hi'.« Laurins Freundin hatte ihr das erklärt, als ob es völlig natürlich wäre, dass Esther mithelfe.

Esther lief nach oben. Rechts von ihr stand Laurin, links seine Freundin. Die beiden wedelten mit den Armen und liefen auf die Kühe zu, die langsam den Berg hinunter trotteten. Esther machte es ihnen nach. Eine Kuh lief brav wieder über das herunter getrampelte Stück des Zaunes in den umzäunten Bereich, die zweite stand etwas unschlüssig in der Mitte. Die dritte schien nervös und blickte sich nach allen Seiten um, als ob sie einen Ausweg suchte, um nicht wieder auf die abgefressene Wiese zu müssen. Dann drehte sie sich um und schaute die drei mit ihren wedelnden Händen an. Wie nach einer bewussten Entscheidung galoppierte sie nun direkt in die Mitte auf Esther zu. Für Esther sah die wild gewordene Kuh ausgesprochen Angst einflößend aus. Esthers Reaktion war ein gewaltiger Sprung zur Seite. Die Kuh schoss an ihr vorbei, den Berg hinauf und in den Wald hinein.

Dass die neue Bäuerin aufstöhnte: »Oh naa!«, störte Esther weniger, aber der abfällige Zug um Laurins Mund traf sie zutiefst.

Die anderen beiden Kühe waren schnell auf der Wiese, Laurin richtete den Zaun wieder auf.

»Sollen wir jetzt die Kuh suchen?«, fragte Esther mit dem Versuch eines versöhnlichen Tones.

»Drobn im Wald derwisch ma die jetzt ned. Jetzt müssen mir warten, ob's zurück kummt oder ob's ein anderer Bauer findet.« Laurin sagte ihr das freundlich wie immer.

Als Esther am Abend abfahren wollte, war die Kuh immer noch verschwunden. »Es tut mir leid« sagte sie beim Bezahlen zu Laurin.

Sandra war mit dem Auto ins Dorf gefahren.

»Des macht nichts, da kannst du ja nichts dafür, des kummt scho amol vor.« Laurin nickte ihr aufmunternd zu.

Aber Esther fürchtete, dass sie immer scheitern sollte, und es begannen ihr Tränen über die Wangen zu laufen.

Als Laurin Esther mit hängenden Schultern verzweifelt lautlos weinen sah, wurde er weich. Er streichelte ihr die Tränen vom Gesicht, er streichelte ihr die Tränen von ihren Lippen, die unwillkürlich zuckten. Mit seinen trockenen, rissigen Daumen berührte er ihre Lippen und ließ seine Hand vorsichtig suchend über die Wangen gleiten. Er streichelte ihren Hals herunter, als Esther die Augen schloss und ihren Kopf ganz leicht in den Nacken bog.

Mit seinen rauen Lippen küsste er sie auf ihren nackten Hals. Sie war es, die ihm dann das Hemd nahezu herunterriss, die Hose öffnete und sich den Rock hochschob. Sie liebten sich auf dem schweren Bauerntisch, auf dem er gerade noch eine Kaffeetasse beiseite schob. Wild, hemmungslos und schnell, bevor Sandra zurückkommen konnte.

Wortlos war sie danach gegangen, erfüllt, nicht enttäuscht.

*

Merkner war froh, als die letzte Patientin seine Praxis verlassen hatte.

Bei der Behandlung einer Schizophrenie-Kranken war ihm klar geworden, dass ein einziger Diagnose-Aspekt in seinem Aufsatz noch fehlte. Die dissoziative Störung, eigentlich musste sie da sein, doch er hatte sie bisher bei ihr nicht entdeckt.

Er setzte sich an seinen Schreibtisch und ließ die Hände über die feinen Intarsien gleiten.

> *Boderliner lassen sich auch durch ihre mehr oder minder schweren dissoziativen Symptome erkennen.*
>
> *Borderliner sind aufgrund ihrer traumatischen Kindheits-Erlebnisse schwer gestört in ihrer Ich-Wahrnehmung, die nicht mehr vollständig einheitlich arbeitet. Im Gegensatz zu Schizophrenen, die ungeliebte Ich-Teile vollständig abspalten können, trennen sie nur unangenehme und unverarbeitete Erlebnisse teilweise oder gänzlich. Die Schweregrade sind hier ausgesprochen unterschiedlich und können von schweren Depersonalisationen bis hin zu leichten Amnesien, Derealisationen oder Dämmerzuständen reichen. Bei schwerem Auftreten wird fälschlicherweise oft eine Schizophrenie diagnostiziert.*
>
> *Der Fall A. zeichnet sich durch keine diagnostischen Möglichkeiten in diesem Bereich auf, was nicht heißt, dass keine dissoziativen Zustände vorhanden sind, sondern nur, dass dem Therapeuten aufgrund des Zugangs allein durch den Patienten die dissoziativen und damit verdrängten Erlebnisse und Zustände nicht erreichbar sind. Es steht zu vermuten, dass A. zumindest Teilbereiche ihrer Erfahrungswelt nicht vollständig realisiert.*

*

Mitte Dezember fand die alljährliche Weihnachtsfeier von Esthers Firma statt. Wie Esther diese Abende hasste.

Schon Wochen vorher überlegte sie sich, was sie anziehen sollte. In einer kleinen Boutique hatte sie sich einen knielangen, engen, grauen Rock gekauft. Nicht auffallend, aber sehr hübsch, wenn jemand doch darauf blicken wollte. Die Verkäuferin hatte ihr dazu einen Organza-Schal in einem warmen Gelbton aufgeschwatzt. Es sei der Trend, klassische Stücke durch hübsche Schals in Sandtönen aufzupeppen. Damit sei man elegant, aber dennoch modern angezogen.

Esther hatte an diesem Tag bereits um sechzehn Uhr aufgehört zu arbeiten. Viel lieber, als zu dieser anstrengenden Weihnachtsfeier zu gehen, hätte sie in Ruhe ihre Zeichnung fertig gestellt. Aber sie wusste, dass sie noch einige Zeit zum Anziehen und Fertigmachen brauchen würde.

Esther hatte geduscht und die Haare gewaschen, den neuen grauen Rock angezogen und probierte nun sowohl eine weiße als auch eine schwarze Bluse. Der Schal passte zu beiden Blusen und sah sehr flott aus. Aber schließlich gefiel Esther die Vorstellung überhaupt nicht, in irgendeiner Weise die Blicke auf sich zu ziehen und sie legte den Schal wieder ab. Stattdessen entschied sie sich für die schwarze Bluse mit dem hohen Kragen. Mit Grau und Weiß hätte sie dann doch zu bieder ausgesehen.

Der Kampf mit ihren Haaren dauerte diesmal noch länger als sonst. Die Haare wollten einfach nicht sitzen. Sie machte ihren Pony noch einmal nass und fönte ihn aufs Neue über eine Rundbürste. Ein Blick auf die Uhr zeigte ihr, dass es bereits halb sieben war – sie hätte schon unterwegs sein sollen. Sie schwitzte.

Einmal noch wischte sie das Make-up weg und legte es neu auf. Es war doch zuviel Rouge gewesen.

Endlich fuhr sie los und schaffte es, mit 15-minütiger Verspätung im Restaurant anzukommen.

Die meisten saßen schon da, nur ein Eckplatz neben Kathi war noch frei. Wie unangenehm für Esther. Ihr war übel.

Kathi hatte immer noch dieselbe Jeans mit demselben grünen T-Shirt an, die sie den ganzen Tag im Büro getragen hatte. Das Make-up war etwas aufgefrischt, die roten Haare verstrubbelt wie immer. Sie sah wild und hübsch aus.

Esther fand es schrecklich, sich neben Kathi setzen zu müssen. Kathi spürte dies sofort und sagte mit ihrem ganz eigenen Lächeln: »Na komm schon, setz dich neben mich, du Schlange, aber beiß heute Abend nicht zu.« Es war so gemeint, wie es gesagt war, und dabei doch unendlich freundlich und versöhnlich.

Esther fühlte sich völlig zu Recht gedemütigt.

Sie redete diesen Abend zu viel, zu laut und zu pointiert. Sie erzählte Geschichten, die sie selbst kaum glaubte und unterhielt den ganzen Tisch köstlich. Alle amüsierten sich und fanden es mal wieder herrlich, Esthers Esprit und Scharfzüngigkeit zuzuhören.

Zuhause übergab sie sich, bis kein Tropfen Flüssigkeit mehr in ihrem Magen zu sein schien. Als Esther sich in den frühen Morgenstunden ins Bett schleppte, war ihr klar, dass sie das ganze Wochenende nur im Bett verbringen werde, um einigermaßen wieder Energie für Montag tanken zu können. Keiner konnte sich vorstellen, wie viel Kraft sie dies alles kostete.

*

Am Abend saß Esther vor dem Computer und surfte im Internet. Sie bestellte sich ein Buch beim Internet-Buchhändler, noch eines von Haruki Murakami, das sie noch nicht kannte.

Dann tippte sie in Google »vermisste Personen« ein. Unzählige Seiten wurden ihr angeboten. Ob beim Bundeskriminalamt oder bei der Polizei einzelner Bundesländer oder auf privaten Einträgen: Auf zahlreichen sites konnte man die Schicksale verloren gegangener Menschen nachlesen. Viele Kinder wurden vermisst, oft offenbar von ausländischen Vätern entführte Kinder, dann Heimkinder, die wohl eher auf die Straße ausgerissen waren, aber auch Kinder aus intakten Familien.

Das dahinter stehende unendliche Leid war offensichtlich.

Bei den erwachsenen Personen gab es zum einen ältere, verwirrte oder psychisch labile Menschen, die offenbar nicht wussten, was sie taten. Eine ganze Reihe vermisster Personen waren von einem Urlaub im Ausland nicht zurückgekehrt. Ob der Grund Gewaltverbrechen waren oder eine freiwillige Flucht, war selten klar. Manchmal verschwanden die Menschen auf einem kurzen Spaziergang außerhalb des Hotels, manchmal machten sie sich auf den Weg, einen Freund zu besuchen und kamen nie dort an. Verschwundene Menschen, aus den unterschiedlichsten Gründen, die alle Personen hinterließen, die sie seitdem schmerzlich vermissten.

Auf privaten Seiten fand Esther noch mehr Namen, die offensichtlich nicht einmal in die offiziellen Vermissten-Dateien aufgenommen wurden. Kinder, die ihre echten Väter suchen, oder Geschwister, die sich im Krieg verloren hatten, oder Adoptivkinder, die nach ihren Eltern suchten, oder Freunde, die ihre Freunde aus Kinderzeiten nicht mehr wieder finden konnten.

Auf einer dieser Seiten fand Esther eine Rubrik, in die man vermisste Personen eintragen konnte. Sie füllte die vorgegebenen Zeilen aus.

Gesucht wird: *Christina Schildmann*

Seit dem Frühjahr wird Christina Schildmann vermisst.

Sie ist aufgewachsen in Stettingen, war Reiseleiterin u.a. in Portugal, Griechenland und Ägypten. Zuletzt lebte sie bei ihrem Ehemann in den bayerischen Bergen.

Wer hatte Kontakt zu ihr? Wer kann etwas über ihren Gemütszustand oder ihre Pläne sagen?

Ihre Eltern, ihr Ehemann und ihre Freunde melden sie nicht offiziell als vermisst, weil sie oft aus eigenen Stücken ‹weitergezogen› ist.

Ich weiß aber, dass es diesmal nicht so ist.

Bitte melden Sie sich bei mir, wenn Sie etwas über Christina wissen oder sie auch vermissen.

Esther fügte ein Bild von Christina im weißen Bienenanzug hinzu und sendete die Vermisstenanzeige ab.

Lautlos tropften Tränen auf die Computertastatur.

Esther wollte wissen, wie es Laurin ging, ein letztes Mal. Vielleicht schaffte sie es dann, sich zu verabschieden.

Esther öffnete eine Mail, tippte Laurins Adresse auswendig ein und zögerte dann beim ‹Betreff›. Sollte sie einfach »Hallo« schreiben, oder »Wie geht es Dir?«, besser wäre natürlich: »Wie geht es Euch?«, aber das könnte sie nicht über sich bringen, nicht in der letzten Mail. Sie hatte nichts mehr zu verlieren, sie wollte ehrlich sein.

Sie ließ ‹Betreff› offen und schrieb:

Lieber Laurin,

es ist kurz vor Weihnachten und ich fühle mich sehr einsam und verzweifelt. Blicke ich auf mein bisheriges Leben zurück, so erscheint es mir sinnlos.

Ich würde gerne wissen, wie es dir geht.

In Gedanken bei dir,

Esther

Esther blieb zuhause, ohne sich von der Arbeit abzumelden und ohne auf das Klingeln des Telefons zu reagieren. Sie wartete vor dem Computer. Zwei Tage später, um 19.43 Uhr, kam Laurins Antwortmail.

Liebe Esther,

es tut mir leid, dass es dir nicht gut geht. Manchmal steht man in seinem Leben vor einem Entscheidungspunkt. Das kenne ich.

Ich kann dir nicht so lang schreiben. Wir haben hier große Probleme. Der Schuppen, die obere Scheune, ist eingestürzt. Gott sei Dank in der Nacht, niemandem ist was passiert. Aber meine Werkstatt und mein ganzes Werkzeug sind verschüttet. Auch alles, was ich drin hatte. Wir sind nicht sicher, was wir wieder rauskriegen können.

Aber, wenn du das nächste Mal hoch kommst, werden wir es schon weggeräumt haben. Ich muss jetzt der Sandra beim Räumen helfen.

Grüße, Laurin

Esther meldete sich per E-Mail im Büro krank. Sie habe eine schwere Lungenentzündung mit hohem Fieber und es sei nicht zu erwarten, dass sie vor Weihnachten noch einmal ins Büro kommen könne.

*

Es war Weihnachten. Diesmal musste Esther nicht einmal ihren Bekannten versichern, dass es ihr nicht das Geringste ausmache, an Weihnachten allein zu sein. Keiner hatte angerufen.

Esther kaufte sich bei dem Feinkost-Fischhändler eine Dorade, dazu frische Kräuter: Rosmarin, Thymian und ein wenig Dill. Der Gemüsehändler hatte dazu die edlen französischen Kartoffeln mit der roten Schale. Sie fuhr nach Hause. Das Auto ließ sie im Parkverbot direkt vor der Haustür stehen.

Sie wusch die Dorade sorgfältig und füllte sie mit einer Mischung der Kräuter. Den Geruch frischer Kräuter liebte sie sehr. Die Dorade kam, mit Meersalz gewürzt und mit einem Hauch Mehl versehen, zum Anbraten in die Pfanne. Die roten französischen Kartoffeln viertelte sie, bestreute sie mit säuberlich abgezupften Rosmarin-Stängelchen und schob sie auf einem Blech in den Ofen. Leicht angebraten kam der Fisch dann auch in den Ofen.

30 Minuten Garzeit wären für Kartoffeln und Fisch die optimale Garzeit.

Trotz aller Contenance gelang es ihr diesmal nicht, ihre Gedanken zu beherrschen. Immer wieder kamen ihr Bilder in den Sinn, wie Laurin wohl Weihnachten feiern könnte. Ob er seine Patchwork-Familie, die neue Freundin und seine Kinder, in seiner Stube um einen mit Lametta geschmückten Baum versammelte? Oder ob er mit seinen Eltern bei einem Braten am festlich gedeckten Tisch sitzen könnte, weil man sich schließlich an Weihnachten doch als Familie versöhnte? Allein würde er bestimmt nicht sein, da war sie sich sicher.

Auf ihren Glastisch, der wie immer strahlend blank geputzt war, hatte sie einen sehr edlen, weihnachtlichen Tischläufer aus Damast gelegt. Das weiße Geschirr und die Gläser mit Goldrand waren gedeckt. Mit Bedacht legte sie Beethovens Missa solemnis auf.

Sehr ruhig setzte sie sich an den Tisch und sah sich in ihrem schönen Leben um.

Zum ersten und einzigen Mal gestattete sie sich nun in Gedanken einen Rückblick auf den einen Tag.

*

Es war ein drückend heißer Tag gewesen, an dem sie hochgefahren war. Unangekündigt, spontan. Und doch war Esther damals ihre anfangs uneingestandene Wut auf Christina längst klar gewesen.

Christina hatte ihren Zufluchtsort zerstört, sie hatte sich dort in ihrer Idylle eingenistet.

Als Esther oben angekommen war, saß Christina auf der Bank, eine Zigarette rauchend. »Wie ungewöhnlich«, dachte Esther. Christina sah Esther, stand auf, etwas verzögert; aber plötzlich lagen sich die beiden in den Armen, und Christina schluchzte los: »Dass du gerade jetzt kommst. Warum kommst du eigentlich? Ach Esther, genau dich brauche ich jetzt.«

Die Tränen flossen ihr über die Backen, und ihr Körper schüttelte sich vor hemmungslosem Schluchzen.

»Du meine Güte, was ist denn los?«

»Komm«, sagte Christina und zog Esther in die Bauernstube. Die Autotür stand noch offen, aber was machte das hier oben schon aus.

»Setz dich hin.« Christina drückte Esther auf die Küchenbank. Dann holte sie einen selbst gebrannten Obstler und zwei Gläser. Und nach dem ersten Glas, das nicht das letzte blieb, konnte Christina ihre Schluchzer so weit unter Kontrolle halten, dass sie dazwischen erzählen konnte.

»Mit mir und Laurin ist es aus, es geht einfach nicht. Ich habe es mir doch so sehr gewünscht, aber auf Dauer kann ich einfach nicht mit ihm leben. Weißt du, abends haben wir uns so gar nichts zu sagen. Er ist ja so lieb, aber das reicht ja doch auf die Dauer nicht. Und hier oben ist es schon schön, aber so entsetzlich ruhig, und die nächste Stadt ist so weit weg.«

Esther beschränkte sich darauf, Christina zuzuhören und zu nicken.

Christina war völlig aufgelöst. »Und eben habe ich Laurin gesagt, dass ich ihn verlasse. Meine Sachen sind bereits gepackt im Auto.«

Eine lange Pause entstand.

»Laurin ist dann einfach weggefahren. Einfach so. Und jetzt sitze ich vor dem Haus und weiß nicht, ob ich es wirklich schaffe, ihn zu verlassen. Er ist ja doch mein Kuschelbär, meine einzige große Liebe.«

Wenn Christina noch nüchtern gewesen wäre, hätte sie spätestens jetzt merken müssen, wie Esther zusammenzuckte.

Esthers kurz zuvor aufblitzende Hoffnung war mit diesen Worten wieder zerstört.

Aber Christina fuhr fort. »Vielleicht ist es doch alles nicht so schlimm und eigentlich bin ich in meinem Leben nur hier oben je glücklich gewesen. Wie gut, dass jetzt eine Freundin da ist, die mir den Kopf zurechtrückt.« Christina kuschelte sich an Esther.

Esther hob die Augenbrauen - sie hatte wahrlich nichts dergleichen getan.

»Sonst wäre ich vielleicht wirklich noch weggefahren«, fuhr Christina fort, »und dann müsste ich doch zurückkommen. Ich bin schon so oft in meinem Leben geflohen, nein, jetzt bleibe ich.«

Esther hörte sich alles an. Automatisch hatte sie ihre Arme um Christina gelegt, die glaubte, sie sei eine so gute Freundin. Esther flößte ihr noch einen Obstler ein, bis die Schluchzer immer weniger wurden und Christina sich an sie schmiegte. »So, Christina«, sagte sie dann, »jetzt holen wir erst mal Atem, machen etwas, das uns ablenkt, und packen dann dein Auto wieder aus.«

»Genau«, Christinas Augen leuchteten, »Und du musst mir dann helfen, mit Laurin zu sprechen. Und dann wird alles wieder gut«, fügte Christina noch hinzu.

Es fiel Esther schwer, nicht laut aufzustöhnen.

»Weißt du, was ich mir seit meinem letzten Besuch hier oben gewünscht habe – dass du mal wieder mit mir zu den Bienen gehst.« Esthers Stimme schien unverfänglich freundlich.

Christina nickte nur und hakte Esther unter.

»Komm«, sagte Esther, »wir brauchen keine Kleidung. Du weißt, ich bin ganz ruhig. Wir machen nur einen kurzen Besuch bei den Bienen und dann packen wir deine Sachen aus.«

Christina sah es als echten Freundschaftsbeweis, und Arm in Arm zogen sie die Wiese hinauf.

Als sie fast schon da waren, sagte Esther: »Ach, ich habe meinen Fotoapparat vergessen. Fang schon mal an, diesmal will ich Fotos machen. Ich hole ihn und bin gleich wieder da.«

Tatsächlich aber holte Esther das Luftdruckgewehr. Sie wusste, dass es im Flurschrank stand und immer geladen war. Zur Sicherheit prüfte sie es nach. Es war schussbereit.

Dieses Gewehr funktionierte auch nicht anders als die Waffen auf der Kirmes oder die alten Jagdgewehre ihres Vaters.

Esther lief nahe genug heran, aber nicht zu nahe.

Christina hatte eine Wabe herausgenommen, betrachtete sie, mit dem Rücken zu Esther, als Esther das Gewehr hob und sorgsam auf den Bienenstock zielte.

Esther war sich der Gefahr bewusst. Sie hatte sich mit einem Blick vergewissert, dass niemand in der Nähe war und auch kein Auto den Berg herauf fuhr. Es schien keiner da zu sein, auch wenn man sich in dieser weitläufigen Landschaft nie ganz sicher sein konnte.

Es knallte laut. – Und Bienen hören entgegen der landläufigen Meinung ganz gut.

Sie traf den Stock. Später sollte sie feststellen, an einem der Holzbeine. – Knapp, aber so war es perfekt.

Wie eine schwarze Wolke stoben die Bienen auf und stachen offensichtlich sofort zu, denn Christina schrie und versuchte wegzurennen, obwohl sie doch hätte wissen müssen, dass sie das nicht durfte. Bienen sehen Bewegungen schärfer als ruhige Gegenstände – und Christina bewegte sich!

Es war nicht ganz schön, was dann passierte und es dauerte länger, als Esther gehofft hatte.

Erst nach einer Stunde wagte sie sich ganz langsam heran. Sie steckte die Wabe, die Christina herunter gefallen war, zurück in den

Stock und richtete ihn wieder auf. Das Gewehr hatte sie bereits in der Wartezeit abgewischt und wieder in den Schrank gestellt.

Esther war ganz ruhig. Es war ihr völlig klar, was nun zu tun war. Sie fuhr Christinas Auto über die Wiese bis hin zu den Bienenstöcken und lud den leblosen Körper Christinas in den Kofferraum.

Sie blickte um sich. Im alten Bauernhaus, das ein paar hundert Meter weiter unten war, rührte sich nichts. Sie wusste, dass sie völlig unbeobachtet war.

Esther fuhr zuerst nur fort auf einen nahe gelegenen Parkplatz für Wanderer. Eine Stunde dauerte der Fußmarsch zurück hinauf zum Hof, wo sie ihr eigenes Auto holte.

Immer noch war Laurin nicht zurückgekehrt, kein Mensch war zu sehen.

Dann brachte sie auch ihr eigenes Auto auf den Parkplatz – das sollte hier keinem auffallen, auch wenn sie es wohl erst in zwei Tagen holen konnte.

Mit Christinas Auto fuhr sie nun los und wusste sofort, wo ihr Ziel war: der kleine Forstweg, der zu der Felsspalte hinaufführte. Als sie ankam, war auch dort kein Mensch zu sehen. Wie bei ihrem ersten Besuch war die Schranke unverschlossen. Esther öffnete sie, fuhr durch und schloss sie wieder hinter sich. Sie fuhr den steilen Waldweg hoch bis zur Felsspalte. Es war mühsam, Christina bis zur Spalte zu ziehen, aber Esther war durchtrainiert und kräftig. Sie schaffte es. Mit einem Schubs fiel der leblose Körper Christinas in die Tiefe.

Nachdem sie wieder hinunter gefahren war, verschloss sie die Schranke hinter sich.

Offensichtlich hatte niemand Christina gefunden, die Stelle in den Bergen war entlegen genug gewesen.

Christinas Auto fuhr sie nach Italien und verkaufte es dort zu einem Spottpreis an einen Kroaten, der sich über das billige Fahrzeug freute. Es war nie wieder aufgetaucht. Mit dem Zug und auf der letzten Strecke zu Fuß kam sie wieder zum eigenen Auto zurück. Es war alles viel leichter, als Esther zeitweise befürchtete hatte.

Zwei Tage später saß sie wieder in ihrer Stadtwohnung.

Esther bestieg an diesem Weihnachtsabend vollständig bekleidet die heiße Badewanne und schnitt sich mit einem eigens vorbereiteten scharfen Messer die Pulsadern auf.

Die Kerzen aus Bienenwachs von Herrn Petersen, die sie rund um die Badewanne aufgestellt hatte, brannten völlig nieder. Eine warme Erinnerung an Honig begleitete Esther, als sie langsam ihre Gedanken loslassen konnte, als sie endlich nicht mehr durchhalten musste.

Dreißig Minuten später durchzog ein wundervoller Rosmarin-Duft das Appartement.

Etwa drei Stunden später roch der Bankier aus dem Stockwerk darunter einen leicht angebrannten Geruch, doch erst am Morgen des ersten Feiertages riefen die Nachbarn die Polizei, weil sich ein Brandgeruch im Treppenhaus entwickelte und sich auch bei mehrmaligem Klingeln in der Penthouse Wohnung niemand meldete.

*

Das Ende des Aufsatzes, es musste ein Sturm, ein Orkan, ein Hurrikan werden. Jeder Psychiater sollte danach eine Sekunde einhalten, so sollte es sein.

Mit dem Prototyp A. können wir die Diagnostik zu einer Borderline-Persönlichkeitsstörung – BPS abschließen. Nahezu alle bekanntermaßen definierten Punkte treffen bei der Patientin zu. Nach dem amerikanischen Klassifikationssystem für psychische Störungen DSM-IV wird eine Borderline-Persönlichkeitsstörung wie folgt beschrieben:

Ein tiefgreifendes Muster von Instabilität in zwischenmenschlichen Beziehungen, im Selbstbild und in den Gefühlen sowie von deutlicher Impulsivität.

Mindestens 5 der folgenden Kriterien müssen erfüllt sein, um BPS zu diagnostizieren:

- *Verzweifeltes Bemühen, tatsächliches oder vermutetes Verlassenwerden zu vermeiden.*
  Achtung: Hier werden keine suizidalen oder selbstverletzenden Handlungen berücksichtigt, die in Kriterium 5 enthalten sind.

- *Ein Muster instabiler, aber intensiver zwischenmenschlicher Beziehungen, die durch einen Wechsel zwischen den Extremen der Idealisierung und Entwertung gekennzeichnet ist.*

- *Identitätsstörung: ausgeprägte und andauernde Instabilität des Selbstbildes und der Selbstwahrnehmung*

- *Impulsivität in mindestens zwei potentiell selbstschädigenden Bereichen (Geldausgaben, Sexualität, Substanzmittelmissbrauch, rücksichtsloses Fahren, »Fressanfälle«).*

- *Wiederkehrendes suizidales Verhalten, Drohungen oder Selbstverletzungen.*
- *Affektive Instabilität bei erheblichen Gefühlsschwankungen (bzw. starke zeitweilige Dysphorie, Irritabilität, kurzzeitige Ängste)*

- *Chronisches Gefühl der inneren Leere*

- *Unangemessene, starke Wut oder Schwierigkeiten Wut zu kontrollieren (wiederholte Wutausbrüche, ständige Wut, wiederholte Auseinandersetzungen).*

- *Vorübergehende, belastungsabhängige paranoide Gedanken und Vorstellungen oder schwere dissoziative Symptome*

Der Fall A. – Prototyp eines Borderliners -, dem nahezu alle der genannten neun Punkte zugeordnet werden können, klärt alle Fragen zur Diagnostik des Syndroms bis auf die eine:

Muss der Suizid der zwangsläufige Ausgang eines Borderliner-Patienten sein?

So ungern wir Psychiater dies zugestehen, so ist derzeit die Wahrscheinlichkeit hoch. Warum? Weil es zwar eine Diagnostik gibt, die mit dem Fall A. auch als gesichert gelten sollte, aber – nahezu keine Therapie!

Weil sich die Psychiater derzeit noch mit der wissenschaftlichen Abgrenzung des Syndroms beschäftigen, haben sie darauf verzichtet, eine valide Therapie zu schaffen.

Kollegen – hiermit rufe ich Sie auf, lassen Sie uns die Diagnostik mit dem Fall A. abschließen und an einer Therapieform arbeiten, die vielleicht nicht mehr A., aber allen folgenden A.'s hilft.

Großartig. Bahnbrechend. Wegweisend.

Merkner sah bereits die Rezensionen seines Artikels vor seinem geistigen Auge.

Er legte seinen Artikel auf das Faxgerät und schickte es zum Chefredakteur des »Nervenarztes«, der nach seiner Vorankündigung bereits gespannt darauf wartete. Schon nächste Woche – vor dem weltweit bedeutenden Symposion in London - sollte er erscheinen.

Merkner rückte sich seine Fliege zurecht.

Nun wollte er noch einmal seine Patientin, die eigentlich nie seine war, anrufen. Das war er ihr doch quasi schuldig.

*

Professor Merkner traf zeitgleich mit der Polizei vor Esthers Haustür ein.

Nachdem sie auf seine zahlreichen Telefonanrufe nicht reagiert hatte, war er aus einem für ihn unüblichen spontanen Impuls heraus zu ihrer Wohnung gefahren. Auf dem Weg hatte er sich genau überlegt, was er zu ihr sagen wollte.

„Frau Lazaarus, ab jetzt werden wir uns nichts mehr vormachen. Sie sind meine Patientin, und Sie werden jede Woche zweimal zu mir kommen, solange, bis wir gemeinsam einen Weg für Sie gefunden haben werden, wie Sie mit allem zurechtkommen. Sie werden mir jetzt nicht widersprechen, denn ich verspreche Ihnen, dass ich immer für Sie da sein werde und dass ich Ihnen helfen werde. Das einzige, was Sie mir versprechen müssen, ist ehrlich zu mir zu sein und den Weg mit mir zu gehen."

Er ahnte nichts Gutes, als er das Polizeiauto sah, und hinter ihm ein Notarztwagen mit Blaulicht vorfuhr.

Dem Notarzt folgte er die Treppe hinauf bis in Esthers Wohnung, wo ein Polizist die Tür aufhielt. Dessen ablehnende Handbewegung quittierte er mit den Worten: „Ich bin der behandelnde Arzt der Frau Lazaarus", worauf ihm Einlass gewährt wurde.

Die Polizisten hatten Esther aus der Badewanne gezogen, erste Hilfe geleistet und sie notdürftig mit Handtüchern bedeckt.

„Sie lebt noch", rief der verzweifelte Polizist in seinem Bemühen um Esther aus, als er erleichtert den Notarzt sah. Merkner ließ den Arzt alle nötigen lebenserhaltenden Maßnahmen erledigen und wies sich bei ihm als behandelnder Psychiater aus, was der mit einem abfälligen Mundverziehen quittierte, bevor er übers Handy einen Krankenwagen orderte. Offenbar war der Notarzt der Meinung, dass diese Situation bei einer guten psychiatrischen Behandlung nicht hätte passieren dürfen.

Womit er Recht hatte, fand Merkner.

In seine Gedanken hinein hörte er den Arzt zu einem Sanitäter rufen: „Ich fürchte, wir werden es nicht ins Krankenhaus schaffen." Der

Arzt deutete auf das Plastikstäbchen eines Schwangerschaftstests, das auf dem Waschbeckenrand lag und deutlich zwei blaue Striche aufwies. „Und die Frau ist schwanger.“

Irritiert registrierte Merkner einen durchdringenden Geruch nach Bienenwachs.

Ein herzliches Dankeschön geht an:

Meine Familie, die viel Geduld mit mir haben musste.
An Rupert Frank, der mir die bayerischen Stellen ganz wundervoll übersetzte und mir zeigte, wie man echt bayerisch spricht. Fehler bei den bayerischen Stellen sind ausschließlich darauf zurückzuführen, dass ich das Bayerische wieder ins Hochdeutsche zurückgesetzt habe in dem Versuch, dass es noch für den Norddeutschesten verständlich ist und das Atmosphärische dennoch bestehen bleibt.
An Henrike Berg-Tribbensee und Franziska Rohr, die unglaublich aufmerksam und hilfreich Korrektur gelesen haben.
An Marc Albrecht, der mich von Beginn an begleitet, Korrektur gelesen hat, in jeder Phase mit Rat und Tat zur Seite gestanden hat und der mir diese Veröffentlichung erst ermöglicht hat.